ポー傑作選2　怪奇ミステリー編

モルグ街の殺人

エドガー・アラン・ポー
河合祥一郎＝訳

角川文庫
23121

目次

モルグ街の殺人

海の怪物セイレーンがどんな歌を歌ったのか、あるいはギリシャの英雄アキレウスが女どものなかに身を隠したときにどんな偽名を使ったのかは、なかなかの難問ではあるが、まったく推測できないわけではない。

サー・トマス・ブラウン

分析能力に富んでいて物事を見抜く人の頭の中がどうなっているのかは、分析できるものではない。そういう人に見抜かれたら、ただもう感心するしかない。我々にわかるのは、抜群の分析能力に恵まれている人にとって、それは大いなる喜びの源泉となっているということだ。屈強な男が喜んで自らの筋肉を動かす運動をしてその肉体能力に誇りを感じるように、分析者は頭を働かせて解明することに喜悦する。自分の才能を発揮させてくれるなら、どんな些細《ささい》な仕事でも楽しいと思えるものだ。分析者は、謎、判じもの、絵文字を好み、凡人には超人的と思える慧眼鋭い解答を出す。解答は方法論の本質そのものに則《のっと》って出されているのだが、これが実のところ、直観でわかったかのような雰囲気を呈するのである。

分析の能力は、数学の研究、とりわけ「解析学」と呼ばれてきた最も高度な数学によって大いに伸びるかもしれない。ただし、「解析学」という呼称は不当であり、もとへ遡《さかのぼ》るような操作のためゆえにそう呼ばれているにすぎない。とは言え、計算は分析と同じではない。たとえば、チェスの指し手は、計算はするが、分析しようとはしない。つまり、チェスというゲームが知力によい影響を与えるなどと言うのは、大いなる誤解なのだ。私は何も論文を書こうというわけではなく、些《いささ》か奇妙な話の序文としてとりとめもない観察を綴《つづ》っているにすぎない。そこで、ついでに言っておくと、かなり複雑だが浅薄なチェスなどよりも、飾らないチェッカーのゲームのほうが、高度な思考能力が断然必要になるし、有効に発揮されるものだ。チェスでは、さまざまな駒がてんでに奇妙《ビザー》な動きをし、弱い駒《ポーン》が好きな駒に変われるなんていう変則もあるが、その単なる複雑さが深遠さととりちがえられている（よくある誤謬《ごびゅう》だ）。チェスでは集中力を大いに働かせなければならない。集中が少しでも途切れ、うっかりでもしようものなら、致命的なミスとなり、負けとなる。指し得る手が多数あるのみならず、複雑に入り組むために、見落としをする可能性も多くなる。十中八九、正確な指し手が勝つのではなく、集中力の高いほうが勝つ。ところがチェッカーでは、動きは単一で、ほとんど変化がないので、不注意の可能性は減り、単なる集中力などではなく、より慧眼のあるほうが有利になる。具体例として――チェッカーのゲームで、四つの成駒《キング》だけが残ったと想定しよう。もちろん、不注意は想定外だ。この時点で（プレイヤーの能力を同等とするなら）知力を存分に発揮して絶妙な動きを考えついたほうが勝者となることは明らかである。普通の手が打てないこのような状況では、分析者は相手の心に飛び込んで、相手の立場に立ち、ミスをさせたり誤算に追い込むような、これぞという手を（実にあっけないほど単純な手だったりするものだが）一目で見つけたりすることがあるものなのだ。

　ホイストは、いわゆる計算力を養うのにいいと、ずっと言われてきたトランプ・ゲームだ。極めて知性の高い人ほど、名状しがたい喜びをホイストに感じ、反対にチェスを軽薄として退《しりぞ》けるものだ。確かにこれほど分析能力を大いに必要とするゲームはほかにないだろう。キリスト教圏における最高のチェス選手であっても所詮《しょせん》最高のチェス選手にすぎないが、ホイストに熟練していれば、あらゆる重要な知能戦に於《お》いて勝利する可能性がある。熟練というのは、ゲームを完全に理解して、どうすればきちんと優位に立てるか、あらゆる方策を熟知していることを言う。そうした方策は多いだけでなく、いくつかのパターンがあり、普通なら思いつかない奇想天外なものがあったりする。注意深く見守るということは、しっかり覚えておくということだから、そのかぎりに於いては、集中力のあるチェス選手もホイストをじょうずにプレイできることになる。ホイストのルールブック（それ自体、ゲームの単なる仕組みに基づくもの）は一般に十分わかりやすい。従って、記憶力がよく、教則本どおりに進めさえすれば、じょうずなプレイができると一般に思われている。しかし、分析者の技が発揮されるのは、単なる規則を凌駕《りょうが》したところである。分析に長《た》けた者は、黙って実にさまざまな観察と推察を行う。ひょっとすると、相手もそうしているかもしれないが、どちらがより多くの情報を得るかは、推察の正しさではなく観察の質にかかっているのだ。必要なのは、何を観察すべきかを知ることだ。観察の対象を限定してはいけない。ホイストをやっているからといって、ゲーム以外のことから手がかりを得られないと思うのも厳禁だ。パートナーの表情を読み、敵方二人の表情と注意深く比べるのだ。相手が手札に落とす視線を読み取って、切り札は切り札、役札〔絵札とエース〕は役札で並べることが多いことを踏まえて相手の手札の並びを考える。ゲームが進むにつれ、表情一つ一つに注意し、確信、驚愕《きょうがく》、得意、無念といった顔つきのちがいから多くの思いを推測する。トリック〔場に出された四枚のカード〕を集める集め方から、その人がまた同じスート〔ハートやスペードなどの組〕で勝てそうかを判断する。相手がテーブルにカードを投げる様子から、何か企《たくら》んでいるなと気づく。ふとした不用意な言葉も手がかりになるし、偶然カードを落としたりひっくり返したりしたとき、何気なく戻すのかあわてて隠すのか、あるいは取ったトリックの数〔パートナーと合わせて七つ以上のトリックを取れば勝てる〕を数えたり並べたりする様子、まごついたり、ためらったり、熱心だったり、狼狽《ろうばい》していたり――あらゆることが、一見直感的な知覚にとって、真の事態をつかむ手がかりとなる。二ラウンドか三ラウンドがすんだあたりで、それぞれの手札の内容がすっかり把握できるようになり、それ以降は自分のカードを完全な正確さをもって繰り出していく――あたかも、みなが手札を表向きに持っているかのように。

分析能力を、単なる巧妙さと混同してはならない。というのも、分析者はもちろん巧妙ではあるが、巧妙な人であっても驚くほど分析ができないことがあるのだ。巧妙さは普通、構成力やものをつなぎ合わせる能力によって発揮され、骨相学〔288ページの解説参照〕者は（誤って、と私は思うが）それを原始的な能力と考えて独立した器官を割り当てており、知的障碍《しょうがい》者がしばしば巧妙な能力を発揮することもあるために、心理学者たちの注意をひろく惹《ひ》いてきたところもある。巧妙さと分析能力とのあいだには、空想と想像よりも遥かに大きなちがいがあるが、極めて似通った性質がある。実のところ、巧妙な者は常に空想するが、真に想像力豊かな者には分析能力があるとわかるはずなのである。

以下の物語は、これまで述べてきたことへの注釈のように読者諸賢は思われることであろう。

僕は、一八＊＊年の春から初夏にかけてパリに住んでいたとき、C・オギュスト・デュパンなる人物と知り合いになった。この若い紳士は、優れた、実に高名な家柄の人物だったが、思いがけない諸般の事情で極貧に追いやられ、意気消沈し、世間で身を立てることもなく、自分の財産を取り返そうという気さえ失っていた。債権者たちの厚意によって、親から譲り受けたわずかな財産が手許《てもと》に残り、そこから生じる収入で、倹約に倹約を重ねてかつかつの生計を立てており、贅沢《ぜいたく》は一切できなかった。本だけが唯一の彼の贅沢《ぜいたく》品であり、パリでは本は容易に手に入った。

初めて彼と出会ったのは、モンマルトル通りの人知れぬ図書館だった。たまたま二人とも、極めて貴重な同じ稀《き》覯《こう》本を探していたため、親しく知り合うことになったのだ。僕らは何度も会った。フランス人は自分のこととなるとかなりあけすけになるものだが、彼がそうして話してくれたちょっとした家族史に僕は大いに興味を覚えた。その読書量の多さにも驚いたし、とりわけ、彼の想像力の激しさや生き生きとした新鮮さは、僕の魂に火をつけてくれたように感じられた。そのとき僕がパリにいたのは目的あってのことだったが、まさにこうした男との付き合いこそ、かけがえのないもののように感じられ、僕は率直にこの気持ちを彼に打ち明けた。結局、僕がパリに滞在するあいだは一緒に住むことになり、彼ほどは貧窮していなかった僕が家賃を払って、ある古びた奇怪な趣の館《やかた》を借り、僕らの気分に共通する幻想的で陰鬱《いんうつ》なスタイルに内装を設《しつら》えることとなった。その館は、迷信ゆえにずっと誰も住まなかったそうだが、僕らはその迷信のことは尋ねないことにした。今にも崩れそうなその家は、フォーブール・サン・ジェルマンの人知れぬ侘《わび》しい界隈《かいわい》にあった。

そこでの僕らの暮らしぶりが世間に知れたら、常軌を逸していると思われたことだろう——と言っても、誰に迷惑をかけるでもない粋興《すいきょう》にすぎなかった。世間からすっかり身を隠した暮らしだった。訪問客は一切入《い》れなかった。実のところ、ひっそりとした場所に住んでいたために、以前の知り合いからも絶対秘密にしておけた。それに、デュパンがパリで人付き合いをやめてからかなりの年月が経《た》っていた。僕らは、完全に二人きりの暮らしをしていたのである。

〈夜〉の魅惑ゆえに〈夜〉に恋するというのが、わが友の奇矯《ききょう》なる嗜好《しこう》だった（ほかにどう言えようか）。この奇癖《ビザルリ》に、そのほかの彼のやることに対してと同様、僕は静かに嵌《は》まってしまい、何ら抵抗することなく、彼の気まぐれにすっかり身を任せたのだ。漆黒の女神は必ずしもいつも僕らとともにいるわけではなかったが、いるのだと思い込むことはできた。まず朝が白々とやってくると、僕らは古い館の重たい鎧戸《よろいど》を閉め切り、強烈な香りを発する蠟燭《ろうそく》を二つ灯《とも》した。蠟燭は、いかにも妖《あや》しい幽《かす》かな光を投げかけた。それを頼りに僕らは夢幻の世界で読み、書き、会話をして、真の〈闇〉の到来を時計が告げるまで過ごすのだ。それから、腕を組んで通りに繰り出し、昼間の話題のつづきを話したり深夜まであちこちさまよったりして、人通りの多い町のけばけばしい光や影の中に、じっと観察していると浮かび上がってくるあの果てしない知的昂奮《こうふん》を探し求めたのだった。

そんなとき、僕はデュパンの特異な分析能力を（彼の豊かな〈詩的想像力《アイデアリティ》〉から、当然予期されるものではあったものの）称賛せずにはいられなかった。彼もまたその能力を――見せびらかすとまでは言わずとも――発揮するのに痛烈な愉悦を感じているようであり、自分でも楽しいと告白していた。低い笑いを漏らしながら、たいていの人の考えていることは、胸に窓がついているかのように読み取れると自慢し、それを証明すべく、僕が考えていることが手に取るようにわかるという驚くべき証拠をたちどころに示してみせるのだった。そんなときの彼の態度は冷淡でつかみどころがなかった。目には表情がなく、いつもは深みのあるテノールの声は最高音《トレブル》に上がり、ゆっくりはっきりとした言い方をしていなければ、不機嫌に聞こえるところだった。そんな様子の彼を見ると、僕はしばしば昔の二重霊魂の哲学を思い出して、二人のデュパン――創造的なデュパンと分析的なデュパン――を空想して楽しんだものだった。

今述べたことから、僕が何らかの神秘《ミステリー》の詳細を記そうとか伝奇物語《ロマンス》を書こうとしているとか思わないでほしい。このフランス人について僕が描写したのは、昂奮したと言うか、病んだと言ってもいい知性の結実なのだ。だが、こんなときの彼の発言がどういったものかについては、一つの例を挙げれば一番よくわかってもらえるだろう。

僕らはある夜、パレ・ロワイヤル付近の長く汚い通りを散歩していた。二人とも考えに耽《ふけ》っていたようで、少なくとも十五分ばかり互いに一言も発していなかった。だしぬけに、デュパンがこう言いだした。

「確かに、かなり背が低い。テアトル・デ・ヴァリエテ向きだね」

「うん、絶対そうだな」僕は思わず相槌《あいづち》を打ってしまったが、最初（あまりにも自分の考えに没頭していたため）相手がこちらの思索に合わせてきた驚くべき手口に気づかなかった。一瞬後、ふっと気を取り直してみれば、その驚きたるや底知れなかった。

「デュパン」僕は重々しく言った。「どういうことだ。驚きすぎて、自分の耳を疑うよ。どうやってわかったんだい、僕が考えていたのが――？」ここで言葉を切った。本当に僕が考えていた内容を知っていたのかを確かめるために。

「俳優シャンティイのことだって、だろ」とデュパン。「言っちまえよ。君は、彼があんなに小男じゃ、悲劇には向かないと考えていたんだ」

まさにそれこそ僕が沈思黙考していたことだった。シャンティイは、もとはサン・ドニ通りの靴直し職人だった男で、舞台に夢中になり、クレビヨン作『クセルクセス』という悲劇の主役を演じて健闘したにも拘《かか》わらず、こき下ろされたのだった。

「頼むから教えてくれ」と、僕は叫んだ。「どうやったんだ――方法があるなら――僕の胸の中を探った方法を」実のところ、白状するのが嫌になるほど度肝を抜かれていたのだ。

「果物屋だよ」と、友は答えた。「それで君は、あの靴直し《メンダー・オブ・ソウルズ》〔シェイクスピアの『ジュリアス・シーザー』第一幕第一場にある表現〕の背丈では、クセルクセス役及びそれに類するもの《エト・イド・ゲヌス・オムネ》には届かないと結論したんだ」

「果物屋だって！　何を言ってるんだ——果物屋なんて知らないよ」

「この通りに入ったときに、君にぶつかった男だ——十五分ほど前」

それで思い出したが、確かにC＊＊街からこの通りに入ったとき、大きなりんごの籠《かご》を頭に載せて運んでいた男と偶然ぶつかり、僕は転びそうになったのだった。しかし、それがシャンティイと何の関係があるのか、さっぱりわからなかった。

デュパンは、大法螺《シャーレテヌリ》とは無縁の男だった。「説明しよう」と彼は言った。「何もかもはっきり理解できるように、まず君の思索の順序を、僕が話しかけたときから問題の果物屋との鉢合わせ《ルコントル》まで、逆に辿《たど》ってみよう。大まかなつながりは、こうだ——シャンティイ、オリオン座、ニコル博士、エピクロス、石切法、通りの石、果物屋」

自分が何をどう考えて一つの結論に達したのか、その過程を逆に遡《さかのぼ》ってみておもしろいと思った経験を、人生のどこかの段階でやってみた人は少なくないだろう。なかなか興味深い作業である。初めてやってみる者は、出発点から到達点までずいぶんかけ離れていて何の脈絡もなさそうに思えることに驚くものだ。このフランス人の今の発言を聞き、しかもすべて図星だと認めざるを得ないとき、僕の驚愕《きょうがく》が如何《いか》ばかりだったかおわかりいただけよう。彼はつづけた。

「僕の記憶が正しければ、C＊＊街を出ようとしていたとき、僕らは馬の話をしていたね。あれが最後の話題だった。この通りに入ってくると、頭に大きな籠を載せた果物屋が急いで僕らの脇を抜けようとして君にぶつかり、君は工事中の歩道の敷石が積み重ねられた山のほうに押された。ぐらついていた敷石の一つを踏んだ君は、足を滑らせ、足首を少し捻《ひね》り、いらついたか、ムッとしたかで数語呟《つぶや》くと、山を見て、それから黙って歩きだした。僕は何も君の行動にずっと注意していたわけじゃないが、このところ、観察をしないではいられなくなっているんだ。

君は地面に目を落としていた——すねたような顔つきで、歩道の穴や凹《へこ》みをちらちらと見ていた（それで、君がまださっきの石のことを考えていることがわかった）が、やがてラマルティーヌという小路に入ると、そこは実験的にブロックを互いちがいに並べて鋲止《びょうど》めする舗装がなされていた。それを見た君は晴れやかな表情になり、君の唇が動くのを見て、僕は確信した。この種の舗装にちょいと気取って用いられる〈石《ステ》切法《レオトミー》〉という語を呟《つぶや》いたな、とね。君が〈石切法〉と口にしたら、必ず同じ音で終わる原子《アトミー》を連想するはずで、となれば、エピクロスの原子論を考えるはずだ。それに、こないだ君とこの話題で盛り上がったとき、僕は言ったね、この気高きギリシャ人の漠たる推論が最近の〔ニコル博士の〕星雲宇宙起源説で確認されたのは実に奇遇であるのに、ほとんど注目されていないことをね。君はきっとオリオン座の大星雲を見ようと顔を上げたくなるだろうと思い、僕は当然ながら、君がそうするのを期待した。君は見上げたよ。それで、わかったのさ、君の思考を正しく追えているとね。でもって、昨日の『ミュゼ』紙に載っていたシャンティイをひどくこき下ろした劇評では、あの靴直しが悲劇俳優になるに当たって名前を変えたことにひどい皮肉な当てこすりをしようと、僕らがよく話題にしていたラテン語の一文が引用されていた。

Perdidit antiquum litera prima sonum〔最初の文字はもともとの音を失った〕

というやつさ。これが、オリオン座がもともとウリオン座と書かれていたことへの言及だという話は君にしたね。そして、この説明は〔*Urion* はラテン語 *urina*（尿）に由来するので〕些《いささ》か鼻につくという笑い話もしたから、君が忘れるはずがなかった。だから、君がオリオンとシャンティイを結びつけるのは確実だ。君が二つを結びつけたことは、君の唇に浮かんだ微笑が、にやついたものだったことからわかった。君は、哀れな靴直し職人もひどい目に遭《あ》ったものだと考えた。それまで前屈《かが》みで歩いていたのに、今度は背筋をすっくと伸ばした。それで、シャンティイの背が低いことを考えたなとわかったんだ。そこで僕は、君の思索に割って入って、確かに、かなり背が低いやつだ、あのシャンティイってやつは、悲劇なんかよりヴァラエティショーをやっているテアトル・デ・ヴァリエテ向きだと言ったわけさ」

　そんなことがあって間もなくして、僕らが『ガゼット・デ・トリビュノー』の夕刊を読んでいると、次のような記事に目が留《と》まった。

「**異常なる殺人事件**——今朝三時頃、サン・ロック地区の住民たちの眠りは、恐ろしい悲鳴の連続に乱された。悲鳴は、マダム・レスパネーとその娘マドモワゼル・カミーユ・レスパネーが二人だけで住んでいたモルグ街の一軒家の四階から聞こえてきたらしい。通常の方法で家に入ろうとしてできなかったため、しばらくしてから金梃《かなてこ》で玄関が壊され、近隣の者八～十名が警察官二名と中へ入った。既に悲鳴はやんでいたが、二階へ駆《か》けのぼったとき、激しく言い争うような二、三人の怒声が聞こえた。どうも家の上の方からしてきているらしかった。二つ目の踊り場に着いたとき、その声もやんでおり、すべて完全に静まり返っていた。一行は手分けして急いで各部屋を調べた。四階奥の大きな部屋に着くと（部屋のドアは鍵《かぎ》がかかっており、内側から鍵穴に鍵が差し込まれたままだったため、押し破られた）、その部屋の惨状たるや、居合わせた人たちを驚愕というより恐怖で打ちのめしたのである。

　部屋は荒らされていた——家具は壊され、あちこちに投げ飛ばされていた。ベッドは一つで、ベッド台からマットレスが外され、床の中央に投げ出されていた。椅子の上に血《ち》塗《まみ》れの剃刀《かみそり》があり、暖炉には、根元から引き抜かれたと思われる人間のふさふさした長い銀髪が二束、三束、やはり血に染まって落ちていた。床には、ナポレオン金貨が四枚、トパーズのイアリングが一つ、大きな銀のスプーンが三本、合銀の小さなスプーンが三本、四千フラン近い金貨の入った袋が二つ転がっていた。部屋の一角にあった箪笥《たんす》の引き出しは、すべて開けられており、明らかに物色され、何かが盗まれた様子だったが、かなりの品物がまだ引き出しに残っていた。ベッド・マットレスの下（ベッド台の下ではなく）から小さな鉄製の金庫が発見された。金庫は開いていて、扉には鍵がささったままだった。中には古い手紙が数通と、大して重要でない古い書類があるばかりだった。

マダム・レスパネーの姿はどこにも見当たらなかったが、暖炉に異様な量の煤《すす》がたまっていたため、煙突を捜索したところ、（おぞましい話だが）娘の遺体が頭を下にした状態で入っており、そこから引き出された。その姿勢で、狭い煙突をずっと上まで押し上げられたらしい。遺体はまだ温かかった。調べてみると、夥《おびただ》しい擦過《さっか》痕《こん》があったが、それらは煙突の中を押し上げられたときと、引き出されたときにできたものと思われる。顔には深いひっかき傷が無数にあり、喉《のど》には青黒い痣《あざ》と指の爪が食い込んだ跡があり、故人が絞殺されたことを示すように思われる。

詳細な家宅捜索が行われたが、これ以上のことはわからず、建物の裏手の小さな舗装された庭へ出たところで、老婦人の遺体が発見された。喉をあまりにも深く切られていたため、持ち上げようとしたときに、首が転げ落ちた。遺体と首の損壊《そんかい》はひどく、遺体はもはや人体の形跡を遺《のこ》していないほどだった。

この恐ろしい謎の事件に、いまだ手がかりは何一つない」

　翌日の新聞に、続報が出た。

「**モルグ街の悲劇**。この前代未聞の恐ろしい事件《アフエール》に関して多くの参考人が調べられた」（フランス語の事件《アフエール》という語には、英語のような軽い意味合いはまだない）「しかし、事件の手がかりとなるものは何一つ出てきていない。以下に、これまでに得られた重要な証言のすべてを掲載する。

ポリーヌ・デューブル。洗濯係。以下証言内容――故人のことは三年前から存じ上げており、その間ずっと洗濯をさせていただいておりました。大奥様と娘さんは仲が良くていらして、互いに濃《こま》やかな愛情を示し合っていらっしゃいました。とてもよいお給金を頂いておりました。何をして暮らしていらしたのかは存じません。マダム・レスパネーは占いをして生計を立てていたと思います。小金を貯めていたという噂です。洗濯物を取りに伺うときやお届けするときに誰かに会ったことはございません。召し使いは雇っていらっしゃいませんでした。四階以外には家具は置いていらっしゃらないようでした。

ピエール・モロー。たばこ屋。以下証言内容――四年近くマダム・レスパネーに、刻みたばこや嗅《か》ぎたばこを少量ずつお売りしてまいりました。私はこの近くの生まれで、ずっとここに住んでおります。故人とその娘さんは、あの遺体が発見された家に六年以上お住まいです。以前は宝石商が住んでいて、その人は上の部屋をいろいろな人に又貸ししていました。ですが、あの家はもともとマダム・レスパネーの持ち家でして、家を借りた宝石商が家を濫用していることにご不満で、自ら引っ越してきて、誰にも貸さないことにしたのです。まあ、子供っぽいところがあるご婦人でした。六年間で娘さんにお会いしたのは五、六回。お二人は極めてひっそりとお暮らしでした――お金があるという噂でしたね。マダム・レスパネーが占いをするという噂を近所で聞きましたが、ありえないと思いました。老婦人と娘さん以外に、これまであのドアを出入りするのを見かけたのは、荷物の配達人が一度か二度、お医者さんがまあ八度から十度といったところでしょうか。

そのほか多くの隣人らが似たような証言をした。家によく出入りしていた者はおらず、マダム・レスパネーとその娘の親類縁者が生きているのかも不明。表の窓の鎧戸《よろいど》は滅多《めった》に開けられることはなかった。裏の窓は、四階奥の大きな部屋を除いて、いつも閉まっていた。家は立派な家で――さほど古くはなかった。

イシドール・ミュゼ。警察官。以下証言内容――午前三時に呼び出されて現場に着くと、門に二、三十人の人だかりがあり、中へ入ろうとしていました。結局、銃剣でこじ開けました――金梃《かなてこ》ではありません。両開きで、上下に留め具がなかったので、開けるのにさして苦労しませんでした。門がこじ開けられるまで悲鳴はつづいており

――それから急にやみました。ひどく苦しんでいる人の悲鳴のようで、悲鳴をあげたのは複数かもしれません。急な短い叫びではなく、長く引っ張る大きな叫び声でした。本官が先頭となって階段を上がり、最初の踊り場に着いたとき、大声で言い争う二つの怒声が聞こえました。一つはがさつなしわがれ声で、もう一つはずっと甲高い声で――とても奇妙な声でした。前者はフランス人の声で、数語聞き取ることができました。女性の声ではありませんでした。『サクレ〔ちくしょう〕』と『ディアーブル〔クソ〕』が聞き取れました。甲高い声は外国人です。男か女かわかりません。何を言っていたか判別不明ですが、スペイン語だったと思います。――部屋と遺体の状態についてこの証人が述べた内容は昨日の記事に記したとおり。

アンリ・デュヴァル。隣人。職業、銀細工師。最初に家に入った一団の一人であると証言。ミュゼの証言をおおよそ裏書きしている。以下証言内容――玄関をこじ開けると、またドアを閉めました。深夜だというのに、どんどん集まってくるやじ馬を閉め出すためです。甲高い声は、私は、イタリア人の声だったと考えます。フランス人でないことは確かです。男性の声だったか不確かです。女性の声だったかもしれません。イタリア語を知らないもので言葉は聞き取れませんでしたが、イントネーションからイタリア人だと思いました。マダム・レスパネーと娘さんのことは存じ上げています。どちらともよく言葉を交わしておりました。甲高い声は、故人お二人のものではないと思います。

＊＊・オーデンハイマー。レストラン経営者。この証人は自分から証言を買って出たが、アムステルダム出身でフランス語が話せないため、通訳を介しての事情聴取となった。悲鳴が聞こえたとき、家の前を通りかかったとのこと。悲鳴は数分——恐らく十分ぐらいつづいた。大きく長く——とてもひどい、気の滅入るものだった。家に入った一団の一人であり、これまでの証言を一点を除いて裏書きした。甲高い声は男性であり、フランス人だったと言うのである。言われた言葉は聞き取れなかった。大声で早口で——乱れていて——明らかに怒りのみならず恐怖から発せられていた。声は耳障りだった——甲高いというより、耳障りだった。甲高い声とは言えない。しわがれ声のほうは『サクレ〔ちくしょう〕』と『ディアーブル〔クソ〕』と何度も言っていて、一度だけ『モン・デュ〔なんてこった〕』と言った。

ジュール・ミニョー。銀行員。デロレーヌ街にあるミニョー父子銀行の父親のほう。以下証言内容——マダム・レスパネーには資産がございました。手前どもの銀行で＊＊年（八年前）の春に口座を開設なさいました。少額で何度も預け入れがございました。亡くなられる三日前までお引き出しはなく、その際は四千フランをご自身で引き出されています。支払いは金貨でなされ、行員が現金をお宅までお届けいたしました。

アドルフ・ル・ボン。ミニョー父子銀行員。以下証言内容——その日、昼頃、マダム・レスパネーに同行して四千フランを二つの袋に入れてお宅へお届けしました。玄関が開くと、娘さんが出ていらして、袋の一つを受け取り、老婦人がもう一つをお取りになりました。そこで私はお辞儀をして立ち去りました。そのとき通りには誰もいませんでした。あそこは横道になっていて、ずいぶん寂しいところです。

ウィリアム・バード。洋服店主。最初に家に入った一団の一人であると証言。英国人。パリ在住二年。先頭を切って階段をのぼった一人。以下証言内容――言い争っている声を聞きました。しわがれ声はフランス人ですね。いくつか聞き取れた言葉がありましたが、今はよく思い出せません。『サクレ〔ちくしょう〕』と『モン・デュ〔なんてこった〕』は、はっきり聞こえました。そのとき何人かが揉《も》み合っているような音がして――ひっかくような、つかみ合うような音です。甲高い声はかなり大きく――しわがれ声より大きな声でした。イギリス人の声でないことは確かです。ドイツ人じゃないかな。女性の声だったかもしれません。ドイツ語はわかりません。

以上の証人のうち四名は、再度呼び出され、一行が到着したとき、マドモワゼル・レスパネーの遺体が発見された部屋のドアは内側から鍵《かぎ》がかかっていたと証言した。すべて完全に静かで――うめき声一つ、物音一つしていなかった。ドアを破って入ってみたが、人っ子一人いなかった。表通りに面した部屋も裏側の部屋も窓は閉まっていて、内側からしっかり鍵がかかっていた。二つの部屋をつなぐドアは閉まっていたが、鍵はかかっていなかった。表通りに面した部屋から廊下へ出るドアには鍵がかかっており、鍵は内側からささっていた。それとは別に、四階の廊下の突き当たりにある表通りに面した小さな部屋は、ドアが半開きになっていた。この部屋には古いベッドや箱などが詰め込まれていた。これらを慎重に取り除いて捜査が行われた。この家は隅々まで一分の隙もなく慎重に捜査されたのである。煙突の中も掃除用具を上から下まで通した。家は四階建てで、(マンサード屋根の)屋根裏部屋がある。屋根にある撥《は》ね上げ式の戸はしっかりと釘《くぎ》で打ち付けられ、何年も開けられた形跡はない。言い争う声が聞こえてから、部屋のドアが押し破られるまでの時間は、証言によって異なっている。三分と短く言う者もあれば、五分と長く言う者もいる。ドアはなかなか開かなかった。

アルフォンゾ・ガルシオ。葬儀業者。モルグ街在住と証言。スペイン生まれ。最初に家に入った一団の一人。以下証言内容——階段は上までのぼりませんでした。神経質なもんで、昂奮《こうふん》したらどうなるか心配してやめておきました。言い争う声は聞こえました。しわがれ声はフランス人です。何を言っているかわかりませんでした。金切り声はイギリス人です——まちがいありません。英語はわかりませんが、イントネーションでわかりました。

アルベルト・モンターニ。菓子職人。真っ先に階段を駆け上がった一人であると証言。以下証言内容――問題の声は聞きました。しわがれ声はフランス人です。何語か聞き取れました。相手をいさめる感じで話していました。甲高い声は聞き取れませんでした。早口で、乱れていました。ロシア人の声だと思います。――おおむねこれまでの証言と一致。本人はイタリア人で、ロシア語母語者と会話をしたことはない。

　何人かの証人が、再度呼び出され、四階のどの部屋にある煙突も、細すぎて人間が通ることはできないと証言した。『掃除用具』というのは、煙突清掃員が用いるような円筒形の掃除用ブラシのことである。このブラシが家じゅうの煙道という煙道に通されたのである。家に入った一団が階段を上がっている隙に下りていけるような裏道はない。マドモワゼル・レスパネーの遺体は煙突内部に相当きつくぐっと押し込まれていたため、四、五人が力を合わせなければ引きずり下ろせなかった。

　ポール・デュマ。医師。夜明け頃に検死のために呼ばれたと証言。遺体は二体とも、マドモワゼル・レスパネーの遺体が発見された部屋のベッド台のむき出しの粗布の上に置かれていた。若い女性の遺体は痣《あざ》だらけで、皮膚が剝《む》けていた。煙突の中に押し込められていたことで、これらの説明はつく。喉《のど》にひどい擦過《さっか》痕《こん》あり。顎《あご》のすぐ下にいくつかの深いひっかき傷とともに青黒い点が並んでおり、これらは指の痕《あと》と思われる。顔は恐ろしいまでに変色して、眼球は飛び出ていた。舌を一部嚙《か》み切っていた。みぞおちに大きな痣があり、膝《ひざ》で圧迫したためのものと思われる。デュマ医師の見解では、マドモワゼル・レスパネーは単独ないし複数の何者かによって首を絞められたために死に至ったのである。母親の遺体は、ひどい損傷を受けており、右脚右腕の骨はほとんど粉砕されていた。左肋骨《ろっこつ》及び左脛骨《けいこつ》もかなり裂け折れていた。体じゅうにおぞましい痣があり、変色していた。これらの外傷がどのようにして加えられたかは不明である。重たい棍棒《こんぼう》とか太い鉄の棒とか——椅子とか——何らかの重たい大型の鈍器を用いたとしても、極めて力の強い男性が振り下ろさなければ、この結果は生じえない。女性では、いかなる武器を用いてもこの外傷を加えることはできない。故人の首は、証人が目撃した際には、完全に体から離れており、やはりひどく潰《つぶ》れていた。喉を非常に鋭利な刃物——恐らく剃刀《かみそり》——で切ったと思われる。

アレクサンドル・エティエンヌ。外科医。遺体の検死のためにデュマ医師とともに呼ばれた。デュマ医師の証言及び見解を裏書きした。

さらに別の数名が聴取を受けたが、これ以上の重要事項は出てこなかった。これほど謎に満ちていて、あらゆる細部に於《お》いて困惑させられる殺人事件は、パリでは前代未聞である。もし、これが本当に殺人であれば、の話であるが。警察はまったくお手上げ状態であり、この種の事件では異例のことである。しかし、手がかりらしきものは、どこにも見当たらない」

夕刊は、サン・ロック地区では依然として昂奮状態がつづいていると報じていた。

問題の地域は慎重に再調査をされ、新たな事情聴取も行われたが、成果はなかったという。しかし、アドルフ・ル・ボンが逮捕され、投獄されたという続報も記載されていた——が、既に述べた事実があるのみで、この男を容疑者とする根拠は何も記されていなかった。

デュパンは、この事件の成り行きに、大いに興味を抱いたようだった——少なくとも、彼の態度から僕はそう判断した。何しろ、何一つコメントしなかったのだから。ル・ボンが逮捕されたという速報が入ったところで、彼はこの事件についての僕の意見を求めた。

パリじゅうの人がこれは迷宮入りの事件だと思っているわけで、僕も賛同するよりほかなかった。殺人犯をつきとめる方法など、あるとは思えなかった。

「こんなうわべだけの捜査で、方法も何もないもんだ」と、デュパン。「慧眼をもって鳴るパリ警察は、確かに抜け目がないが、それだけのことだ。進め方に方法論がない。行き当たりばったりでやっている。次から次にあれやこれやの手は繰り出すが、こいつが肝心の対象にそぐわないことがしばしばある。モリエールの『町人貴族』でムッシュ・ジュルダンが室内楽をちゃんと聴こうとして室内着を持ってこさせるようなもんさ。警察が大手柄を立てることも少なくはないが、たいていは、ただまじめに足で稼いだお手柄だ。それでうまくいかないと八方ふさがりになってしまう。たとえば、探偵ヴィドック〔実在した国家警察パリ地区犯罪捜査局初代局長ウジェーヌ＝フランソワ・ヴィドック（一七七五〜一八五七）のこと。脱獄囚として裏社会に通じ、のちに警察側で尽力し、その後は個人で世界初の探偵として活躍した〕は、勘はいいし、辛抱強い男だったが、教育を受けた思考というものがないから、調査に熱を入れ過ぎて常にまちがいをしていた。対象にあまりに目を近づけすぎて、見誤ったのだ。ひょっとすると、一、二点は異様にはっきりと見えたかもしれないが、そうすることで、全体像が見えなくなってしまう。このように、やりすぎということがあるものなのさ。真実は必ずしも井戸の中にあるわけではない。実のところ、比較的重要な知識というものは、いつだって表に出てくるものだと思うね。深さというものは、我らが真実を探す谷の奥にあるが、真実が見《み》出《いだ》せるのは山頂だ。深さとは関係ない。この種の錯誤の様態と原因は、天体の観測を考えるとよくわかる。ちらりと星を見れば——流し目のように、網膜の外縁部（内側よりも微弱な光を感知しやすい）を星に向ければ、星をはっきり見ることができる——その光を最もよく感知するからだ。それを視野の中心に据えようと目を向けていくに従って、光は鈍ってくる。実際に多くの光が目に入ってくるのは後者の場合だが、前者の場合、より繊細な知覚が可能だ。集中しすぎると思考が混乱し、弱まる。愛の女神ヴィーナスの名を冠する金星だって、あんまり直《じか》にいつまでもじろじろ見つめてたら、天穹《てんきゅう》から消えちまうかもしれないよ。

この殺人事件については、それに関する意見をまとめる前に、僕ら自身で少し捜査をしてみようじゃないか。探求するのは楽しいよ」（楽しいというのは不謹慎な言い方に思えたが、僕は黙っていた）「それに、ル・ボンにはかつて世話になったこともあって、恩もある。現場を自分たちの目で見に行こうじゃないか。警視総監のG氏とは知り合いだから、必要な許可も難なく得られるだろう」

許可が得られ、直ちにモルグ街へ行ってみた。リシュリュー街とサン・ロック街のあいだにあるみすぼらしい通りの一つだ。着いたときには夕刻近かった。僕らが住んでいるところからかなり遠い地区だったからだ。家はすぐ見つかった。まだ多くの人が通りの反対側から、この家の閉じられた鎧戸《よろいど》を、用もないのに好奇心をもってじろじろ見上げていたのだ。ごく普通のパリの家であり、門の片側に引き窓のついた見張り詰め所が立っていて、それは守衛の詰め所だとわかった。中へ入る前に、僕らは通りを歩き、裏小路に入り、それから戻って建物の背後にまわった――その間、デュパンは、問題の家のみならず近隣全体を細心の注意をもって調べていたが、何を調べているのかはわからなかった。

歩いてきたところを戻って、ふたたび建物の前へ出ると、ベルを鳴らし、許可証を示し、その場を仕切っている警察官らに中へ入れてもらった。階段を上がり――マドモワゼル・レスパネーの遺体が発見された部屋へ入った。遺体は二体ともまだそこにあった。散乱した部屋もやはりそのまま手つかずになっている。『ガゼット・デ・トリビュノー』紙に書かれていたこと以上のものは僕には何もわからなかった。デュパンは、何もかも、犠牲者の遺体も含めてすべて吟味した。それから他の部屋を調べ、裏庭へ出た。警官が一人ずっと付き添った。調査は暗くなるまでつづき、それから立ち去った。帰る途中でわが友は、日刊紙を出している新聞社へ少し立ち寄った。

前にも述べたように、わが友の気まぐれは実にむらがあり、Je les ménageais——とフランス語を用いて申し訳ないが、どうも英語には、ぴったりの表現がない（「好きにやらせて適当にあしらっておいた」というニュアンス）。デュパンは、今度は、翌日の昼まで殺人事件のことは一切話さなくなってしまった。それからいきなり、あの惨憺《さんたん》たる現場で何か奇妙なことに気づかなかったかと訊《き》き始めた。

その「奇妙《ペキューリア》」という言葉を強調する彼の言い方には、なぜか、ぞっとするところがあった。

「いや、特に奇妙な点は何も」私は言った。「少なくとも、僕らが新聞で読んだ以上のことは」

「『ガゼット』紙は」と彼は応《こた》えた。「どうも、事態の異常な恐ろしさがわかっていないようだ。だが、この新聞のくだらぬ見解は無視していい。この怪事件は解けないと思われているようだが、そう思われているまさにその理由——つまり、事件の常軌《ウ》を逸《ト》し《レ》た性質——こそが容易な解決を導くと考えるべきだ。警察は、動機が見当たらないので困惑している——なぜ殺したかというよりも、なぜこんなむごい殺し方をしたかがわからないというわけだ。しかも、警察は、言い争う声が聞こえたことと、殺されたマドモワゼル・レスパネー以外、上の階で誰も発見されなかったという事実が嚙み合わないので途方に暮れている。階段を上がった一団に気づかれずに、外へ出る方法はないのだからね。部屋は荒らされ、遺体は逆さまに煙突に押し込まれ、老婦人はめちゃくちゃに潰《つぶ》されていた。これら今言ったこと、そして言わずもがなのことを合わせると、警察はお手上げというわけだ。自慢の慧眼がまったく働かない。異様なものと難解なものを混同するというよくあるひどい誤りをやらかしているんだ。しかし、真実を探り出せるとすれば、常軌を逸しているというまさにこの逸脱性を理性的に捉《とら》えなければならない。今回のような調査に於いては、『何が起こったのか』ではなく『これまでに起こったことのない何が起こったのか』を問うべきだ。実のところ、この怪事件を解決するのはあっけないほどたやすく、もう解決したと思うのだが、警察の目に難事件と見えれば見えるほど、あっけなく片が付くのさ」

　僕は相手を無言の驚きのうちに見つめていた。

「実は今、人を待っている」と、デュパンは部屋のドアのほうに目をやりながらつづけた。「その待ち人は、この残虐行為をやったのではないにせよ、この犯行に何らかの関係があるはずだ。犯罪の最悪の部分に関しては、彼に罪はないだろう。この想定が正しいことを望むよ。すべての謎を読み解こうという目論見《もくろみ》は、この一点にかかっているのでね。ここに男が来る——この部屋に——もう今にも。来ないかもしれないが、たぶん来るだろう。来たら、引き留める必要がある。ここにピストルが二挺《ちょう》ある。いざというときには使い方はわかっているね」

僕は自分でも何をやっているのかよくわからないまま、ピストルを受け取ったが、独り言のように話しつづけていたデュパンの言うことは俄《にわ》かには信じられなかった。こういったときに彼がつかみどころのない様子をすることは、前にも述べたとおりだ。僕に向かって話をしていたが、その声は決して大声ではないものの、どこか遠くにいる人に向かって話すときの抑揚がついており、見つめているのはただ壁ばかりだった。

「階上から聞こえてきた言い争う声が」と彼は言った。「母娘《おやこ》のものでないことには、十分な証言がある。これにより、老婦人がまず娘を殺害し、そのあとで自殺をしたという線は消える。この点を押さえておくのは、もっぱら方法論のためだ。マダム・レスパネーの力では、娘の遺体を発見されたように煙突に押し上げることはまったく不可能だからね。自分の体の損傷の状態からも、自分でやったとは考えられない。つまり、第三者による殺人ということになる。この第三者の声というのが、言い争う声だ。ここで注意したいのが——この声に関する証言全体ではなく——証言に関する奇妙な点だ。そのことで何か奇妙《ペキューリア》なところに気づかなかったかい？」

僕は、しわがれ声はフランス人だという点ですべての証言が一致しているが、甲高い声、あるいはある人の言い方に拠《よ》れば、耳障りな声については、意見が一致していなかったことを挙げた。「それは証言そのものであって」と、デュパンは言った。「証言の奇妙な点ではない。君は特異点に気づかなかったが、気づくべき点があるんだ。君の言うとおり、しわがれ声について証言は一致した。この点で異論は出なかった。しかし、甲高い声について、奇妙な点は——意見が異なったことではなく——イタリア人、イギリス人、スペイン人、オランダ人、そしてフランス人がみな、外国人の声だと言ったことだ。誰もが自分の国の人間の声ではないと思った。誰もが自分が話す言葉を使う人間の声だとは思わず、その逆だと思った。フランス人はスペイン人の声だと思い、『スペイン語がわかっていたら、聞き取れたかもしれない』と言う。オランダ人は、フランス人の声だと言うが、『フランス語が話せないため、通訳を介しての事情聴取となった』とある。イギリス人はドイツ人の声だと思ったが、『ドイツ語はわかりません』と言う。スペイン人は、イギリス人の声に『まちがいありません』と言うが、『英語はわかりませんが、イントネーションでわかりました』ときたものだ。イタリア人は、ロシア人の声だと考えるが、『ロシア語母語者と会話をしたことはない』。しかも、別のフランス人はまた意見がちがって、イタリア人の声だと考えているが、イタリア語はわからないので、スペイン人と同様、『イントネーションから』そう思ったのだと言う。さて、こんな証言を引き出し得る声というのは、まったくもって奇妙じゃないか！――ヨーロッパの五つの大国の人間が聞いたことのないイントネーションというのだからね！　アジア人かアフリカ人の声だったかもしれないとも言えるが、アジア人もアフリカ人もパリにはあまりいない。まあ、その可能性は措《お》いておくとして、まず三点に注目してもらいたい。この声はある証人によって『甲高いというより、耳障り』と描写された。そして、『早口で乱れていた』と二人が証言している。言葉は――言葉に似た音は――どの証人も聞き取れなかったという」

「ここまでのところで」と、デュパンはつづけた。「君の理解にどのような影響を与えたか知らないが、証言のこの部分――つまり、しわがれ声と甲高い声に関する部分――からだけでも正しく推論すれば、この怪事件の調査の舵《かじ》を今後どちらへ切っていけばよいかの決め手となるある疑念が生まれる。『正しく推論』といったが、意が尽くされた表現ではない。僕が言いたかったのは、この推論以外に正しい推論はなく、そこから必然的に生まれる疑念こそが唯一の結論となるということなんだ。しかし、その疑念とは何かは、まだ言わないでおこう。ただ、覚えておいてくれたまえ。その疑念は、あの部屋で僕が調査にかかる際に、はっきりした方針――ある方向性――を与えてくれるほど強いものだったとね。

ではここで、僕らはあの部屋にいると想像してみよう。まず何を探す？　犯人の逃走経路だ。君も僕も超常現象なぞ信じちゃいない。マダム・レスパネーとマドモワゼルは亡霊に殺されたわけじゃない。犯人は物理的に存在し、その肉体ある存在が逃げたのだ。では、どのようにして？　幸い、この点について一つの理屈しか成立しない。その理屈に従えば、はっきりとした結論に達せざるを得ない。——考えうる経路を一つ一つ吟味してみよう。殺人犯は、発見者の一団が階段をのぼってきたとき、マドモワゼル・レスパネーが発見された部屋にいたか、少なくとも隣の部屋にいたことは明らかだ。従って、まず調べるべきは、この二部屋からだ。警察は、床、天井、壁の煉《れん》瓦《が》まで徹底的に調べた。秘密の抜け穴があったら、警察が見逃すはずがない。ただ、警察の目を疑うわけじゃないが、僕も調べてはみたよ。そして、秘密の抜け穴はなかった。部屋から廊下へ出るドアは二つともしっかり鍵《かぎ》がかかっており、鍵穴に部屋の内側から鍵が差し込まれていた。次に煙突だ。こいつは、炉の上に八から十フィート〔約二・四から三メートル〕ほどのぼっている普通の太さの煙突だが、こいつを上まで通り抜けるのは、大きめの猫でも無理だ。以上述べた経路が無理であることが確認されると、残るは窓しかない。表通りに面した部屋の窓からは、通りの人に気づかれずに脱出することはできない。つまり、殺人犯は裏側の部屋の窓を出たことになる。さて、こうして揺るぎない結論に達した以上、一見不可能に見えるからと言って、この結論を否定するのは理に反する。あとは、この『不可能』に見えることが実際は不可能でないことを証明しさえすればよい。

部屋には窓が二つある。一つは家具でふさがれることもなく、すっかり見えている。もう一つの窓には重たいベッドが押しつけられており、窓の下の部分がベッドの頭板で隠れている。隠れていないほうの窓は、内側からしっかり戸締りがされていた。窓を押し上げようとどんなに力を加えても、開かない。窓枠の左に大きな錐《きり》穴が一つ開けられ、かなり頑丈な釘《くぎ》が釘頭《くぎがしら》がほぼ沈むまで打ち込まれていた。もう一つの窓を調べてみると、同じような釘が同じように打ち込まれており、こちらも、ものすごい力で開けようとしても、開かなかった。警察は、ここから脱出したのではないとすっかり得心した。それゆえ、釘を抜いて窓を開けてみるまでもないと考えたのだ。

僕自身の調査はもう少し厳密だった。今述べた理由があったからね。つまり、不可能に思われることでも、実際はそうではない、と証明すべきはここだとわかっていたからだよ。

僕は、帰納的《ア・ポステリオリ》に考えを進めた。殺人犯はこの窓のどちらかから逃げたに決まっている。だとしても、逃げたあとで発見時のように内側からふたたび戸締りすることはできない。それは明白だとして、警察は窓の調査をここで打ち切ってしまったわけだ。だが、確かに窓は動かなくなっていた。となると、窓はひとりでに動かなくなったはずだ。この結論以外考えられなかった。僕は、よく見えるほうの窓まで行って、少し苦労して釘を引き抜くと、窓を開けようとしてみた。どんなに頑張っても開かなかった。そんなことじゃないかと思っていたのだ。釘によって窓が固定されていたわけではないなら、どこかにバネ仕掛けの留め具でも隠れているにちがいない。そう思いついたことで、釘が刺さっていたことについてはまだ謎が残るものの、少なくとも窓から脱出したという前提はまちがっていなかったと思えた。注意深く調べると、隠れた留め具が見つかった。それを押してみたが、見つけたことに満足して、あえて窓ガラスを上げるまではしなかった。

　今度は釘を穴に戻して、じっと観察した。この窓から出て行った人物が窓を閉じ、その衝撃でバネ仕掛けの留め具が塡《は》まったということはありえるが、釘をもとどおりに穴に打ち込むことはできない。この結論は明白であるため、ふたたび僕の調査の対象が絞られることになった。殺人犯はもう一つの窓から逃げたにちがいないのだ。どちらの窓のバネも、まあ同じだとしても、釘がちがうとか、刺さり方がちがうと考えざるを得ない。ベッドの粗布の上にのぼって、僕はその頭板越しにもう一つの窓を詳しく調べた。板の裏に手を入れると、もう一つの窓とまったく同じバネがすぐに見つかって、押してみた。それから釘を見た。同じように頑丈そうで、同じように、ほぼ頭のところまで刺さっていた。

僕が困ったと思うだろう。そう思ったとしたら、推論というものがわかっていないのだ。狩猟用語を用いるなら、僕は一度だって『臭跡を失って』はいないんだ。臭いを、つまり手がかりを見失ったことなど一瞬たりともないのさ。推論の理屈の流れは一度も切れていない。僕は謎をつきとめていき、その結果が釘というわけだ。それは、さっきも言ったようにどこから見ても、もう一つの窓の釘と同じように見えた。しかし、この外見は完全に無効だった（決定的に見えるかもしれないがね）。まさにこの点で手がかりが終わってしまうというそのことを考えれば、わかることだ。『この釘は何かおかしいにちがいない』と僕は考えた。触ってみた。すると、頭から四分の一インチ〔六・三五ミリ〕ほどのところが、ポロリと手の中に落ちた。残りの釘は錐穴に刺さったままだ。折れたのはかなり昔で（折れ口に錆《さび》がついていた）、金槌《かなづち》で窓枠の下部に打ち込むときに折れたらしい。釘の頭をもとの穴へ慎重に戻して見れば、どこからどう見ても完璧《かんぺき》な釘だ——裂け目は見えない。バネを押して、ゆっくりと窓を数インチ押し上げてみた。釘の頭が窓枠に刺さったまま、窓が持ち上がった。窓を閉めると、釘はもとどおり、完璧に刺さって見える。

ここまでの謎は解けた。殺人犯はこのベッド越しの窓から逃げたのだ。逃げたとたんに窓は自然に閉まり（あるいは意図的に閉められ）、バネで動かなくなった。そして、警察はバネで留まっていることを知らずに、釘で動かなくなっていると思い、それ以上の調査は不要と看做《みな》されたわけだ。

次の問題は、下りていった方法だ。この点については、僕は君と建物のまわりを歩きまわって納得できていた。問題の窓から五フィート半〔約一・七メートル〕ほどの外壁に避雷針から地面に延びる導線の棒があった。この棒から窓に入ることはもちろん、窓に手をかけることすら不可能だ。しかし、四階の鎧戸《よろいど》が、パリの大工たちが〈フェラード〉と呼ぶ特殊なものであることに僕は気がついた。今どき滅多に使われないタイプだが、リヨンやボルドーの古い屋敷ではよく見られたものだ。普通の扉（両開きではなく、片開き）の形をしているのだが、上部が格子細工になっていて、手をかけるには打ってつけなんだ。今回の場合、鎧戸は優に三フィート半〔約一・一メートル〕はある。僕らが家の裏手から見たときは、どちらの窓の鎧戸も半分だけ開いていた——つまり、壁から直角のところまで開いていた。僕も警察も建物の裏は調べたはずだが、このフェラードの厚みだけ見て（そうしていたにちがいないんだ）、こいつがかなり幅広だってことを見ていなかったか、ともかくも考慮していなかった。実のところ、警察は、窓から逃げたのではないと思い込んでいるのだから、自然と窓はおざなりな調査しかしていない。しかし、ベッドの頭のところにある窓は、鎧戸を壁まで完全に開き切れば、避雷針の棒まで二フィート〔約六十センチ〕弱の距離になることは明らかだった。そしてまた、並外れた体力と勇気があれば、棒から窓へ入ることは可能であることも明白だった。鎧戸が全開になっていれば、二フィート半も手を伸ばせば、賊は格子細工をしっかりつかめる。それから、棒を放して、足を壁にしっかりつけて大きく蹴《け》れば、鎧戸はくるりと閉まり、そのとき窓が開いていれば、そのまま部屋の中へ入ることだってできたはずなんだ。

特に気をつけてもらいたいのは、これほど危険でむずかしい技をやってのけるには、極めて尋常ならざる体力が必要だということだ。この方法で入ることが可能であることをまず示したかったのだが、第二に、そしてここが重要なのだが、それを成し遂げ得る敏捷《びんしょう》さというものは、桁外れで、ほとんど超人的だということを理解してもらいたい。

もちろん、法律用語を用いて言えば、『この件を立証するには』この行為に必要な体力のことをあまり言い立てない方がいいってことになるんだろうね。それが法曹界のやり方だが、そういうやり方は理性を使っちゃいない。僕の最終目標は真実だけなんだ。さしあたっては、まず君に、今言った極めて異例な体力の要る行為と、実に奇妙な甲高い（ないしは耳障りな）乱れた声とを並べて考えてみてほしいんだ。声については、何語を話していたのか一人として意見の一致を見なかったし、一言も聞き取れなかったんだからね」

そう言われると、デュパンが言わんとしていることが、ぼんやりながら、なかば理解できそうな気もしてきた。もう少しで理解できそうなのだが——ちょうど、何か思い出せそうな気がして、結局は思い出せないのと同じで——理解できなかった。友は、話をつづけた。

「おわかりのとおり、僕は逃走経路の話を侵入経路の話に切り替えた。両方とも同じところから同じように為されたのだという考えを伝えたかったんだ。さて、室内に話を戻そう。まず外見から調べていこう。簞笥《たんす》の引き出しは物色されて何かが盗まれたようだが、中にはまだ衣類がたくさん残っていた、とされていたね。こいつはおかしくないか。単なる推測——それもかなり馬鹿げた推測——であり、それ以上のものではない。なんだってこの引き出しで見つかった衣類が、もともとそこに入っていたすべてでないとわかるのだろう？　マダム・レスパネーと娘さんはとてもひっそりとした暮らしをしていた——誰にも会わず——滅多に外出せず——着替えなどほとんど要らないんだ。見つかった品は、少なくとも二人のものとして最高級品の部類だった。泥棒が何か盗《と》っていったなら、なぜ一番いいものを盗らない？——なぜ全部盗っていかない？　早い話、なぜ金貨四千フランを捨て置いて、衣類なんてかさばるものを盗ったんだ？　金貨には手をつけていないんだからね。銀行家ムッシュ・ミニョーが述べた金額がほぼ全額、袋に入ったまま床の上で見つかっている。だから、動機なんていうくだらない考えは忘れたほうがいい。家の玄関まで金を運んだという証言を聞いて警察は疑ったりしたわけだけどね。金が届けられ、その三日後に、受け取った人たちが殺されたというこの偶然より十倍もすごい偶然が、いちいち気にも留められないうちに、僕らの暮らしにはいつだって起こっているものさ。概して偶然の一致を前にすると、そこに意味を見出《みいだ》そうとする手合いは、教育は受けてきたかもしれないが確率論のことは何もわかっちゃいないんだ——確率論こそは、人間が最も輝かしい研究を成し遂げてこられたのはなぜかを最も輝かしく説明してくれるんだがね。今の例で言えば、金がなくなっていれば、三日前に金が届けられた事実は単なる偶然ではすまなくなる。動機と考えてもよくなるだろう。しかし、実際の状況では、金がこの蛮行の動機とするなら、犯人は動機も金も一緒に捨て去った愚か者と考えざるを得ない。

さっき注意を喚起した点——すなわち、奇妙な声、異様な敏捷さ、そして、これほど残虐を極めた殺人事件に於《お》いて動機が欠けているという驚くべき点——これらをしっかり記憶に留《とど》めた上で、残虐行為自体を見てみよう。女性が手の力で絞殺され、逆さまに煙突の上のほうまで突っ込まれた。普通の殺人犯ならこんな殺害方法は用いない。とりわけ、被害者をこんなふうに遺棄しないものだ。煙突に遺体を突っ込むという方法には、極めて常軌を逸して《ウトレ》いるところがあると言わざるを得ないだろう。常識的な人間の行動としてはまったく考えられない。仮に犯人が人にあるまじき見下げたやつだとしてもね。それに、あんな狭いところに遺体を押し込み、しかも押し上げる力がどれほどの馬鹿力だったか考えてみたまえ。何人も力を合わせても、引っ張り下ろすのに四苦八苦したほどなんだからね！

　次に、驚くべき怪力が用いられたことを示す別の点を考えよう。炉端には、髪の束が――ごっそり――落ちていたが、これは人間の銀髪だ。根元から引っこ抜かれていた。二、三十本でも髪をいっぺんに抜くには、かなりの力が必要なことはわかるね。問題の髪の毛を君も見たはずだ。その根元には（おぞましくも）、頭皮の肉の破片がこびりついていた。明らかに驚異的な力で髪の毛がごっそり――もしかすると何十万本も――一気に引き抜かれた印だ。老婦人の喉《のど》はただ掻っ切られたのではなく、首がすっぱり体から切れていた。凶器はただの剃刀《かみそり》だ。この行為の獣じみた残虐性も視野に入れてもらいたい。マダム・レスパネーの体にあった痣《あざ》のことは言うまい。ムッシュ・デュマと、その立派な助手ムッシュ・エティエンヌが、それらは鈍器によって加えられたと述べている。まったくそのとおりだ。鈍器というのは、明らかに庭の敷石だからね。犠牲者は、ベッド越しの窓から敷石に落ちたのだ。こいつは今となっては実に単純に見えるかもしれないが、鎧戸の幅と同じ理由で警察が見過ごしてしまった点だ。なにしろ、釘《くぎ》の一件があったから、窓が開けられた可能性を封印してしまったわけさ。

　さて、以上に加えて、部屋の異様な荒らされようを丁寧に考察してみるなら、驚くべき敏捷性、超人的な腕力、獣《けだもの》じみた残忍性、動機のない残虐行為、人間性から懸け離れた恐ろしい猟奇性、そしていろいろな国の人の耳に外国語と聞こえ、まったく言葉が判別し得なかった声といった諸要素が結びついてくる。ここからどんな結果が出てくる？　君の頭には何が浮かぶ？」

　デュパンからそう訊《き》かれて、僕は背筋がぞっとした。「異常者だ」と僕は言った。「これをやったのは――どこかから逃げ出してきた、錯乱した変質者だ」

「ある面では」と、彼は応《こた》えた。「あながち的外れでもない。しかし、そういう人間は、どんなに激しい錯乱状態にあったとしても、階段で聞かれたような奇妙な声は出さないよ。錯乱していても、どこかの国の人間なのだから、その言葉は、たとえ何を言っているのかわからなくても、音節をもって発せられるものだ。それに異常者の髪というのは、僕がこの手に持っている毛とはちがう。この小さな毛の束は、マダム・レスパネーの手にしっかりと握られていたのを外してきたものだ。何だと思う？」

「デュパン！」僕はすっかり度肝を抜かれて言った。「こいつは実に異様だ。人間の髪じゃない」

「そうだとは言っていないよ」とデュパン。「だが、その点に白黒をつける前に、この紙に描いておいたちょっとしたスケッチを見てくれ。マドモワゼル・レスパネーの喉に『青黒い痣《あざ》』と『指の爪が食い込んだ跡』がついていたと証言にあったろう。こいつはその現物を写し取ってきたものだ。デュマ医師とエティエンヌ医師が『青黒い点が並んでおり、これらは指の痕《あと》と思われる』と言っていたやつだ」

デュパンは目の前のテーブルに紙をひろげながら、つづけた。「ご覧のとおり、この写しから、かなりがっしりと強くつかまれたことがわかる。指先がすべったような跡はない。どの指も、恐らくは犠牲者が死ぬまで、最初に食い込んだ点で恐ろしいまでの握力で握っている。それぞれの点に君の指を五本とも当てはめようとしてごらん」

僕はやってみようとしたが、できなかった。

「やり方がまずいのかもしれないね」とデュパン。「この紙は平らな面にひろげられているが、人間の首は円柱形だ。ここに薪がある。ちょうど人間の首ぐらいの太さだ。紙をこのまわりに巻いて、もう一度やってごらん」

やってみたが、さっきよりむずかしくなった。「こいつは」と僕は言った。「人間の手の跡じゃないな」

「では、これを読んでくれ」とデュパンは応じた。「キュヴィエの博物誌の一節だ」

それは、東インド諸島の黄褐色の大型オランウータンに関する詳細な解剖学的かつ概説的な説明だった。オランウータンが、体は巨大で、並外れた力と敏捷性や野生の残虐性を備え、人真似をする傾向があることはよく知られていることだ。僕はこの殺人事件の恐怖の全貌《ぜんぼう》を直ちに理解した。

「指の描写は」と、僕は読み終えると言った。「この写しと完全に一致している。動物はごまんといるが、君が写してきた指の跡をつけられるのは、ここに書かれている種類のオランウータンだけじゃないかな。この黄褐色の毛の束も、キュヴィエが記しているものと同じだ。しかし、このおぞましい怪奇事件の細かな点まではまだわからない。そもそも、争っていた声は二つあって、一つは疑いなくフランス人の声だったじゃないか」

「そのとおり。そして、どの証言も異口同音に、その声は『モン・デュ〔なんてこった〕』と言ったと述べていたのを覚えているね。そして証言者の一人（菓子職人モンターニ）は、あの状況下で、それは相手をいさめる感じで言っていたと述べている。そこで、僕はこの言葉に、事件の謎を完全に解決する望みをかけることにした。この殺人事件を知っていたフランス人がいたんだ。起こった血腥《ちなまぐさ》い行為には、まったく加わっていなかった可能性はあるし、たぶん関与していないだろう。オランウータンは彼から逃げたんだ。彼はそれを追ってこの部屋まで来た。ところが、とんでもないことが起こって捕まえ損ねた。獣はまだ野放しだ。と、まあ、この手の推測はここまでにしておこう。こいつを推測以上の名で呼ぶ権利は僕にはないからね。これらの仮説が拠《よ》って立つ思考の陰影が僕自身の知性によってまだ十分濃いと判断できない以上、誰かの理解に訴えようとは思わない。だから、推測と呼び、推測として語ることにしよう。問題のフランス人が僕の思ったとおりに凶行に関与していないなら、昨夜帰りがけに『ル・モンド』紙――海運業の情報がしっかり載るから船乗りがよく読んでいる新聞だ――の編集部に頼んでおいたこの広告を見て、そいつはここにやってくるだろう」

デュパンは僕に新聞を手渡した。こうあった。

「捕獲――ブーローニュの森で、今月＊日早朝（殺人のあった日の朝）、ボルネオ種の大型で黄褐色のオランウータンが捕獲された。所有者はマルタ島船舶の船員とわかっている。所有権を証明し、捕獲と保管に要した費用を支払うならば返却する。フォーブール・サン・ジェルマン、＊＊街＊＊番地、四階まで」

「どうしてこの男が船乗りで、マルタ島の船に乗っているとわかったんだい？」

「わかりゃしないよ」とデュパン。「確信はしていない。だが、ここにある小さなリボンは、その形、その脂じみた様子から、船員がよくやる長い辮髪《べんぱつ》を結ぶのに用いられたとわかる。しかも、この結び目は、船員独特のものであり、マルタ島に見られるものだ。このリボンは例の避雷針の棒の根元で拾ったんだ。亡くなった母娘のものではない。仮に、このリボンから、問題のフランス人がマルタ島の乗組員だとする僕の推理がまちがっていたとしても、新聞広告にああ書いたことで何の問題もありはしない。まちがっていたとしても、相手は何かの事情で誤解したなと思うだけで、その事情をわざわざ尋ねはしないだろう。だが、当たっていたら、効果は絶大だ。殺人の罪はないとしてもだよ、このフランス人は当然、広告に応じてオランウータンは自分のものだと主張するのを躊躇《ちゅうちょ》するだろう。こう考えるはずだ――俺は無実だ。だが、俺は貧乏で、オランウータンは高価だ。俺にとっちゃ一財産だ――危ない橋を渡ることになるかもしれないからって、なくしちまってなるものか。こいつは、俺の手の届くところにいる。ブーローニュの森で見つかったんだ――あの悲惨な殺人現場からかなり離れている。あれをやったのが残忍な獣だなんて誰が思うだろうか。警察は行き詰まっている。手がかりがちっともつかめていない。仮にオランウータンの仕業だとわかったとしても、この俺が殺人を知っていたとか、知っていたことで俺を有罪にするなんてできやしない。しかも、俺の身元はばれてるんだ。広告主は、俺を獣の所有者として特定している。どこまで知られているのかはわからないが、俺が所有者だってことまで知られていながら、これほど価値のあるものを受け取りに行かなかったら、ヤバいオランウータンだと知らせるようなもんだ。俺にもオランウータンにも注意を惹《ひ》くようなことはしないほうがいい。この広告に応じてオランウータンを取り戻し、ほとぼりがさめるまで隠しておこう、とね」

　そのとき、階段に足音が聞こえた。

「おいでなすったぞ」と、デュパン。「ピストルの準備をしたまえ。だが、僕が合図をするまでは、使ってもいけないし、見せてもいけないよ」

家の玄関は開けっ放しだったので、客はベルも鳴らさずに入り込み、階段をのぼってきたのだった。しかし、ためらっているようだ。やがて、男が下りていく足音が聞こえた。デュパンがさっとドアへ動くと、また男が上がってくる音が聞こえた。今度はもう引き返さず、決意をもって上がってきて、我々の部屋のドアをノックした。

「どうぞ」デュパンが陽気で明るい調子で言った。

男が入ってきた。どこから見ても船乗りだ。背が高く、がっしりとして筋骨隆々の男であり、向こう見ずな面構えをしているが、人好きのしない顔というわけでもない。すっかり日焼けした顔は、口髭《くちひげ》と頬髯《ほおひげ》に半分以上覆われている。大きなオークの棍棒《こんぼう》を手にしていたが、特に武装しているわけでもなさそうだった。武骨に会釈をすると、「こんばんは」とフランス語訛《なま》りの英語で挨拶《あいさつ》し、どこか野暮ったい雰囲気もあったものの、パリっ子だと知れた。

「おかけなさい」とデュパン。「オランウータンの件でいらしたのですよね。まったく、大したものをお持ちで羨《うらや》ましいかぎりです。実に立派で、大いに価値のある動物です。あれは何歳くらいでしょうか？」

船乗りは、耐えがたい重荷を下ろしたかのように、長く息を吸い込んでから、しっかりした声でこう答えた。

「わかりませんが、四、五歳より上ってことはないはずです。ここにいるんですか？」

「いえいえ。ここには置いておく設備はありませんからね。すぐ近くのデュブール街の貸馬屋の馬小屋にいます。朝にはお渡しできますよ、もちろん、所有者であることを示す書類はお持ちですね」

「はい、持っています」

「お渡しするのは残念だが」とデュパン。

「ご面倒をおかけしたことで、お礼をしないつもりはありません」と男は言った。

「そんなこと思っちゃいません。見つけてくださったお礼はお支払いするつもりです。そのう、それなりの金額であれば、ですが」

「ええ」と、わが友は言った。「それは確かに公平です。さてと！――どうですかねえ。ああ、そうだ。お礼としてこうしてもらいましょう。モルグ街の殺人に関して知っていることをすべて教えてください」

デュパンは「モルグ街の殺人」という言葉をとても静かな小声で言った。そして、同様に静かにドアまで歩くと、鍵《かぎ》をかけ、その鍵をポケットに入れた。次に懐《ふところ》からピストルを出し、落ち着き払ってテーブルの上に置いた。

船乗りの顔は、まるで息ができなくなったかのように赤らんだ。立ち上がって、棍棒を握りしめたが、次の瞬間、激しく震えながら椅子にどしんと座り、死人のような顔つきになった。一言も言わない。僕は心底可哀想になった。

「だいじょうぶですよ」と、デュパンは優しい口調で言った。「そんなに警戒することはありません。ほんとです。僕らはあなたに危害を加えるつもりはないんです。紳士の名誉にかけて、そしてフランス人として誓いましょう。あなたに危害を加えないとね。あなたがモルグ街の残虐行為に関与していないことは重々承知しているんです。しかしまた、あなたがこの件にある意味で関わっていることも否定できません。既に申し上げたことから、この件に関してこちらには情報入手の伝手《つて》があることはおわかりいただけたと思います。あなたの思いもしない方法で情報は集められています。さて、状況はこうです。あれはあなたのせいじゃない――あなたを有罪とする要素は何一つない。盗みの嫌疑すら受けない。盗んでも罪に問われることもなかったのに、盗みを働いていない。あなたには何も隠すことはない。隠す理由もない。しかし、その一方、あなたは知っていることを洗いざらい白状しなければならない。名誉というものを重んじるならね。今、無実の男が投獄されているのです。その男が犯したとされている犯罪の下手人が誰かあなたはご存じだ」

船乗りは、デュパンがこれらの言葉を発しているあいだに、ずいぶん落ち着きを取り戻していたが、入ってきたときにあった大胆な態度は消えていた。

「では、神のご加護を願って」と、男はしばらくしてから言った。「この件について知っていることをすべてお話ししましょう。――しかし、半分も信じてはもらえますまい。信じてもらえるなんて思うほうがどうかしている。でも、俺は無実なんです。ですから、死んだ気になって一切合切お話ししましょう」

男が話した内容は、およそ次のようなものだった。最近インド諸島に航海をし、ある一団と一緒にボルネオ島に上陸し、内地へと足を延ばしてみた。仲間と一緒にオランウータンを捕まえた。この仲間が死んで、動物は自分のものとなった。この動物の手に負えない獰猛《どうもう》さのために帰りの航海中かなり苦労をしたが、ついにパリの自宅に無事に収容した。近所の不快な好奇心を招かないように、気をつけて隠すようにした。オランウータンは船上で棘《とげ》が刺さって足に怪我をしていたので、その傷が治るまでは自宅で飼って、いずれは売るつもりだったのである。

船乗り仲間と飲み騒いで家に帰った夜、すなわち殺人事件の当日、帰宅してみると、きちんと閉じ込めておいたはずの小部屋から獣が抜け出して寝室にいるのを発見した。獣は剃刀《かみそり》を手にして、しゃぼんを顔につけて、鏡の前に座って鬚を剃《そ》ろうとしていた。小部屋の鍵穴から主人がそうしていたのを見ていたのにちがいない。かくも獰猛な動物の手に危険な武器があり、しかもその気になればその武器を使いこなせるとわかっていたので、男は怯《おび》えて、しばらくどうしていいかわからなかった。しかし、動物がかなり気が立っているときでも、鞭《むち》を使っておとなしくさせてきたので、今度もそうしてみることにした。鞭を見たとたん、オランウータンは部屋のドアをすり抜け、階段を下り、運悪く開いていた窓から通りへ飛び出した。

フランス人は絶望してあとを追った。オランウータンは、依然として剃刀を手にしたまま、時折り止まって後ろを振り返りながら、追っ手に向かってしきりに威嚇をする。その隙に追っ手は追いつきそうになるのだが、すぐまた逃げられる。この調子でしばらく追跡がつづいた。午前三時近かったため、通りは静まり返っていた。モルグ街の裏通りを通ったとき、逃げるオランウータンの注意はマダム・レスパネーの家の四階の開いた窓から漏《も》れる光に惹きつけられた。建物に駈《か》け寄ると、避雷針の棒があったので、信じがたい敏捷《びんしょう》さでよじ登り、壁まですっかり開いていた鎧戸《よろいど》をつかむと、一気に身を揺らしてそのままベッドの頭板へと飛びついた。その間、一分もかからなかった。オランウータンが部屋に入ると同時に、鎧戸は蹴《け》り返されて開いた。

一方、船乗りは、まずいぞと思うと同時に、やったぞと思った。自分から罠《わな》にかかったようなもので、避雷針の棒を伝って下りてくるしかないのだから、下りてくるのを捕まえればいいのだ。とは言え、獣が家の中で何をやらかすか大いに不安でもあった。そこで船乗りはあとを追って中へ入ることにした。船乗りなので避雷針の棒を登るのは難なくこなしたが、窓の高さまで登ると、窓はずっと左側であるため、そこで止まってしまった。せいぜいできることは、身を乗り出して部屋の中を覗《のぞ》き見る程度だった。覗いてみて、恐怖のあまり手を離して落ちそうになった。あの夜を劈《つんざ》くおぞましい悲鳴があがってモルグ街の住人たちの眠りを覚ましたのは、そのときだった。夜着姿のマダム・レスパネーと娘は、前に述べた鉄製の金庫を部屋の真ん中へ持ってきて、書類を整理していたらしい。金庫は開いており、中身の書類は床の上に置いてあった。犠牲者は窓に背を向けて座っていたに相違なく、獣が中へ入ってから悲鳴が上がるまでの時間からして、入ってきたことにすぐ気がつかなかったと思われる。鎧戸が動いた音は、風のせいとでも思われたのであろう。

　船乗りが覗いたとき、巨大な獣はマダム・レスパネーの髪の毛をつかみ（髪の毛を梳《と》かしたばかりで、ほどけていた）、理髪師の真似でもするように顔のまわりに剃刀を振りまわしていた。娘は突っ伏して動かなくなっていた。気を失っていたのだ。老婦人が悲鳴をあげてもがくので（その間に髪の毛が引きちぎられた）、最初は穏やかに遊んでいたオランウータンは怒り始めた。その強力な腕を大きく一振りすると、老婦人の首はほとんど胴体から切り離された。血を見て獣は怒りから狂乱状態となった。歯をきしらせ、目をらんらんと燃やして、娘の体に飛びつくと、その恐ろしい爪を喉《のど》に埋め込み、息絶えるまで力を籠《こ》めた。あちこちを睨《にら》むように見まわしていた獣は、このときベッドの頭板のところを見やり、その向こうに恐怖に固まっている主人の顔を認めた。嫌な鞭のことをまだ覚えていたのであろう。獣の怒りは、とたんに恐怖へ変わった。罰せられることをしたとわかって、その血腥《ちなまぐさ》い行為を隠そうとしたらしく、落ち着かずに部屋の中を跳びまわりだし、家具を投げ倒したり壊したりしながら、ベッド台からマットレスを引きずり下ろした。とうとう娘の遺体をつかんで、発見されたときのように煙突の中に押し込むと、次に老婦人の遺体をつかんで、そのまま窓から投げ下ろしたのだ。

獣がめちゃくちゃになった死体を持って窓に近づいてきたとき、船乗りはぞっとして避雷針の棒にしがみつき、すべり下りるというより、すべり落ちて、そのまま家へ走り帰った。この残虐行為の結果を恐れるあまり、オランウータンがどうなろうと知ったことかと思い切ったのである。階段をのぼってきた人たちが聞いたのは、このフランス人の恐怖の悲鳴と、獣の悪魔のようなわけのわからぬ声が交ざったものだった。

これ以上付け加えることはない。オランウータンは、人々が部屋に突入する直前に避雷針の棒を伝って逃げたにちがいない。そこを出たはずみで、窓は閉まったのだろう。結局のところは、その後、持ち主自身によって獣は捕らえられ、パリ動物園にかなりの高値で売られた。ル・ボンについても、我々が警察へ行って（デュパンの解説つきで）事情を説明すると直ちに釈放された。警視総監はデュパンに対して親し気にしていたが、事件の展開には悔しさを隠しきれず、他人《ひと》の仕事に口出しするのも大概《たいがい》にしたほうがいいとか何とか少々嫌味を言わずにはいられないようだった。

「言わせておくさ」警視総監に言い返すまでもないと思っていたデュパンは、あとになってから言った。「好きにしゃべらせておけばいい。それで気が晴れるならね。僕は、警察の縄張りに踏み込んで彼を負かしてやったことで満足だ。それにしても、この謎を警察が解けなかったのは、彼が思っているほど不思議なことじゃない。実のところ、わが友警視総監は、ちょいと目鼻が利きすぎて、深みにかけるんだな。彼の智《ち》慧《え》には雄《お》蕊《しべ》というものがない。頭ばかりで体がない。盗賊の女神ラヴェルナの絵みたいに。あるいは、よく言っても肩から上ばかりだ。鱈《たら》のお頭《かしら》料理みたいにね。そうは言っても、いいやつだよ。世間じゃ智慧者で通っているんだから、笑えるじゃないか。その理由をぴたりと言い当てた気の利いた文句があってね。そいつのせいで、彼が憎めなくなる。つまり、彼のやり口というのは“*de nier ce qui est, et d'expliquer ce qui n'est pas*”*〔あるものをないと言い、ないものを説明する〕なのさ」

*原注　ルソー『新エロイーズ』より。

ベレニス

愛《いと》しき者の墓を訪《おとな》えば、その憂《うれ》いも些《いささ》か慰められんと、わが友言えり。

エブン・ザイアト

悲惨さというものは一様ではない。この世の惨《みじ》めさはさまざまだ。それは虹《にじ》のように広大な地平線を覆い、その色合いは虹のごとく多様であって——虹さながらに、はっきりと色は分けられながらも混じり合う。悲惨さが虹のように広大な地平線を覆うとは、よくも言ったものだ！　美から醜を引き出すとは如何《いか》に？——平和を表す虹を、悲しみの譬《たと》えにしようとは？　しかし、倫理に於《お》いて善のゆきつく果てに悪があるように、現実に於いても、喜びの末に悲しみが生まれるものだ。ありし日の至福の記憶は今日《こんにち》の苦悩ではないか。あるいは、今感じている苦悩は感じてみたかった恍惚《こうこつ》ゆえではないか。

私の洗礼名はイジーアス。わが家柄については語るまい。だが、先祖伝来の陰鬱《いんうつ》なる灰色のわが館《やかた》ほど歴史ある塔は、この地方にはない。わが一族は幻覚《ヴィジョナリー》を見る者の家系と言われてきた。そして、多くの際立った特徴を見れば——すなわち、わが館の佇《たたず》まい——大広間のフレスコ画——寝室の壁掛け《タペストリー》——武器庫の控え壁の彫刻——いや、何よりも古風な絵が並ぶ画廊、図書室の構え、そして最後にその図書室に並ぶ本の一種独特な内容を見れば――そう思われるのも、むべなるかなと納得できよう。

幼い頃の記憶は、図書室、そしてそこにあった本に関するものである――本については、それ以上言うまい。ここで母が死んだ。私が生まれたのも、ここだった。しかし、私がそれ以前に生きていなかった――言い換えれば、この魂に前世がなかった――などと言うのは意味がない。ありえないって？　言い争うつもりはない。私はそう確信しているだけで、ほかの人にもそう考えてもらおうとは思っていない。ただ、覚えているのだ――宙に揺蕩《たゆた》うような姿――霊的で何かを告げる目――音楽的だが悲しき声――どうあっても消えてくれない記憶。ぼんやりと、うつろい、とらえどころのない無常な影のような思い出。それは、理性という光が差し込んできても追い払えないという点でも、影のようなのだ。

その部屋で、私は生まれた。このように、存在していなかったように思えて実際はそうではなかった長い夜から目覚めるとすぐ、妖精《ようせい》の国とも言うべき想像力の宮殿へ入り、隠遁《いんとん》してひたすら思索と学究に耽《ふけ》る世界へと踏み込んだのであるから、本に埋もれて少年時代を過ごし、驚きの熱い目で瞠目《どうもく》しつつ、夢想のうちに若さを浪費したからといって、特段どうということもあるまい。変わっているとしたら、それは、時を経《へ》て大人となった今なお、父祖の館に居つづけていることだ。驚くべきは、わが人生の泉がひどく澱《よど》んで、通常の思考がひっくり返ってしまったことだ。この世の現実は、私には幻《まぼろし》としか見えず、逆に、夢の国の乱れた綺想《きそう》が、日常生活の糧、いや、まさに生活そのものとなっていたのである。

＊　＊　＊

ベレニスと私は従兄妹《いとこ》であり、この先祖伝来の館で一緒に育った。だが、ずいぶんちがった子供だった――私は病気がちで、むっつりしており、彼女は天真爛漫《らんまん》で元気溌溂《はつらつ》だった。ベレニスが丘を散策すれば、私は部屋に籠《こ》もって読書に耽《ふけ》った。私が根《こん》をつめ、つらい瞑想《めいそう》に心身ともに浸り切って精神世界に住んでいたのに対し、彼女は進む道に影が差そうとも、黒き時が大鴉《おおがらす》の翼以《も》て音もなく飛びゆくを思いだにせず、気儘《きまま》に人生を闊歩《かっぽ》していた。ベレニス！――その名を呼んでみる――ベレニス！――すると、記憶の暗き廃墟《はいきょ》から、その音に驚いて無数の思い出がざわめきたつ！　ああ、軽快で喜びに満ちた昔日《せきじつ》のベレニスが、目の前にまざまざと蘇《よみがえ》る！　ああ、何とあでやかで、幻想的な美しさ！　ああ、アルンハイムの森に棲《す》む空気の精よ！　ああ、泉の水の精《ナイアス》！　だが――すべては神秘であり恐怖であり、話してはならぬ物語だ。病気が――不治の病が熱風《シムーム》のごとくその体を襲い、みるみるうちに変化《へんげ》の精霊が彼女の精神も習慣も性格も一変させ、最も微妙かつおぞましくも、彼女の人となりそのものを揺るがしたのだ！　何ということだ！　破壊者来たりて、立ち去りぬ！――そして、その犠牲者は——どこに行った？　それはもう彼女ではなかった——私の知っているベレニスではなかった！

わが従妹《いとこ》の心身に恐ろしい変革をもたらしたこの致命的な主たる病気に併発した多くの疾患のうち、最も痛ましく難治なものとして痙攣《けいれん》の発作があった。最後には失神に至ることが多いのだが、この失神が死そのものとほとんど見分けがつかず、しかも回復の仕方が、たいてい驚くほど突然だった。一方、私自身の病気は——というのも、病気としか呼びようがないと言われていたので、まあ、病気と呼ばせてもらうが——どんどん悪化して、ついには珍しくも驚異的偏執狂《モノマニア》の態をとり——刻一刻と悪化して——とうとう、わけのわからぬほどに私を支配してしまった。この偏執狂とでも呼ぶべき病は、精神が病的に過敏になるために、心理学で「留意《アテンティブ》」と呼ばれる心の働きが暴走する病である。そう言っても、きっとわかってはもらえまい。一般読者に、この神経質なまでに強められた関心について正しく理解してもらえるとは到底思えない。私の場合、それが過ぎて、この世の実に何気ないものに対しても、瞑想（思いを巡らすという普通の意味で言うのだが）の力が忙しく働き出し、どうにも止まらなくなってしまうのだ。

本の欄外に施《ほどこ》されたちょっとした工夫や印刷の体裁が気になって、つい何時間も考えに耽ってしまったり、ある夏の日に壁掛けや床に斜めに射し込んだ奇妙な影を日がな一日見つづけたり、ランプの落ち着いた炎や暖炉の燃えさしを夜じゅう眺めて我を忘れていたり、ある花の香りについて何日も夢想したり、何かありきたりの言葉を単調に口にし、しまいにはその言葉が意味を持たなくなるまで繰り返してみたり、体を長時間完全にじっとさせておくことで、動きや物理的存在の感覚をなくしてみたりする。どれも、別に害があるわけでもない気まぐれではあるが、私の精神状態のせいで、こうしたことがしょっちゅう起こるのだ。さすがに先例がないとまでは言わないが、分析できないだろうし、説明もつかないだろう。

だが、誤解しないでほしい。ちょっとしたことによってこうして掻《か》き立てられた過剰で深刻で病的な「留意」は、特に想像力が強い人にありがちな思索癖と混同してはならないのだ。そうした誰にでもあるような性癖が増大したとか過剰になったとか思う人もいるかもしれないが、そうではなく、本質的に根本的に異なった別物なのである。思索癖の場合、夢想に耽る人、あるいは夢中になる人と言ってもいいが、そういう人はたいていつまらなくはないものに興味を覚え、そこから生じる推論や思考の荒野の中でその最初のものをいつの間にか見失っていき、やがてしばしば贅沢な愉悦に満ちた白昼夢に行きついたときには、思索のきっかけとなった誘因《インサイタメントウム》は跡形もなく消えているか忘れられているものだ。私の場合、きっかけとなるものは、その病的な幻想を経ることで、屈折した虚偽の重要さを帯びるとしても、常につまらないもののままであった。思考を巡《めぐ》らせることはあっても、結局は、そのもとのものへ戻ってくるのだ。瞑想は決して楽しいものではなかった。夢想が終わっても、その最初のものは、見失われるどころか、異常なまでに増大した興味の対象となっているのであり、それこそがこの病の大きな特徴だった。要するに、行使される精神の機能は、私の場合、前述したとおり「留意」なのだが、夢想家の場合は「思考」なのだ。

その頃私が読んでいた本は、病を悪化させたわけでないとしても、その幻想的でわけのわからない内容からして、病気それ自体の特徴と多分に似通ったところがあったことは、おわかりいただけるだろう。なかでも、あの高貴なるイタリア人カエリウス・セクンドゥス・クリオの論考『幸せなる神の国の偉大さについて《デ・アムプリテユーディネ・ベアーティー・レグニ・ディ》』、聖アウグスティヌスの大著『神の国』、そして、テルトゥリアヌスの『キリストの肉体について《デ・カルネ・クリスティ》』などがあり、この最後の本にあった「神の子は死せり。是《これ》は信じがたきがゆえに信ずべきなり。そして、埋葬されしのちに復活せり。是はありえぬことゆえ、確かなり」という逆説的な文には、ずっと悩まされ、何週間も大変な思いをして研究をつづけたが、徒労だった。

このように、些《さ》細《さい》なことで均衡を失ってしまうのであるから、私の理性は、プトレマイオス・ヘパイスティオンの語る〈波間の岩〉のようなものだった。その岩は、人間の力にはびくともせず、さらに激しい波風の猛威にも耐えるくせに、アスフォデルという花〔冥界の丘を覆うとされた花で、死の象徴〕に触れられると揺れるのだという。

読者のなかには、不幸な病気のせいでベレニスの精神状態が一変したからには、当然ながら、私はそれを見てあれやこれやの瞑想に耽ったことだろうと——これまでその病的な執拗《しつよう》さをくどくど説明してきたので——思ってしまう人がいるかもしれないが、そんなことはまったくなかった。自分の病が小康状態となって頭が正常に働いているときは、確かに彼女の悲惨さを思うとつらかったし、その優美な暮らしが壊滅したことを深く悲しんではいた。これほど不思議な変化がかくも急激に起こったのは一体どうしたわけかと、何度も苦々しく考えもした。しかし、そうした思いは、わが病の特質を帯びることはなく、同じような状況にあれば、誰でも考えることだった。むしろ、ベレニスの肉体に起こった、重大というよりは驚くべき変化——すなわち、奇妙にも恐ろしいほど変貌《へんぼう》して、まるで別人になってしまったことが、気になって気になって仕方なくなったとき、わが病気が出たのである。

ベレニスが比類ない美しさを誇っていた輝かしき昔、私は決して彼女を愛してはいなかった。私という特異な人間にとって、感情は心とともにあったことがなく、熱情はいつも頭から生まれていた。朝まだきの灰色の光の中——昼間の森の格子縞《じま》の影の中——夜の図書室の静寂《しじま》の中を彼女が通りすぎていくのが見えたが、そのとき見た彼女は、呼吸する生身のベレニスではなく、夢のベレニスだった。肉体を持つ世俗のべレニスではなく抽象であって、憧《あこが》れる対象ではなく分析対象であり、愛する相手ではなく、とりとめはないが最も深遠な思索の主題《テーマ》だった。そして、今となっては——こうなっては、もう彼女を前にして身震いし、彼女が近づいてくると蒼褪《あおざ》めるしかなかった。だが、その見る影もない窶《やつ》れようを激しく嘆きながらも、彼女がずっと私を愛してくれていたことを思い出して、魔が差したとでも言おうか、結婚を申し込んだのだ。

そして、とうとう婚礼の時が近づいてきた、その年の冬のある日の午後——「美しきハルシオンの乳母」（原注　ゼウスは冬のあいだに七日の暖かい日々を二度与え、人はその温和で穏やかな時期を美しきハルシオンの乳母と呼ぶ。——シモニデス）と呼ばれる、霧のかかった小春日和の一日だった——私は図書室の奥に座っていた（独りで座っていたと思っていた）。しかし、目を上げると、そこにベレニスが立っていた。

あれは、私の昂奮《こうふん》した想像力のせいだったのだろうか——それとも霞《かす》んだ大気のせいか——あるいは部屋の漠《ばく》とした薄明かりのせいか——それとも、彼女の体を包んで垂れ下がる灰色の服地のせいだったのだろうか——彼女の輪郭がぼうっと揺れるようにおぼろげに見えたのは？　わからない。彼女は一言も言わず、私は——どうあろうと、一音たりとて発することはできなかった。冷たい怖気《おぞけ》が背筋を走った。耐えがたい不安に圧《お》し潰《つぶ》されそうになると同時に、強烈な好奇心に襲われた。椅子の背に身をもたせると、私はしばらく息もできずに、じっとしたまま、目だけは彼女から離さなかった。ああ、何というひどい窶《やつ》れようだ。かつての面影はもうどこにも残っていない。私の燃える眼差《まなざ》しは、しばしその顔に注がれた。

額《ひたい》は高く、かなり蒼褪め、奇妙に落ち着いている。少し額にかかった髪は、窪《くぼ》んだこめかみのあたりに無数の巻き毛となって落ちていたが、かつては黒髪だったのに、今や鮮やかな黄色になっていた。それが実に幻想的で、全体的な憂鬱《ゆううつ》気な風貌《ふうぼう》と妙にそぐわない。目に生気はなく、光もなく、瞳《ひとみ》すらないように見える。思わず私はそのガラスのような凝視から目をそらして、薄く縮んだ唇を見やった。唇が開いた。何か意味あり気な微笑《ほほえ》みのなかに、変わり果てたベレニスの歯が、ゆっくりと見えてきた。見るんじゃなかった。いや、見てしまった以上、死んでしまえばよかったのだ！

＊　＊　＊

ドアがバタンと閉じる音で、ハッと顔を上げると、従妹《いとこ》は部屋からいなくなっていた。だが、わが脳という乱れた部屋からいなくなることはなかったし、追い出すこともできなかった、あの白くて、ぞっとする、歯の残像を！　その表面にあった小さな点も、そのエナメル質の翳《かげ》りも、端のぎざぎざも、あの短い微笑のあいだに記憶にこびりついてしまっていた。あのとき見たよりもさらにはっきりと今見えるくらいだ。

あの歯！――歯だ！――ここにも見える。あそこにも見える。どこを向いても見える。はっきりと手で触れられるように、目の前に。長く、細く、真っ白な歯、そのまわりには、唇が初めて開いてそこから歯を覗《のぞ》かせたときの、あの悶《もだ》え苦しむような青白い唇が見える。そうなると、わが偏執狂《モノマニア》が猛威を振るいだし、私がどんなに抗《あらが》おうと空しく、その奇怪にして圧倒的な力に屈せざるをえなかった。外界にいろいろものがあるなかで、歯のことしか考えられなくなった。気がおかしくなりそうな欲望をあの歯に感じた。そのほかのことや、ほかの関心はすべて消え去り、思いはただ歯のことだけ。あの歯だけが、わが心の目に見えており、あの歯だけがわが精神生活の本質となった。あらゆる光を当ててそれを眺め、あらゆる角度から見つめた。その特徴を観察し、その特性を熟考し、その形態を考察し、その性質の変化を思った。歯に感受性や知覚があると想像し、唇がなくとも気持ちを表現できるのだと想像して身が震えた。かつてバレリーナのサレ嬢について、「一歩一歩が感情である《ク・トゥ・セ・パ・エテ・デ・サンティマン》」と評されたことがあったが、ベレニスについて私は真剣に「その歯一本一本が彼女という概念であった《ク・トゥ・セ・ドン・エテ・デ・ジデ》」と信じる。概念《デジデ》！――ああ、そんな馬鹿なことを思うから、身の破滅なのだ！概念《デジデ》！――ああ、だからこそ、夢中で求めてしまうのだ！　それを手に入れなければもはや平安はなく、理性に立ち返ることもできないと感じていた。

　こうして日は暮れ、夜の闇が来て、とどまり、去り――また陽《ひ》が昇り――次の夜の霧があたりに立ち籠《こ》めてきた――それでも、私はその部屋で独りきりで動かないままだった。瞑想《めいそう》に耽《ふけ》ったまま――歯の心像《ファンタズマ》はいよいよ強烈となり、部屋の変わりゆく光と影の中を、まざまざとした形をとり、おぞましいほどはっきりと浮かんでいる。ついに夢想を破ったのは、恐怖か狼狽《ろうばい》の叫び声だった。それから、しばらくして、慌ただしい話し声がして、悲しみか苦痛の低い泣き声が多く交ざってきた。私は立ち上がって、図書室のドアの一つを開けると、控えの間に立っていたのは、涙にくれた若い娘の召し使いだった。ベレニス様が――亡くなられました、と告げた！　その日の朝早く痙攣《けいれん》の発作が起き、日が暮れようという今になって、墓が彼女を待ち受けており、葬儀の準備が整えられたとのことだった。

　悲しみに満ちた心で、私はしぶしぶと、恐怖に胸が潰《つぶ》れそうになりながら、死者の寝室へと向かった。部屋は大きく、かなり暗く、私は一歩歩くたびに物陰にある墓の備品にぶつかった。棺《ひつぎ》は向こうのベッドのカーテンの中にございますと奉公人が告げ、その棺にベレニス様のご遺体がございますと囁《ささや》いた。ご遺体をご覧にならないのですかと尋ねたのは誰だろう？　誰の唇も動かなかったのにその問いが発せられ、その声の残響はまだ部屋にあった。拒むことはできなかった。息が詰まる感覚を覚えながら、私はベッドのそばへ何とか辿《たど》り着いた。私はそっと、黒いカーテンをめくった。

　手を離すと、カーテンは私の両肩に落ち、そうして私は生者の世界から隔離され、死者と二人きりとなった。

死が立ち籠めている感じがした。棺独特の臭いで気分が悪くなり、有害な臭いが既に死体から発散している気がした。何としても逃げ出したかった――死の致命的な影響から逃れたかったのだ――永遠の天国の純粋な空気をもう一度吸いたかった。しかし、もはや動けなかった――膝《ひざ》ががくがくして――その場に立ちすくんで、蓋《ふた》のない暗い棺の中に横たわる硬い遺体をじっと見守っていた。

何てことだ！　こんなことがありえるだろうか？　私の頭がどうかしたのか――それとも、死装束の死者の指が本当にその白い布の中で動いたのだろうか？　口にすることもできない恐怖で動けなくなった私は、ゆっくりと目を上げて、遺体の顔を見た。顎《あご》のまわりに布が巻かれていたはずなのに、どういうわけか、それが外れている。どす黒い唇が微笑むかのように歪《ゆが》んでいた。あたりを包む暗闇を通して、ふたたび、あまりにもまざまざと、白く輝く、ベレニスのぞっとする歯が光った。私は思わず棺から飛びのき、一言も言わずに、錯乱したように、その恐怖と神秘と死の三重苦の部屋から逃げ出したのだった。

＊　＊　＊

気づけば、私はまた図書室に座っていた。ふたたび独りで座っていたのだ。混乱した悪夢から醒《さ》めたところらしい。もう真夜中だということはわかっていて、太陽が沈んでから、ベレニスが埋葬されたこともよく知っていた。しかし、そのあいだの悲しい時間について、私には、明確な、少なくとも確実な認識がない。ただ、その記憶は恐怖に満ちていた——漠然としているがゆえに猶更《なおさら》おぞましい恐怖であり、曖昧《あいまい》であるがゆえに猶更ぞっとする戦慄《せんりつ》だった。それは、わが人生の記録に於《お》ける恐怖の一ページだった。ぼんやりとした、忌まわしい、判読不能な追憶がびっしりと書き込まれている。解読しようとしたが、できなかった。すると突然、まるで死せる音の霊魂のような、甲高い、宙を切り裂く女性の悲鳴が、耳の中で鳴りだしたように思えた。私は何かやらかしたのだ——何をしたんだ？　その問いを声に出して自問してみた。すると、部屋の囁く谺《こだま》たちが答えた——「何をしたんだ？」

すぐ傍らのテーブルでランプが燃えており、その近くに小さな箱があった。何の変哲もない箱であり、これまでに何度も目にしてきたものだ。わが家のかかりつけの医者の私物だったから。しかし、なぜそんなところにあるのだろう？　私のテーブルの上に？　そして、どうして私はそれを見ると、体が震えるのだ？　そうしたことは説明のつかぬことであり、私はついに、開いた本のページに目を落とし、そこに線が引かれた文を読んだ。エブン・ザイアトの風変わりな、しかし素朴な言葉だ——「愛《いと》しき者の墓を訪《おとな》えば、その憂いも些《いささ》か慰められんと、わが友言えり」。なぜ、それを読む私の頭髪は逆立ち、体じゅうの血が凍るような思いに駆られるのか？

図書室のドアを軽く叩《たた》く音がした。――墓から出てきた死人のような真っ青な顔をして、召し使いが爪先《つまさき》立って入ってきた。恐怖に乱れた顔つきで、かすれて震えた、かなりな小声で私に話しかけた。何だって？――途切れ途切れの言葉が聞こえた。夜の静けさを破って恐ろしい叫び声がしたんです――家じゅうの者たちが集まって――声がしたほうを捜索しました。そこで召し使いは、ぞっとするほどはっきりとした口調になって、こう囁いた――墓が暴《あば》かれていまして、死装束をまとい、傷を受けた遺体が――まだ息をしていたんです――まだ脈があって――まだ生きていたんです！

召し使いは私の服を指さした。それは泥だらけで、血がこびりついていた。私が何も言わないでいると、彼はそっと私の手を取った。手には人間の爪の痕《あと》がくっきりとついていた。彼は、壁に立てかけてあるものへ私の注意を向けた。私はしばらくそれを見つめていた。墓を掘り起こすのに使うスコップだった。私は悲鳴をあげ、テーブルへ飛んで行って、その上にあった箱をつかんだ。しかし、無理に開けることはできなかった。手が震えて、箱は床に落ちて壊れた。そこから、カタカタと音を立てて歯科医の道具が転がり出て、それと共に、三十二個の、小さな、白い、象牙《ぞうげ》のような物体が、床一面に散らばったのだった。

告げ口心臓

そりゃそうです！――緊張してましたよ――もうずっと、ものすごく緊張してたし、今だってそうなんです。でも、何だって私の頭がおかしいだなんて言うんです？　病気のせいで感覚が研ぎ澄まされてるだけで――おかしくなったり、鈍ったりなんてしていません。とくに聴覚は鋭くなりました。天国の音であろうと、地中の音であろうと、ぜーんぶ聞こえてましたからね。地獄の音もかなり聞き取れてました。なのに、頭がおかしいはずがないでしょ？　まあ聞いてください！　これからどれほど健全に――どれほど穏やかに何もかもお話しできるか、ご覧にいれましょう。

何だってそんなことを思いついてしまったのか、さっぱりわかりません。でも、いったん考えつくと、頭から離れなくなったんです、昼も夜も。目的なんてなかったし、カッとなったわけでもありません。あのおじいちゃんのこと、大好きだったんだもの。何も悪いこと、されたわけでもないし。侮辱されたこともない。おじいちゃんのお金も欲しくなかった。あの目なんです！　そう、あれ！　まるでハゲワシみたいな目をしてた――うっすらと青い目。上に膜がかかってるの。あの目で見られると、ゾゾゾッとした。だから、いつしか――何となくだけど――あのおじいちゃんの命を奪って、永遠にあの目とおさらばしたいって思うようになってたんです。

でね、ここが大切なところだけど、あなた、私のこと、頭がおかしいって思ってるでしょ。おかしい人だったら、ものがわかりませんよ。でも、私のやり口、見ててほしかったなあ。すっごく賢くやりおおせたんだから――とっても注意して――先を見越して――わからないように、ごまかして！　殺す前の一週間、おじいちゃんへの親切ぶりと言ったら、ものすごかったですよ。そうしておいて毎晩、真夜中頃、おじいちゃんとこのドアの掛け金を外して開けるの――ものすごく、そおっとね！　それから、頭が入るだけドアを開けると、光量の調節ができるランタンを、明かりが漏《も》れないように完全にシャッターを閉ざした状態で差し込んで、それから頭を突っ込むの。ほんと、そのときの私を見たら、よくもまあ、そんなにこっそり頭を突っ込めたもんだって笑ったでしょうよ！　頭をゆっくり動かして――とっても、とっても、ゆっくりね。おじいちゃんを起こさないように。ベッドに寝ているおじいちゃんが見えるところまで、その隙間に頭をすっかり入れるのに一時間はかかっちゃった。どうよ！　頭のおかしな人に、こんな利口な真似ができますか。それから、頭をすっかり部屋に入れると、ランタンのシャッターを慎重に開けていき――とっても慎重に――慎重に（シャッターの蝶番《ちょうつがい》がきしむのでね）――あのハゲワシの目の上に一筋の光が漏《も》れるようにするの。これを七晩に亘《わた》ってやったんです——毎晩、ぴったり真夜中に——でも、いつだって目は閉じられていました。だから、仕事にとりかかれなかったんです。だって、私が嫌でたまらないのは、おじいちゃんじゃなくて、あの〈邪悪な目〉ですからね。そして毎朝、夜が明けると、大胆にお部屋へ入っていって、親し気におじいちゃんの名前を呼んで、よく眠れましたかぁ、なんて心臓に毛を生やして話しかけてたの。だから、わかるでしょ、毎晩ちょうど十二時に、私が眠っているおじいちゃんを見下ろしていたってことに、おじいちゃんが気づいていたはずがありません。気づいてたとしたら、おじいちゃん、察しがよすぎ。

　八回目の夜、いつもよりも慎重にドアを開けました。時計の分針の動きよりもゆっくりと開けましたよ。その夜初めて、私ってすごいなあ、賢いなあって思っちゃった。なんか達成感が抑えられなくなって。だって、こっちは少しずつドアを開けているのに、おじいちゃんたら、私がそっとやってることや考えてることに、夢にも気づいていないんだもの。思っただけでクスクス笑っちゃった。たぶん、それが聞こえたのかな。おじいちゃん、急にびくっと、ベッドの上で身動きした。それで、私が後ろに飛びのいたなんて思ったら、大まちがい。お部屋は真っ暗で何も見えないんだから（泥棒が入らないように鎧戸《よろいど》がぴったり閉まっていたから）、このドアが開いているのなんか見えっこないと思って、私はそのままそっとそっとドアを開けつづけました。

頭を突っ込んで、ランタンのシャッターを開こうとしたとき、ブリキの留め具に親指がギリリとひっかかっちゃって、とたんに、おじいちゃんがベッドの上に飛び起きて、「誰だ？」と叫んだの。

私はじっとして何も言わなかった。それから丸々一時間というもの、私は指一本動かしませんでしたよ。おじいちゃんも横になった音がしませんでした。ベッドに座ったまま、聞き耳を立ててたのね――ちょうど私が毎晩毎晩、壁の中の死番虫《しばんむし》に耳を傾けていたように。

やがて、微《かす》かなうめき声が聞こえてきた。死の恐怖のうめき声。痛みや悲しみのうめき声じゃない――とんでもない！――恐怖に耐えきれなくなった魂の底から湧き上がる、低い、くぐもったうめき声。よく知っています。幾晩も、ちょうど真夜中、世界じゅうが寝静まっているとき、私自身の胸から湧き上がってくるうめき声と同じだから。その恐ろしい響きによって、恐怖で気がおかしくなりそうになるんです。よく知っていると言ったけど、おじいちゃんの気持ちもわかったので、可哀想って思いました。ただ、内心笑いたくなっちゃった。最初に微かな音がしてベッドで身動きして以来、おじいちゃんはずっと目を覚ましたままのはずなんだもの。恐怖がどんどん募っているはず。気のせいだと思おうとして、思えない。『煙突に風が入っただけだ――床をネズミが走っただけだ』、あるいは、『コオロギが短く鳴いただけだ』なんて自分に言い聞かせてる。そう、そんなことを思って気を落ち着かせようとする。だけど、全然だめ。まったくうまくいかない。なぜなら、死神がその暗い影を落として忍び寄ってきていて、犠牲者を包み込んでいるんだもの。その感知し得ない影の悲しい力によって、おじいちゃんにはわかったのね――見えも聞こえもしないけれど――私の頭が部屋の中に入っていることが。

じっと忍耐強く待っていても、おじいちゃんが横になる気配がないので、私は、ほんの少し――とてもとても少しだけ、ランタンのシャッターを開けることにしました。開けました――考えられないくらいそっと、そっと開けたんです――とうとう、蜘蛛《くも》の糸のように細い光が、すうっと伸びて、ハゲワシの目の上に落ちました。

目は開いていました――ぱっちりと、大きく――見ていて腹が立ってきました。おぞましい、膜がかかったような、どんよりとした青い目がめちゃくちゃはっきり見えたんですもの、骨の髄まで寒気が走りました。でも、おじいちゃんの顔や体は見えませんでした。これって私の本能なのでしょうか、私、光を忌まわしい染みのような目だけにぴたりと当てていたんです。

私の頭がおかしいと思うのはまちがいで、本当は感覚が異様に研ぎ澄まされているだけだってことは、さっきも申しましたね。さて、今度聞こえてきたのは、真綿でくるんだ懐中時計がたてるような、小さな、鈍い、トク、トク、という音でした。この音もよく知っていました。おじいちゃんの心臓の音です。それを聞いていると、むらむらと怒りが湧いてきました。太鼓の音を聞いて、兵士が突撃をしかけたくなるように。

　それでも、私はこらえて、じっとしていました。息すらこらえていたんです。ランタンをじっと掲げ、どこまでじっと動かずにあの目を照らしつづけられるか試していました。そのうち、心臓の憎たらしい鼓動が大きくなってきました。どんどん速く、どんどん大きくなります。おじいちゃんの恐怖たるや、極限に達していたにちがいありません！　刻一刻と大きく、ほんとに大きくなったんです！　私、緊張しているって、さっき言いましたよね。ほんと、緊張してるんです。そして今、夜の夜中、この古い家の恐ろしいほどの静寂の中、こんな奇妙な音がしてきたんですから、どうしようもないほど怖くなってしまいました。でも、それでも、さらに数分間は我慢してじっとしていました。でも、鼓動はどんどん大きく大きくなる！　おじいちゃんの心臓が破裂するんじゃないかと思いました。そうなると、新たな不安に襲われました——こんなに大きな音だと、近所の人に聞こえてしまうのではないか！　もはや生かしてはおけない！　私は大声をあげると、ランタンを全開にして、部屋に飛び込みました。おじいちゃんは一度だけ悲鳴をあげました——一声だけ。それで終わり。あっという間に、私は死体を床に引きずり下ろし、重たいベッドを引っ張って、死体がベッドの下に隠れるようにしました。そこまでうまく完了して、私はニヤリと笑いました。しかし、それからも、心臓のくぐもった鼓動の音がまだ聞こえていました。でも、それは気になりませんでした。これくらいなら壁の外まで聞こえることはありません。とうとう音がやみました。おじいちゃんは死んだのです。ベッドを動かして、死体を調べました。やっぱり、石のように、死んで硬くなっています。私はその心臓の上に手を置いて、しばらく押さえてみました。まったく動いていません。完全に死んだのです。もはや、あの目で、嫌な思いをせずにすむのです。

まだ私の頭がおかしいとお考えでしょうか。それでも、死体を隠すのに取った賢い処置の説明を聞いたら、そうはお考えにならなくなるでしょう。夜が白んできました。急いで、でも静かに、仕事にかかりました。まず、死体を切断しました。頭と両腕と両脚を切り離しました。

次に部屋の床板を三枚剝《は》がして、床下の角材のあいだにすべて放り込みました。それから床板をとてもじょうずに、とても巧みに戻したので、誰が見ても――おじいちゃんの目が見たって――何一つ気づかれることはなかったことでしょう。洗い流すようなものは何もありませんでした――何の染みもなく――血痕《けっこん》一つなし。とっても気をつけてやりましたからね。血は全部たらいに受けていたんですよ。はっ、はっ！

作業がすっかり片付くと四時でした。まだ真っ暗です。四時の鐘が鳴ったとき、玄関にノックがありました。軽い心で開《あ》けに行きました――だって、もはや何を恐れることがあります？　入ってきたのは三人の男性でした。実に物柔らかな態度で、警察官だと名乗りました。夜間に悲鳴を聞いた人がいて、何かあったのではないかと警察に通報があり、こうしてお宅を調べにまいりましたと言うんです。

　私は微笑《ほほえ》みました――だって、何を恐れることがあります？　私は殿方たちに、お入りくださいと言いました。悲鳴は、私が夢を見て自分で発してしまったんですよ、と申しました。おじいちゃんは田舎へ行っていて留守ですと告げ、警察の方たちに家じゅうを案内しました。どうぞすっかりお調べくださいと言って、とうとう、おじいちゃんの寝室へ案内しました。お金も貴重品もちゃんとそのままになっているところをお見せし、つい自信に溢《あふ》れるあまり、部屋に椅子を持ち込んできて、お疲れでしょうからここでお休みくださいと勧め、自分自身は、まあ、厚かましくも完璧《かんぺき》な勝利にいい気になって、犠牲者の死体が床下にあるその地点に椅子を置いて座りました。

　警察の方たちは、この家に不審な点はないと思ったようです。私の態度に納得なさったのでしょう。私は妙にくつろいでしまいました。殿方たちはお座りになって、私も愛想よく応対し、皆さんは世間話を始めました。けれども、やがて、私は自分の顔が蒼褪《あおざ》めていくのを感じ、早く出て行ってほしいと思い始めました。頭がズキズキして、耳鳴りがするような気がしました。けれども警察の方たちはまだ座って、相変わらずおしゃべりをしています。耳鳴りがとても大きくなりました――やむどころか、さらにはっきりと鳴り響きます。私は、気を紛らわそうと、ぺらぺらとしゃべりましたが、耳鳴りはやまず、どうしようもないほど大きくなりました――ついに、わかったのです。音は耳の中で鳴っているのではないのだと。

私はかなり真っ青な顔をしていたにちがいありません――でも、ますますうわずった声でぺらぺら話していました。しかし、音は大きくなります――どうしたらいいのでしょう？ 小さな、鈍い、トク、トクという音――真綿でくるんだ懐中時計がたてるような音。私は息ができなくなって、喘《あえ》ぎました――それでも、警察官たちには聞こえていません。私はさらに早口で話しました――もっと激しく。けれども、音はさらに大きくなっています。私は立ち上がって、甲高い声で、どうでもいいことを激しい身振りで論じたてました。しかし、音はどんどん大きくなります。なんで、この人たちは帰ってくれないの？ 私は床の上をドシッドシッと足音を立てて行き来しました。まるで男たちに見られていることで怒りに掻《か》き立てられているかのように――けれども、音はどんどん大きくなります。ああ、もうたまらない！ どうしたらいいの？ 私は口から泡を出し――わめきちらし――怒鳴りちらしました！ 座っていた椅子を前後に揺らして、床板にきしらせて精一杯音をたてましたが、音はそれよりも大きな音で響き渡ります。どんどん大きく――大きく――大きくなります！ それでも男たちは楽しそうにおしゃべりして、笑ってる。聞こえないなんてはずがないでしょ？　ふざけんじゃない！――ありえない、ありえない！　聞こえてるんだ！――感づいているんだ！――わかっているんだ！――私の恐怖を嘲《あざけ》っているんだ！――そのときもそう思ったし、今でもそう思っています。でも、この苦しみだけは耐えられない！　こんな嘲りだけは、絶対に我慢できない！　こいつらの白々しい微笑みにもうこれ以上辛抱できない！　私は、大声をあげて叫ばないと死んでしまうと思った。そして、ほら――まただ！――聞いて！　さっきより大きく！　大きく！　大きく聞こえてくる！

「ひどい人たちね！」私は金切り声をあげました。「しらばっくれるのは、もうやめて！　やったのは認めるわよ！――床板を剥《は》がしてみればいいわ！　ここよ、ここ！――聞こえているのは、おじいちゃんのおぞましい心臓の鼓動よ！」

鐘の音《ね》

1

ほら、橇《そり》の鈴——
銀の鈴！
なんて楽しい世界を　告げるメロディー！
シャンシャン　シャンシャン　シャラララ
凍《い》てつく夜《よる》を震わせ
星まで　あらら
光って　キララ
はしゃいで幸せ
呪文《じゅもん》に合わせて
拍子を合わせて
チロリロリンとすてきな音《ね》色《いろ》を導く

鈴、鈴、鈴、鈴
鈴、鈴、鈴——
チロリロリンと鈴の音響く

2

ほら、結婚の鐘——
金の鐘！
なんて幸せな世界、告げるハーモニー！
香る夜にさざめき
喜びのときめき！
音《ね》色《いろ》とろけて
調子はぴったり
寿歌《ほぎうた》 解《ほど》けて
月見る山鳩《やまばと》も耳傾けて
ゆったり！
鳩も歓《よろこ》んで

なんて、豊かな音　膨《ふく》らんで！
溢《あふ》れる
あこがれる
明るい未来に
恍惚《こうこつ》の愛に
鳴り響くよ、ご覧
ガラン、ゴロン、ガラン
鐘《ベル》、鐘《ベル》、鐘《ベル》
鐘《ベル》、鐘《ベル》、鐘《ベル》——
響き合い、愛を重ねる！

3

けたたましい半鐘《はんしょう》——
銅の鐘！
なんて、恐怖の物語を語ることか！
驚く夜の耳揺らし

悲鳴を打ち鳴らし
怖くて言葉にならない
ただ叫ぶしかない
調子はずれに
聞く耳ない炎に慈悲を求めても
赤く赤く燃えすさぶ火を諫《いさ》めても
高く、高く跳ねて
深く、威嚇重ねて
熱で、異様に暖かい
今、空との戦い
蒼褪《あおざ》めた月の隣《となり》へ戯《たわむ》れに！
ああ、カンカン、カカカン！
震える恐怖の瞬間
絶望の音《ね》に！
カンカンと唸《うな》り、怒鳴《どな》り
注ぐよ、恐怖の連《つら》なり
動悸《どうき》打つ空気の胸に！

だが、耳にはわかる
　ジャンジャンと
　カンカンで
危険が寄せては返すのを
そう、耳は聞き分ける
　ジャカジャカと
　ガンガンで
危険の光の明滅《めいめつ》を
鐘の怒りがしずまっては高まるのを
　鐘のざわめき——
鐘《かね》、鐘、鐘、鐘
　鐘、鐘、鐘——
慄《おのの》き、驚き、轟《とどろ》く喚《わめ》き

4

ほら、弔いの鐘——

　鉄の鐘！
なんて、おごそかな思いにさせるレクイエム！
夜の静寂《しじま》で
骨の髄まで
憂鬱《ゆううつ》な音色に震え巡って
錆《さ》びた喉《のど》より漏れる
呻《うめ》きに襲われる
　こぞって
そして、やつらは——ああ、やつらは
塔に棲《す》むあの輩《やから》は
　好き勝手
弔いの鐘を打ち鳴らし
その潰《つぶ》れた単音で
人の心を石ですり減らし
　勝利に喜んで——
やつらは男でも女でもない——
獣でもない、人でもない

　　　鬼だ
その王が鐘を撞《つ》く
撞く、撞く、撞く、撞く
　勝利の鐘！
鬼は陽気ににやつく
　勝利の鐘！
踊ってざわつく
呪文《じゅもん》に合わせて
拍子を合わせて
　勝利の音に合わせて
　　鐘の音に――
呪文に合わせて
拍子を合わせて
　鐘の鼓動の騒乱
カラン、コロン、カラン――
　すすり泣く鐘の錯乱――
拍子を合わせて

　鐘を撞いて一心不乱
愉《たの》しい魔法、閃《ひらめ》き
　鐘のざわめき——
鐘、鐘、鐘——
　弔いの鐘、どよめき
鐘、鐘、鐘、鐘——
　鐘、鐘、鐘——
うなり高鳴り、ひろがる呻《うめ》き

おまえが犯人だ

　このラトルボロで起こりました謎につきまして、これより私が務めますのは、オイディプス王さながら、犯人をつきとめる役まわりでございます。ご説明いたしましょう――説明できるのは私だけなのですから――ラトルボロの奇跡を起こしたからくりの秘密を。そう、ラトルボロ市民に無信仰をきっぱりやめさせ、神を疑っていた不届き者らを祖母たちが奉じる由緒正しい信仰へと回心させた、真正にして疑いのない、正真正銘まぎれもない、あの奇跡のお話でございます。

　あれは――奇跡にふさわしからぬ軽い口調でお話しするのも申し訳ございませんが――一八＊＊年の夏のことでございました。この市で最もお金持ちで、人望も厚いバルナバス・シャトルワージー様が、数日間行方不明となり、何かあったのではないかと騒ぎになりました。シャトルワージー様は、ある土曜の早朝、馬でラトルボロをご出発になり、十五マイルほど離れた＊＊町まで行って同日の夜にはお帰りになるご予定でした。ところが、出発して二時間後、その馬だけが主人を乗せずに戻ってまいりまして、出発時に背中に縛りつけてあった鞍嚢《あんのう》もなくなっておりました。しかも馬は怪我をして、泥塗《まみ》れでした。これには、ご友人方も当然ながら大いに驚き、日曜の朝になってもまだお戻りにならないので、市を挙げて大規模な捜索を始めたのでございます。

この捜索を率いて、最も熱心に指揮を執っていたのは、シャトルワージー様とお親しい、チャールズ・グッドフェロウとか仰《おっしゃ》る人で、皆から「チャーリー・グッドフェロウ」とか「気のいいチャーリー・グッドフェロウ」などと呼ばれている人でした。さて、驚くべき偶然と申しますか、名前がそうだと性格もそうなるという人知の及ばぬ相関関係があるのかは存じませんが、およそチャールズというお名前をお持ちの方は、まずまちがいなく男気があって、気さくで、人がよい正直者と決まっているものでございます。これはもう、まちがいない事実です。チャーリーと名乗る方でしたら、ほれぼれするような堂々とはっきりしたお声をなさっていて、相手の目をまっすぐに見て、「自分には晴れ晴れとした良心があり、誰も恐れることはないし、卑劣なことなど絶対にできない」と言わんばかりの様子をなさるものです。まあ、そういうわけですから、元気がよくてお気楽な、台詞《せりふ》がない端役の俳優が、よく「チャールズ」なんて呼びかけられることになるわけです。

さて、「気のいいチャーリー・グッドフェロウ」さんは、ラトルボロにいらしてまだ六か月ほどしか経っておらず、近所に引っ越してくるまで誰もこの方のことを何一つ知らなかったのですが、たちまち市《まち》じゅうのお歴々と知り合いになって、皆様、この方の片言隻句《へんげんせっく》をいつだって千言万語《せんげんばんご》のように大事になさいました。ご婦人方も、お心に添いたい一心で何だってしたことでしょう。それもこれも、かの人がチャールズというお名前だったからであり、そのお名前ゆえに、俗に「最高の推薦状」などと申します天真爛漫《らんまん》なお顔をなさっておいでだったからでございます。

　シャトルワージー様がラトルボロ切っての名士であり、疑いなく一番のお金持ちだったことは既に申し上げたとおりですが、「気のいいチャーリー・グッドフェロウ」さんは、まるでその兄弟であるかのように仲良くなさっておいでした。二人の老紳士は、お隣同士でした。シャトルワージー様のほうから「気のいいチャーリー」さんを訪問することはまずなく、お食事に呼ばれたという話も一切聞いたことはございませんが、今申し上げたように、だからと言ってお二人の親密な仲が気まずくなるようなことはございませんでした。と申しますのも、「気のいいチャーリー」さんは、毎日必ず日に三、四度はお隣のご機嫌を伺いに訪れ、たいてい朝食やお茶に呼ばれ、ほぼ毎日晩餐《ばんさん》に招かれていたからです。そのとき二人が一度に召し上がるお酒の量たるや、いやもう、定かには申し上げられません。「気のいいチャーリー」さんのお気に入りの飲みものはシャトー・マルゴーで、それを一瓶、二瓶と、ぐいぐい呑《の》み干す友人を見るのがシャトルワージー様には痛快だったようです。そうしてある日、酒がまわって、その当然の成り行きとして、頭がまわらなくなったところで、友の背中を叩《たた》きながらこう仰いました――「ねえ、気のいいチャーリー、君ほど気が置けないやつは、俺は生まれてこのかた会ったことがないよ。ほんとに。君はそんなふうにワインをがぶ呑みするのが好きだから、シャトー・マルゴーの大箱の贈りものをしなくちゃ、俺は地獄堕《お》ちだぜ、ちくしょうめ」――（シャトルワージー様には汚い言葉をお使いになる残念な癖がございました。とは申せ、「ちくしょうめ」とか「マジかよ」とか「ありえねぇー」ぐらいの可愛いものでございましたが）――「ちくしょうめ。手に入れられるかぎり最高級の大箱をまさに今日の午後にでも町に発注して、君にプレゼントしてやる。マジだぜ――いや、何も言わなくていい――ほんとにそうする。それでおしまいだ。だから、楽しみにしているんだな――まったく思いもしない日に、ひょいと配達されるぜ」私が、シャトルワージー様の寛大さを示すこのようなちょっとしたお話をいたしましたのも、お二人がどれほど心底昵懇《じっこん》にお互いを理解し合っていたかをお示しするためにすぎません。

さて、シャトルワージー様に何かあったにちがいないと騒ぎになりました問題の日曜の朝、「気のいいチャーリー・グッドフェロウ」さんほど深く落ち込んでいた方はございませんでした。馬が主人も乗せず、鞍嚢《あんのう》も失くして帰ってきた、しかも可哀想に馬は胸をピストルで撃ち抜かれていたのにも拘《かか》わらず死なずに、血塗《ちまみ》れになって戻ってきたと聞いたとき、まるで自分の大切な兄か父でも失くしたかのように真っ青になって、瘧《おこり》にでも罹《かか》ったみたいにわなわなと震えたのです。

最初、あまりにも悲しみに打ちのめされて何もできず、何かの行動計画に手を貸すことすらできないようでした。ですから、シャトルワージー様のほかのご友人たちにも、しばらく様子を見たほうがいい——一、二週間ないし一、二か月は、何かが起こらないか、あるいはシャトルワージー様が何ということなくお戻りになって馬を先に帰した理由を説明してくれるかもしれないのだから騒ぎ立てないようにとずいぶん言っていました。とてもつらい悲しみに苛《さいな》まれると、このように様子を見ようとしたり、行動を先送りにしようとしたりするのはよくあることかと存じます。気力がすっかり萎《な》えて、何かするのが怖くなって、ただ布団にもぐり込んで「悲しみを抱きしめる」(昔の女性たちはそんな言い方をしましたが)、つまり「つらさを嚙《か》みしめる」ことばかりしてしまうものです。

ラトルボロの人たちは、「気のいいチャーリー」さんの智慧《ちえ》と判断力を高く買っていたので、大半は同調して、正直な老紳士が言ったとおり、「しばらく様子を見て」騒ぎ立てずにじっとしていようと考えました。おおかたそういうことで話がまとまりかかったところに、胡散臭《うさんくさ》い横槍《よこやり》を入れてきたのが、シャトルワージー様の甥《おい》っ子でした。かなりな道楽者で、ひどく素行の悪い若者です。名前をペニフェザーというこの甥は、「じっとしている」という分別に耳を貸さず、「殺された伯父《おじ》の死体」を直ちに捜索すべきだと主張したのです。そういう表現を用いました。グッドフェロウ氏はそのとき「控えめに言っても特異な表現だ」と鋭い指摘をなさいました。「気のいいチャーリー」さんのこの発言は、大衆に大きな反響を呼びました。ある人などは、「若いペニフェザー青年は、その裕福な伯父の失踪《しっそう》に関するこの状況をどこまで詳しくご存じの上で、伯父が『殺された』と明言できるいかなる根拠をお持ちなのか」と、なかなか弁が立つところを見せて問い質《ただ》しました。こうなると、大衆の誰も彼もが、ああだこうだと騒ぎだし、とりわけ「気のいいチャーリー」とペニフェザー青年とのあいだで口論が起こりました——こうなりましたのも、実は驚くことではございません。と申しますのも、この三、四か月間というもの、二人は互いに嫌い合っていたのです。しかも、ペニフェザー青年は、この伯父の友人が伯父の家で行き過ぎた勝手な行為をしたと言い立て、実際、相手を殴り倒したのです。青年は伯父の家に同居していたのでした。このとき、「気のいいチャーリー」は、実に模範的な温厚さとキリスト教徒らしい慈善の心をもって振る舞ったと言われております。殴られて立ち上がると、服の乱れを直し、まったく反撃をしようともせず——ただ、「いつか近いうちにまとめて仕返ししてやる」といった言葉を数語呟《つぶや》いただけで——殴られたのですから、それぐらいのことは怒りの発露として口にするのは当然でしょうし、しかも大した意味はなく、口にしたけれど忘れられたにちがいないのでございます。

それはさておき(問題の核心とは関係ございませんので)、ラトルボロの人たちは、もっぱらペニフェザー青年の説得を受けて、ついに行方不明のシャトルワージー様を捜すべく、近隣一帯を手分けすることになりました。捜索する以上は、周辺一帯を徹底的に調べるために、手分けして行う——つまり、いくつかの捜索隊に分かれて捜索する——のが当然だろうと考えられておりました。けれども、どういう巧みな理屈を使ったのか忘れましたが、「気のいいチャーリー」は、それはまったくもって賢くないやり方であると一同に納得させてしまったのです。ただし、一同納得したとは言っても、ペニフェザー青年は別でした。結局、捜索は、市民が一団となって、「気のいいチャーリー」が先導して慎重かつ網羅的に行われることになりました。

実のところ、ヤマネコのように目鼻が利くと知られていた「気のいいチャーリー」ほど適任の先導者はいなかったのです。しかし、こんなところに道があるなんて誰も知らなかったという道を通って、とんでもなく奥まったところにある穴とか隅とか調べまくり、一週間近く日も夜も休まず捜索したにも拘《かか》わらず、シャトルワージー様の足どりは一向につかめませんでした。足どりがないと申しましたのは文字どおりの意味ではなく、足跡は、少しはありました。馬の蹄鉄《ていてつ》(特殊なものでした)の跡によって、氏が行こうとしていた町へつづく本街道上の、市の三マイルほど東の地点までは辿《たど》れたのです。ここで、足跡は森林を抜ける横道へ入っていました――この道はふたたび本街道に出てくる道で、半マイル〔約八百メートル〕ほどの近道になるのです。この道の蹄鉄の跡を追って、ついに一隊は澱《よど》んだ水の溜《た》まった池にやってきました。なかば茨《いばら》に隠れて、道の右側にあったこの池の真ん前で足跡は消えていました。しかし、何か争った跡があり、人間よりもずっと大きく重たい何かが、この小道から池へと引きずり込まれたように見えました。池は慎重に二度探ってみましたが、何も見つかりませんでした。一隊が何も出てこないと諦《あきら》めて立ち去ろうとしたとき、グッドフェロウ氏に神の啓示があって、水をすっかり抜いてしまおうと思いつきました。この計画は歓声をもって受け入れられ、「気のいいチャーリー」の賢さと配慮に多くの称賛が寄せられました。市民たちの多くが、遺体を埋葬することになるかもしれないと思ってスコップを持参していたので、水はすぐ、あっさり抜けました。池の底が見えたとたん、残っていた泥の真ん中に黒い絹のベルベットの胴着《ベスト》が発見され、そこにいたほぼ全員が直ちにペニフェザー青年のものと認めました。このベストは、かなり破けていて血で汚れており、シャトルワージー様が町へ出発したまさにあの朝、ペニフェザー青年が身につけていたことをはっきり覚えている人も何人かいました。しかも、あの忘れがたい日の朝を過ぎたのちは、問題の服をペニフェザー青年は身につけていないということを、必要あらば証言してよいという人たちもいました。さらに、シャトルワージー様失踪後はいかなるときもペニフェザー青年がそれを着ているところを見た者は一人としていないのでした。

事態はペニフェザー青年にとって、かなり深刻な様相を呈しており、その顔色がひどく蒼褪《あおざ》めてきたこと一つとっても、また、何か弁解することはないかと問われて一言も言えなかったことをとっても、青年への疑惑はいよいよ動かしがたいものとなりました。ここにきて、青年の放蕩《ほうとう》な暮らしぶりにまだ何人かついてきていた友人たちも一人残らずたちまち彼を見捨て、ずっと以前から彼の宿敵だった連中よりもいっそう声を大にして即刻彼を逮捕しろと騒ぎたてたのです。これとは対照的に、グッドフェロウ氏の徳深さは、燦然《さんぜん》と輝きました。なんとペニフェザー青年を弁護して心温まる熱弁をふるい、自分はこの「立派なるシャトルワージー氏の跡継ぎである」乱暴な若い紳士を心から赦《ゆる》したい――この若い紳士が自分（グッドフェロウ氏）に手を上げたのも、ついカッとなってしまっただけにちがいないのですから、と言うのです。

「心の底から赦しております」と氏は言いました。「私（グッドフェロウ氏）としましては、ペニフェザー青年に対して残念ながら持ち上がった疑惑を推し進めるようなことをするどころか、全力をもって、私のつたない弁舌を行使して、良心に恥じぬかぎり、このまったくもってひどい、困惑させられる事件の凶悪性に対し、えっと……あのう……そのう……なんとか酌量の余地はないものかと考えております」

グッドフェロウ氏は、この調子でさらに三十分ほどつづけ、頭の良さと心のひろさを印象づけましたが、心温かい一般大衆というのはどうも物分かりが悪いようで、友人の言うとおりにしようと必死になるあまり、いろいろ失敗して、逆のことや不都合なことをやらかしてしまうのです。それゆえ、大衆は最大限の善意をもって行動しながらも、友人が勧めることの反対をどんどんやったのです。

ですから、今回の場合も、「気のいいチャーリー」が真剣に容疑者の弁護に雄弁をふるったにも拘わらず、どういうわけが、彼が発する一言一言には、聴衆をして大いに賛同せしめるどころか、弁護するはずの容疑者への疑惑をさらに深め、暴徒のような憤怒をぶつけさせるという意外な展開となってしまったのです。

熱弁をふるった氏が犯したどうしようもない誤りは、容疑者を「立派な老紳士シャトルワージー氏の跡継ぎである」と呼んでしまったことでした。人々はこの点を実はそれまで考えていませんでした。一、二年前、この伯父がおまえには遺産をやらないと脅したことを覚えていただけだったのです（伯父には甥以外の親戚《しんせき》がいませんでした）。ですから、この相続権剥奪《はくだつ》は決まったことなのかと思っていたのです――ラトルボロの人というのは、そういう単純な人たちなのです。ところが、「気のいいチャーリー」のせいで人々はこの点を直ちに考え、あの脅しは脅しでしかなかったという可能性を理解しました。そこで、すぐに、*cui bono*《クイ・ボーノ》という当然の問いが出てまいります。あの胴着《ベスト》以上に、この恐ろしい犯罪をあの若者に結びつけてしまう問いです。

ここで、誤解を避けるために、今私が用いました極めて短い単純なラテン語の表現について少しだけ横道に逸《そ》れるのをお許しください。この語句はこれまでいつも誤訳され誤解されてまいりました。「クイ・ボーノ」というのは、あらゆる気の利いた小説などで――たとえばゴア夫人（『セシル』の作者）の小説に於《お》いてもそうなのですが、ゴア夫人はカルデア語からチカソウ語に至るまであらゆる言語を引用しつつも、その学識は「必要に迫られて」ベックフォード氏からちゃっかりと助けてもらっていましたが――あらゆる気の利いた小説と申し上げたのは、ブルワー＝リットンやディケンズから、ウレレバ・イーサや歴史小説家エインズワースに至るまで、この二つの小さなラテン語「クイ・ボーノ」は「何のために」とか（*quo bono* であるかのように）「何の目的で」と訳されてきているからです。しかし、本当の意味は「誰の利益になるのか」です。「クイ」は「誰の」で、「ボーノ」は「利益」です。純粋な法律用語で、まさに今のような状況で用いられるのであり、その行為を成した者は誰かという可能性が、この行為の達成によって利益を得るのはこの人物かあの人物かという可能性次第である場合を言います。さて、現在の例に於いては、「クイ・ボーノ」という問いは極めてはっきりとペニフェザー青年を指しています。伯父は、甥《おい》に遺産を譲る遺言をしてから、相続させせないと脅していました。しかし、その脅しは実行に移されませんでした。もともと書かれた遺書は書き直されていないのです。もし書き直されていたら、容疑者が殺人を犯す動機として考えうるのは、腹いせぐらいしかないでしょう。それにしたって、伯父《おじ》の好意を取り戻す希望があれば控えたはずです。しかし、遺書は書き直されず、書き換えるぞという脅しが甥の頭にひっかかっていたとすれば、そこで残虐行為に及ぶ強力な要因があったと考えられます。そして、ラトル〔ガタガタ騒ぐが意味はない〕の立派な市民は実に賢くもそう結論したわけです。

　このため、ペニフェザー青年はその場で逮捕され、群衆は、さらに捜査を行ったあと、青年を勾留《こうりゅう》したのち、家路に就きました。しかし、その帰り際に、青年の容疑をますます確かめるような事件が起こります。いつも群衆の少し先を行こうと熱意あるグッドフェロウ氏が、急に数歩先を走っていき、かがんで、何やら小さなものを草のあいだから拾ったのです。さっとそれを検《あらた》めた氏は、それを自分の上着のポケットにしまおうとするかのようにしているところを目撃されました。今言ったように、その行為は皆に見咎《みとが》められ、拾ったものはスペイン製のナイフとわかりました。十数名の人たちが、それはペニフェザー青年のものであると認めました。しかも、柄にはペニフェザー青年のイニシャルが彫られていました。刃は出ていて、血塗《ちまみ》れでした。

　こうなると青年の犯行であることに疑いはなくなり、ラトルボロに着くや否や、青年は尋問のために治安判事の前へ引きずり出されました。

　ここでまた、事態は青年にとって不都合な展開を見せます。シャトルワージー氏が失踪《しっそう》した日の朝にどこにいたかを問われたこの囚人は、まさにその朝はライフルを手に鹿狩りに出たと言うのですが、それがなんと例の池、そう、グッドフェロウ氏の炯《けい》眼《がん》によって血塗れの胴着《ベスト》が発見されたあの池のすぐそばだったと言うではありませんか。

　ここでグッドフェロウ氏が前に出てきて、目に涙を浮かべて、自分を尋問してほしいと求めました。同胞諸君に対してのみならず、創造主に対して負っている厳しい義務感から、これ以上黙ってはいられないと言うのです。これまで、この若い紳士に対する心からの愛情ゆえに（グッドフェロウ氏本人に乱暴を働いたことは不問に付して）、考えうるかぎりの仮説を考え、ペニフェザー青年に対してあまりにも深刻な容疑とされてきたものに何とか説明をつけようとしてきたのですが、この状況はあまりにも動かしがたく——あまりにのっぴきならないので、もはや躊躇《ちゅうちょ》せず、心が張り裂けんばかりの思いではありますが、知っていることをお話しすることにします。そう前置きして、氏はこう言ったのです——シャトルワージー氏は、町へ出かける前の日に、これから町へ行く目的はかなり巨額な金をファーマーズ&メカニックス銀行に預けるためであると、彼（グッドフェロウ氏）の聞いているところで甥に語り、そのとき、シャトルワージー氏は、最初に作成した遺書を無効にし、甥には一切の財産を与えないことにして、この決定は覆すことはないと告げた、と。彼（証人）は被告に対して、今の自分の証言がすべての点に於いて真実であるかどうかを述べてほしいと厳粛に要求しました。その場の誰もが驚いたことに、ペニフェザー青年は真実ですと率直に認めました。

　治安判事は、ここで、伯父の家の被告の部屋を捜索すべく巡査二人を派遣すべきと判断しました。この捜査の結果、当該の老紳士が長年常に携帯していた、鋼綴《と》じの赤い革の財布が直ちに持ち帰られてきました。けれども、肝心の中身は抜き取られており、治安判事が囚人に中身をどうしたのか、どこに隠したのかと問い質《ただ》しても答えは得られませんでした。実際、このことについて何も知らないと言うのです。巡査たちは、不幸な老紳士のベッドのマットレスの下から被告のイニシャルの入ったシャツとネッカチーフを見つけましたが、どちらも犠牲者の血でひどく汚れていました。

　このとき、殺された男の馬が受けた傷のせいでたった今、厩《うまや》で絶命したとの報告があり、直ちにその馬の検死を行えば、もしかすると弾丸を見つけることができるかもしれないとグッドフェロウ氏が提案しました。そのとおりに実施され、あたかも被告の罪を決定的なものとするかのように、グッドフェロウ氏は、馬の胸の穴を精査したのちに、非常に大きな弾丸を取り出してみせました。調べてみると、それはペニフェザー青年のライフルの口径とぴたりと合致する一方で、市民や近郊の人が持つ銃には大きすぎることが判明しました。けれども、さらに事態を決定的にするように、この弾丸には、通常の継ぎ目の右側に裂け目というか傷があって、これが、被告自身が自分のものと認めた銃弾製造用の鋳型にある隆起とぴたりと一致したのです。この弾丸が発見されると、尋問を担当していた治安判事はこれ以上の証言を聞くことを拒否して、直ちに囚人を裁判にかけるべく勾留《こうりゅう》し、保釈も認めないとしたのですが、これに対してグッドフェロウ氏は、とても慈愛に満ちた抗議をして、どんな金額でも支払って保証人となりましょうと申し出ました。「気のいいチャーリー」のこの寛大な申し出は、彼が〈ラトル《がたがた》〉の市に滞在していた期間ずっと示してきた優しくも義俠《ぎきょう》的な態度に通じるものでした。しかし、この立派な男は熱い同情の思いに駆られるあまり、若き友人に保釈を申し出たとき、彼（グッドフェロウ氏）自身にはこの世に一ドルも財産がないことをお忘れのようでした。

　勾留されれば結果は決まっています。ペニフェザー青年は、ラトルボロの人たちの大きな罵声《ばせい》を浴びながら、次の開廷期間中の裁判にかけられ、一連の状況証拠は（グッドフェロウ氏がその鋭敏な良心ゆえに法廷に提出せずにはいられなかったおぞましい追加の事実によって強められ）あまりにも決定的で、動かぬ証拠と看做《みな》されたので、陪審員たちは席を離れるまでもなく、「第一級殺人」の判決を直ちに下しました。そのあとで、哀れな被告は死刑判決を受け、もはや覆しようのない厳しい法の裁きを受けるべく郡の刑務所に再勾留されたのでした。

一方、「気のいいチャーリー・グッドフェロウ」の気高い振る舞いによって、彼は正直な市民たちから、これまでに倍する尊敬を勝ち得て、これまでの十倍もの人気者となりました。大いにもてなしを受けて、その当然の結果として、これまでは貧乏ゆえにかなりけちけちしてきた習慣をやめざるを得なくなり、しばしば自宅でちょっとしたパーティーを催すようになり、存分に気を利かせて陽気にやりました。もちろん、気前のいい主催者の亡き親友の甥に迫りくる陰鬱《いんうつ》な運命を考えると、少しばかり湿っぽくはなったのですが。

ある晴れた日、この太っ腹の老紳士は、次のような思わぬ手紙を受け取って喜びました。

ラトルボロ市　チャールズ・グッドフェロウ様

H・F・B商会より

シャトー・マルゴーA一号　六ダース（½グロス）

チャールズ・グッドフェロウ様

拝啓。二か月前に弊社のお得意様バルナバス・シャトルワージー様より承《うけたまわ》りましたご注文に応じて、アンテロープ・ブランド、スミレ封印のシャトー・マルゴーの大箱を本日午前発送いたします。箱には番号と商標を欄外に記してあります。

敬具

ホッグズ・フロッグズ・ボッグズ商会

一八＊＊年六月二十一日　＊＊市

追伸　この書状をお受け取りの翌日に大箱は荷車にて到着予定です。

シャトルワージー様へよろしくお伝えください。

H・F・B商会

実のところ、グッドフェロウ氏は、シャトルワージー様が亡くなって以降、約束されたシャトー・マルゴーを受け取れないものだとすっかり諦《あきら》めていました。ですから今や、これは思いもかけぬ天の特別なお恵みだと考えました。もちろん喜んで、浮かれたあまり、次の日に、懐かしいシャトルワージー様の贈りものを開けようと、夕食会に大勢の友人を招待しました。招待状を出したとき「懐かしいシャトルワージー様」のことを記したわけではありません。実は、いろいろ考えた末、何も言わないことにしたのでした。シャトー・マルゴーの贈りものをもらったことは――私の記憶が定かならば――誰にも言っていないのです。ただ友人たちに、香りの高い極上品を二か月前に注文しておいたのが町から明日届くので、飲むのを手伝いに来てほしいとだけ告げたのです。「気のいいチャーリー」が旧友からワインをもらったことを言わないことにしたのはなぜなのか、今でもときどき不思議に思っておりますが、なぜ秘密にしたのかその理由はわかりませんでした。きっと、何かすばらしい、徳深い理由があったにちがいありません。

その日がやってきて、グッドフェロウ氏宅にはかなり大勢の名士が集まりました。実際、市民の半分が来ていたのです――私もおりました――けれども、「気のいいチャーリー」の困惑をよそに、シャトー・マルゴーは、用意された贅沢《ぜいたく》な夕食をお客たちがたっぷり召し上がり終えた遅い時刻になるまで到着しませんでした。ようやく到着して――大変に大きな箱でございました――皆様とても上機嫌のなか、満場一致で、テーブルの上に置いて、そこで中身を取り出そうと決まりました。

さっそく取り掛かりました。私もお手伝いいたしました。さっと箱を、瓶やグラスの並んでいるテーブルの上に置きますと、夥《おびただ》しい量の瓶やグラスは割れてしまいました。「気のいいチャーリー」は、もう既に酔っ払ってずいぶん赤い顔をしていましたが、今は椅子に座って、テーブルの上座でふざけて偉そうな態度をとり、デカンターでテーブルを乱暴に叩《たた》くと、「宝を掘り出す儀式のあいだ」静粛にするように一同に求めました。

かなり大騒ぎがあってから、とうとう静けさが取り戻され、そういったときにはよくあることですが、妙にしんと静まり返りました。蓋《ふた》をこじ開けるようにと依頼された私は、もちろん「大いに喜んで」一応じました。鑿《のみ》を差し込み、ハンマーで軽く数回叩くと、箱の上部は突然激しく吹き飛んで、同時に、殺されたシャトルワージー様本人の痣《あざ》だらけで血《ち》塗《まみ》れの腐敗しかけた死体が飛び出すと、グッドフェロウ氏の真正面に座る姿勢となりました。死体はしばらく、その朽ちて光を失くした目でじっとグッドフェロウ氏の顔を悲しそうに見据えていましたが、ゆっくりと、しかしはっきり印象深い声でこう言ったのです――「おまえが犯人だ！」それから、すっかり満足したかのように、箱の横へ倒れ込むと、テーブルの上で震える手足をひろげたのでした。

そのあと起こったことは、筆舌に尽くしがたいものです。皆がドアや窓へ殺到し、その場にいた屈強の男たちでさえ恐怖のあまり失神したのです。けれども、最初の激しい悲鳴の騒ぎがおさまると、皆の目はグッドフェロウ氏へ向けられました。一千年生きたとしても、その死んだような顔に浮かんだ凄《すさ》まじい苦悩の形相を忘れることはできないでしょう。さっきまでは勝利とワインで真っ赤になっていたのですが。数分間、彼は大理石の像のようにじっと身じろぎせずに座っていました。ぼんやりと焦点の定まらぬ目は、内面に向けられ、自らの惨めな人殺しの魂のことを夢中で考えていたようです。とうとう、その表情はパッと外の世界へと戻り、そのとたん、彼は椅子からすっと立ち上がると、頭と両肩をテーブルにどっしりと落とし、死体に接触したまま、ペニフェザー青年が今、死刑判決を受けて収監されているそのおぞましい犯罪を自分が行ったことを早口で激白したのです。

激白の要点はこうでした――彼は犠牲者を池のそばまで追っていき、ピストルで馬を撃った。乗り手をピストルの銃床で殺害し、その財布を奪い、馬が死んだと思い込んで、ひどく苦労して池の近くの茨《いばら》まで引きずっていった。自分の乗ってきた馬にシャトルワージー氏の遺体を担ぎ上げ、そのまま森を抜けて遠くまで運んで隠した。胴着《ベスト》、ナイフ、財布、弾丸は、ペニフェザー青年に復讐《ふくしゅう》するために、自分の手で発見場所に置いた。血のついたネッカチーフとシャツも発見されるように自分が仕組んだものである。

この血も凍るような話の最後にさしかかると、この罪人の声は震え、虚《うつ》ろになりました。すっかり話し終えると、彼は立ち上がり、テーブルからふらふらと後ずさりして、倒れて――死んでしまいい、い、い、ました。

まさに時宜《じぎ》を得たこの告白を引き出した手段は、効果的なものではありましたが、実に単純でした。グッドフェロウ氏の行き過ぎた馴《な》れ馴《な》れしさは私には受け入れがたいものであり、最初から怪しいと感じておったのでございます。ペニフェザー青年が氏を殴ったときも私はその場におりましたが、あのとき氏の顔に――一瞬ではありましたが――浮かんだ悪魔のような形相を見て、氏が口にした仕返しは、きっときっちりとなされるだろうと確信しました。そこで私は、ラトルボロの善良な市民の皆さんとはちがう角度で、「気のいいチャーリー」の手口を見守っていたのでございます。有罪の証拠は、直接にせよ間接にせよ、すべて氏が発見していることにすぐ気づきました。けれども、私の目をはっきりと真相に開かせてくれたのは、馬の死体からグッドフェロウ氏が見つけた弾丸の一件でした。ラトルボロ市民の皆さんはお忘れかもしれませんが、馬には弾丸が入った孔《あな》と、出て行った孔とがついていたのを私は忘れておりませんでした。出て行ったあとに、弾丸が馬に見つかったのなら、それは見つけた人がそこに置いたにちがいありません。弾丸で気づいた考えを、血塗れのシャツとネッカチーフが確実にしてくれました。と申しますのも、ついていた血とは、調べてみると、クラレット・ワインでしかなかったのです。以上の点と、最近グッドフェロウ氏の金遣いが荒くなっていることを合わせて考えて抱いた疑惑は、誰にも申しませんでしたが、だからと言って弱まるものではございませんでした。

一方、私は単独でシャトルワージー様のご遺体を一所懸命お捜しいたしました。そして、グッドフェロウ氏が捜索隊を率いて行ったところからできるかぎり離れた地域を捜してみたところ、数日後、茨でほとんど隠れていた、古く乾いた井戸に行き当たりました。その井戸の底に、ついにお見つけ申し上げたのでございます。

さて、たまたまではございますが、グッドフェロウ氏が旦那《だんな》様をうまくまるめ込んでシャトー・マルゴーの箱を約束させようとしていたとき、お二人の会話をこの耳が聴いておりました。そこで、この手を使おうと思いつきました。硬い鯨骨《げいこつ》を入手し、ご遺体の喉《のど》から体内に差し込ませていただき、しなる鯨骨がご遺体の中でくの字に曲がるように気をつけながらご遺体を折り曲げて、そのまま古いワインの箱に入れました。反り返ろうとするご遺体を蓋で無理やり押さえつけて、蓋に釘《くぎ》を打ち付けました。もちろん、釘を外せば、蓋は飛び上がり、ご遺体が飛び出てくるという仕掛けです。

こうして準備した箱に、既にお話ししたように、印と番号をつけ、住所を記しました。それから、シャトルワージー様がお取り引きをなさっていたワイン商人の名前で手紙を書き、召し使いに命じて箱を手押し車に載せて、私から合図があったら、グッドフェロウ氏の玄関まで運ぶように指示を出しておきました。ご遺体が話す言葉につきましては、私は腹話術の腕前に自信がございまして、これを用いさせていただきました。その結果がどうなるかは、人殺しの悪党の良心次第でございました。

これでもうお話しすべきことはございません。ペニフェザー青年は、すぐに釈放され、伯父上《おじ》の財産を相続し、経験に教えられて生活を改め、その後は幸せな新しい人生をお歩みになったのでございます。

黄金郷《エルドラド》

颯爽《さつそう》たる
騎士来たる
影に日向《ひなた》に馬進め
道は遥《はる》かに
歌朗《ほが》らかに
エルドラドを求め

しかし、年をとり——
力も劣り——
勇ましき騎士の心にも
影が射す。ないのだ
見つからないのだ
エルドラドらしき国が、どこにも

ついに疲れ果て
力尽きた挙句の果て
影という巡礼の前に辿《たど》り着く――
騎士は言う、「影に訊《き》きたい、
「どこなのだ、一体――
エルドラドへは、どう行けば着く？」

「月に聳《そび》える
山の彼方《かなた》
死の谷の底へ下って行くならば
着こう。さあ、大胆に進め、さすらえ」
と、影の応《いら》え
「行くがよい、エルドラドを求めるならば！」

黄金虫

何だ！　何だ！　こいつ、踊り狂ってる！
毒蜘蛛《タランチユラ》に咬《か》まれたにちがいない。

――『みんなまちがい』

何年も前のこと、私はウィリアム・ルグランなる人物と親交を結んだ。氏は古いユグノー教徒の家系であり、かつて裕福だったが、度重《たびかさ》なる不幸により窮乏に追い込まれた。禍《わざわい》ゆえの屈辱を逃れんがために、氏は父祖の地ニューオーリンズを離れ、南《サウス》カロライナ州チャールストンに近いサリヴァン島に居を構えた。

この島は実に変わった島である。どこもかしこも砂ばかりで、長さは三マイルほど。幅はどこも四分の一マイルに満たない。本土とはわずかに流れる小川で分かれており、この細流がにじみ込む葦《あし》と泥の荒地には鷭《ばん》がよくやってくる。植生は当然ながら乏しく、生えていたとしても矮小《わいしょう》だ。大きな樹木はどこにも見当たらない。モールトリー要塞《ようさい》がある西端近く、チャールストンの町の喧騒《けんそう》と熱気を逃れてきた人たちが夏のあいだだけ住むみすぼらしい木造家屋が数軒並んでいるあたりには、ちくちくした感じの椰子《ヤシ》の木が生えている。ただ、この西端と白いごつごつした海岸線を別にすれば、島全体は、イングランドの園芸家たちが大いに称賛する香り高い銀梅花《ぎんばいか》の灌木《かんぼく》でぎっしり覆《おお》われている。この灌木は十五から二十フィート〔約四・六から六・一メートル〕の高さに達することもあり、ほとんど中に入れないほど密な雑木林となって、あたりに芳香を放っていた。

この雑木林のずっと奥、島の東のはずれからさほど遠くないところに、ルグランは自ら小屋を建てて住んでいたのだが、私がふとしたことから彼と知り合いになったのはその時分のことである。やがて深い付き合いとなった。なにしろ、この世捨て人にはなかなか興味深いところがあり、私は感銘を受けたのだ。教養があり、非凡な知力の持ち主だったが、人づきあいを嫌い、熱狂と憂鬱《ゆううつ》とが交互に訪れるひねくれた気分屋であった。蔵書は多かったが、ほとんど読んでいなかった。もっぱら猟や釣りを好み、浜辺や雑木林を散歩して貝殻や昆虫を採集することもあった。その昆虫標本のコレクションなどは、スワンメルダムのような高名な昆虫学者にとっても垂涎《すいぜん》ものだったろう。採集に出かけるときは、いつもジュピターという名の肌の黒い老人がお供をしていた。一家が没落する前に奴隷の身分から解放されていた黒人だったが、若い「ウィル旦那《だんな》」につき従うことこそ自分の権利と思っているようで、脅《おど》してもすかしてもやめさせることはできなかった。ひょっとすると、どうもルグランの精神に落ち着かぬところがあると察知した親族が、この頑迷さをジュピターに教え込み、どこへ行ってしまうかわからぬこの男のお目付け役としたのかもしれない。

サリヴァン島ほど南にあれば、冬の寒さは厳しくなく、秋になっても暖炉が必要と思われることはまずなかった。ところが、一八＊＊年の十月中旬頃、極寒の日があった。ちょうど日没前、私は常緑樹の林を急ぎ足で抜けて、数週間ぶりに友の小屋を目指していた。その頃私が住んでいたチャールストンの住居は、島から九マイルも離れていたし、現在とはちがって往復の交通手段も整っていなかった。小屋に着くと、いつものとおり軽くノックをしてみたが、返事はなく、鍵《かぎ》の隠し場所を知っていたので鍵を捜して戸を開け、中へ入った。暖炉には心地よい火が燃えていた。珍しいことではあったが、もちろんありがたかったので、私はオーバーコートを脱ぎ捨て、パチパチと燃える薪《まき》のそばの肘掛《ひじか》け椅子《いす》に腰を下ろして、家主の到着をじっと待った。

暗くなってまもなくすると、主従はやってきて、私を心より歓迎してくれた。ジュピターは耳から耳までニヤリとして、夕食に出す鷭《ばん》料理の支度をせわしなく始めた。ルグランは例の昂奮《こうふん》の発作にかかっていた――それ以外に何と呼びようがあろうか。新種の知られざる二枚貝を見つけたのみならず、ジュピターの援助を得て、黄金虫《スカラバエウス》を追いかけて捕まえ、それがまったくの新種だと信じているのだが、その件について明日私の意見が聞きたいのだと言う。

「今晩じゃだめなのかい？」私は暖炉の火にかざした両手を揉《も》み合わせながら、黄金《スカラバ》虫《エウス》なんて種族は全滅してしまえと念じつつ尋ねた。

「ああ、君がここにいると知ってたらなあ！」と、ルグラン。「ずいぶんご無沙汰《ぶさた》してたからね。よりにもよって今晩来てくれるなんて思いもしなかったよ。帰りがけに、要塞に勤務しているG＊＊中尉に会ってね。実に愚かなことに、黄金虫を貸してしまったんだ。だから、君は明日になるまでそいつにお目にかかれない。今晩はここに泊まってくれ。日の出とともにジャップを使いに出すよ。まったくもって神が創りたまいし最高の美だぜ！」

「何が？　日の出がか？」

「何言ってるんだ！　ちがうよ――黄金虫がだよ。輝ける黄金色――大きめのヒッコリーの実ほどの大きさで――背中の一方の端に真っ黒な点が二つあり、反対側にはやや細長い点が一つ。触角はどうかと言えば――」

「銅なんかじゃありゃせんです、ウィルの旦那。何度も言っとうがな」ジュピターが口を挟《はさ》んだ。「あんムスは黄金のムスだぁ。どこもかしこもカッチカチ。中も外も。翅《はね》以外は――あん半分の重さのムスだって触ったことはありゃせなんだ」

「うむ、そうかもしれんがね、ジャップ」と、ルグランは会話の内容からして真剣すぎるように思われる口調で答えた。「それが、おまえが鳥を焦がしていい理由になるかね。色は」――と、ここでルグランは私のほうを向いた。「確かにジュピターがそう思うのも無理はないという色なんだ。あの背中が発するより美しく輝く金属性の光沢を君は見たことはないと思うよ――まあ、そいつは明日まで君にはわからないがね。

それまで、君にその形を説明しておこう」そう言うと、ルグランは小さなテーブルの前に座ったが、そこにはペンとインクはあっても紙はなかった。彼は引き出しを探したが、見つからなかった。

「まあ、いい」ついにそう言うと、「こいつで間に合う」と言いながらチョッキのポケットからかなり汚い大判紙《フールスキャップ》の切れ端と思《おぼ》しきものを取り出すと、ペンでざっくりとした絵を描き始めた。そのあいだ、私はまだ寒かったので、暖炉のそばの椅子に座ったままだった。絵ができると、彼は立ち上がらずに私に手渡した。それを受け取ったとき、大きなうなり声が聞こえ、ドアをひっかく音がした。ジュピターがドアを開けると、ルグランの飼っている大きなニューファウンドランド犬が飛び込んできて、私の両肩に飛びつき、私をぺろぺろと舐《な》めた。これまでこの家に来るたびに、ずいぶん可愛がってやったからだ。犬の大はしゃぎが一段落すると、私は例の紙を見たが、正直言って、友が描いたものに少々困惑した。

「いやはや！」しばらく見つめてから私は言った。「こいつは確かに変わった黄金虫だ。新種だろう。こんなもの見たことがないよ。まるで髑髏《どくろ》、頭蓋骨《ずがいこつ》に見えるがね。私が見るかぎりでは、どう見ても髑髏だ」

「髑髏だと！」ルグランは繰り返した。「ああ——そりゃあ——まあ、確かに紙に描いたらそうも見えるかもしれんが。上の二つの黒い点が目に見えるってわけだろ？

で、下の長細いのは口に見えるってわけだ——しかも、全体の形が楕円《だえん》形だしな」

「そうかもしれんが」と、私。「ルグラン、君は絵が下手だよ。虫の形がどうなのかについちゃ、実物を見るまでは意見を控えるよ」

「そいつはどういうことかな」と、ルグランは少々いらついた。「それなりに絵は描けるつもりだがね。少なくともいい先生についていたし、ちゃんと絵が描けて当然だし、自分でも満更《まんざら》じゃないと思ってるんだがね」

「だが、いいかい、君、それじゃ君はふざけているんだ」と、私。「こいつはどう見たって髑髏だ——実のところ、生理学の標本について一般人が抱くイメージに拠《よ》れば、こいつはかなり立派な髑髏だ——君の黄金虫がそいつに似ているんだとしたら、よっぽど奇妙な黄金虫じゃないか。まったく、こんな暗示がありゃ、まさにわくわくするような迷信が生まれちまうぞ。*Scarabæus caput hominis*《スカラバエウス・カプト・ホミニス》〔人頭黄金虫〕とかなんとか名づけたらどうだ。博物学じゃ、似たような名前がいくらでもあるだろ。ところで、君の言ってた触角ってのは、どこなんだい？」

「触角だと！」ルグランはこの件にわけがわからないほど熱くなって言った。「触角は見えてるはずだ。実物そっくりに、はっきり描いたからな。あれで十分なはずだ」

「おやおや」と、私。「描いたのかも知れんが——見えないね」私は、相手を怒らせまいとして、それ以上何も言わずに紙を渡したが、こんな展開になって驚いていた。

相手の不機嫌に面喰《めんく》らったのだ。黄金虫の絵について言えば、触角などどこにも見当たらなかったし、全体は普通の髑髏の絵にそっくりだった。

ルグランはむっとした態度で紙を受け取り、くしゃくしゃに丸めて暖炉の火に投げ込もうとしたが、何気なく絵にちらりと目を留めて、急に注意を釘付《くぎづ》けにした。瞬時にその顔は真っ赤になったかと思うと、ひどく蒼褪《あおざ》めた。しばらくのあいだ、彼は椅子に座ったまま、絵を仔細《しさい》に調べていたが、とうとう立ち上がると、テーブルから蠟《ろう》燭《そく》を取り上げ、部屋の一番奥にあった船乗りの収納箱に腰掛けた。そこでも、紙をひっくり返しながら、いろいろな角度からそわそわと調べていた。ところが、一言も口をきかない。こちらは大いに呆気《あっけ》にとられていたが、へたに声をかけて不機嫌を募らせてはまずいだろうと考えた。まもなく彼は上着のポケットから財布を取り出し、紙を注意深くそこへしまうと、それを書き物机にしまって、鍵をかけた。そうすると、ようやく落ち着いてきたようだった。当初の昂奮はすっかり影をひそめていた。もはや機嫌を損ねたというよりは、心ここにあらずといった様子だった。夜が更《ふ》けるにつれ、彼はますます物思いに耽《ふけ》るようになり、私がどんなにからかっても反応しなかった。その晩は、これまで何度もそうしてきたように、その小屋に泊まるつもりだったが、家主がこんな調子なので、暇《いとま》を告げたほうがいいと思った。彼は引き留めもしなかったが、別れるとき、私の手をいつも以上に心を籠《こ》めて握りしめた。

そんなことがあってから一月《ひとつき》ほど経《た》った頃のことだ。チャールストンにいた私のところへ、召し使いのジュピターが訪ねてきた（その間、私はルグランと一度も会っていなかった）。この善良な老いた黒人がこれほど気落ちしているのを見たことはなく、わが友に何か深刻な厄災でも降りかかったのではないかと心配した。

「おや、ジャップ」と、私。「どうしたね？　ご主人はいかがかな？」

「そいつが、正直なところ、旦那《だんな》、あんまり具合がよろしくねえんで」

「よろしくないと！　そいつは実に残念だ。何がいけないのかね」

「それ、そこでして！　どこもいけねくねえだ――けんど、かなり具合がお悪いだ」

「かなり悪いだって、ジュピター！――なぜすぐそう言わないんだ。臥《ふ》せっているのかね」

「いや、そうじゃねえ――どこも寝てねえ――そいつが悩みの種でして――可哀想なウィル旦那を思うと、気が重くなりますだ」

「ジュピター、一体どういうことだ。旦那様は病気だと言うが、どこが悪いのか仰《おつしや》らないのか」

「うんにゃ、旦那、そんなことに目くじら立ててもしょうがねえだ――ウィル旦那はご自分じゃどこも悪くねえと仰る――なら、なしてこんなふうに頭下げて肩怒らして真っ青になって歩きまわりなさるだね。しかもずっと計算して――」

「何をしてだって、ジュピター？」

「石板に数字書いて計算してるだ——見たこともねえ変な字だ。おら、怖くなっちまっただよ。旦那がすることをしっかり見張ってねばならんかった。こないだも、夜も明けねえうちにこっそり抜け出して、一日中どこかへ行っちまいなさっただ。戻ってらしたらこっぴどくお仕置きをせにゃならん思うて、でけえ棒さ、こさえといたんだが——おら、馬鹿で、どうにもぶっ叩《たた》けなんだ——あんまし具合が悪そうだったもんで」

「え？——何だって？——ああそうか！——そりゃ君、哀れな旦那にあんまり厳しくしちゃいけないな——お仕置きなんてするなよ、ジュピター——旦那には耐えられないよ——だが、どうしてそんな病気になったというか、そんな奇妙な振る舞いをするようになったか、見当はつかないのかね。こないだ私が訪ねたあと、何か嫌なことでもあったのかい？」

「いやぁ、旦那、あれから何も嫌なこたぁありゃせんよ——あれより前のことだ——旦那がいらしたまさにあの日だ」

「どういうことかね？」

「だからさ旦那、ムスだ——それ」

「ム——何だって？」

「ムスです――ウィル旦那は頭のどっかをあんムスに咬《か》まれなさったにちげえねえだ」

「で、ジュピター、そう考える理由はあるのかね」

「立派な爪も口もあるだよ、旦那。あんなひでえムス見たことねえだ――近くさあるもん何だって咬みついたり蹴《け》っ飛ばしたりして。ウィル旦那はあれをさっと捕まえなすったが、また、すぐに手を放さにゃならんかった――あんときに咬まれなさったにちげえねえ。おら、あんムスの口の様子が嫌で、指でつまみたくなかったもんで、そのあたりにあった紙切れで捕まえたんだ。その紙でくるんで、ムスん口さ紙っ切れさ突っ込んでやった――そうやってつかんだだよ」

「では、ご主人は本当にあの虫に咬まれて、それで病気になったと君は思うんだな？」

「おら、何も思っちゃいねえ――わかってんだ。あの黄金虫に咬まれたんじゃなきゃ何だって金の夢ばっか見るかね？　そういう黄金虫の話はこれまでにも聞いたこたあるんだ」

「だが、ご主人が金の夢を見ているとなぜわかるんだ？」

「なぜわかるかって？　そりゃ寝言で金のことばっか言ってっから――だから、わかるだよ」

「よし、ジュピター、たぶん君の言うとおりなんだろう。しかし、今日、君の訪問を受ける栄誉に与《あずか》ったのはどういう運の巡り合わせかな？」

「はあ何のことで、旦那？」

「ルグラン氏から言伝《ことづ》てを持ってきていたりするかな？」

「うんにゃ、旦那。この手紙さ持ってきただ」そう言うとジュピターは、私に次のように書かれたメモを手渡した。

拝啓

なぜこんなに長く会いに来てくれないのでしょうか。まさか私が些《いささ》か不愛想だったことを不快に思われたわけでもありますまい。いや、それはありえない。

過日お目にかかって以来、大きな心配事ができました。君に伝えたいことがあるのですが、どう伝えたものか、そもそも伝えるべきかどうかもわかりません。

ここ数日、私は具合が悪く、哀れなジャップは、耐えがたいほど私にうるさくしてきます。信じられるでしょうか。先日など、私がこっそり抜け出して一日じゅう丘や本土で一人で過ごしていたからと言って、巨大な棍棒《こんぼう》を用意して私にお仕置きをしようとしたのです。ぶっ叩《たた》かれなかったのは、ひとえに私が具合が悪そうにしていたからだと思います。

君と別れてからは、標本箱に何の追加もありません。

とにかく、できたら、何とか都合をつけて、ジュピターと一緒に来てください。

是非とも。今晩、とても重要な案件で君にお会いしたい。一大事であることは保証します。

敬具

ウィリアム・ルグラン

手紙には、何かしらひどく落ち着かない気分にさせるところがあった。文体全体がルグランらしくない。一体何を夢見ているのだろう？　その昂奮《こうふん》しやすい脳にどんな新たな綺想《きそう》が取り憑《つ》いたのか？　「一大事」とは何のことだ？　ジュピターの話の様子では、どうもよくないことのようだ。あまりにも不幸つづきで、とうとうわが友の理性が崩壊してしまったのではないかと私は恐れた。それゆえ、一刻も忽《ゆるが》せにせず、私は黒人と一緒に出発した。

船着き場に着くと、明らかに新品の草刈り鎌が一本と鋤《すき》が三本、これから乗ろうという舟の底に置いてあった。

「これはどういうことかね、ジャップ？」私は尋ねた。

「ウィル旦那の鎌と鋤さね」

「そりゃそうだろうが、何でここにある？」

「ウィル旦那が町で買ってこいって仰《おつしや》った鎌と鋤でさ。悪魔もびっくりの大金を払いましただ」

「しかし、まったくわけがわからんが、ウィル旦那は鎌と鋤なんかで何をなさろうっていうんだい？」

「そんなん、おらが知るわけねえ。ウィル旦那だって知っちゃいねえに決まってらあ。けんど、みな、あんムスんせいさね」

「あんムス」のこと以外考えられなくなっているジュピターに訊《き》いても仕方ないとわかると、私は舟に乗り込んで出帆した。強い順風を受け、やがてモールトリー要塞《ようさい》の北にある小さな入り江に入り、二マイルほど歩いて小屋に着いた。到着したのは、午後三時頃だった。ルグランは首を長くして待っていた。落ち着きなく親愛の熱を籠《こ》めて私の手を握り締めるものだから、私は既に抱いていた疑念を強くした。まるで幽霊のような蒼白《そうはく》な顔をして、落ち窪《くぼ》んだ目はただならぬ光を放っていた。具合はどうかと少し尋ねてから、ほかに話題も思いつかず、G＊＊中尉から黄金虫を返してもらったかと訊いてみた。

「もちろんさ」彼は顔をひどく紅潮させて答えた。「次の日に返してもらった。あの黄金虫を手放すわけにはいかないからね。本当にジュピターの言うとおりなんだぜ」

「何が？」私は密《ひそ》かに悲しい予感に苛《さいな》まれた。

「あれが本物の金の虫だってことさ」真剣そのものの様子でそう言うので、私はいわく言いがたいショックを受けた。

「あの虫で大金持ちになれる」彼は勝ち誇った笑みを浮かべてつづけた。「これで落ちぶれたルグラン家も持ち直す。だから、僕があれを大事にするのも当然じゃないか。幸運の女神があれをわが手に与えてくれたのだから、僕はただそれをきちんと用いて、あれが指し示している黄金に到達するまでのことだ。ジュピター、あの黄金虫を出してくれ」

「何と！　あのムスかね、旦那《だんな》？　できれば、あんムスに手ぇ出したくねえ——旦那、自分でお取りなせえ」これを聞くと、ルグランは厳かにして重々しい態度で立ち上がり、ガラス箱から黄金虫を取り出して運んできた。美しい黄金虫だった。当時、博物学者には知られぬ新種であり、もちろん、科学的な見地から大いに価値のあるものだった。背中の一方の端の近くに黒い丸が二つあり、反対側に長い丸が一つある。甲は極めて硬くてつやつやしており、まさに光り輝く黄金の様相をしていた。昆虫の重さは実に驚くべきもので、いろいろ考え合わせると、こいつが金でできているとジュピターが言うのも責められるべきものではなかった。だが、ルグランまでもがその意見に同調しようとは、一体どういうわけか見当もつかなかった。

「僕が君を呼んだのはだな」私が黄金虫を調べ終えると、彼は大げさな口調で言った。

「君を呼んだのは、運命とこの虫に関する見解を深めるに際し、君の助言と協力が欲しくて――」

「ねえ、ルグラン」私は相手をさえぎって声をあげた。「君はまちがいなく具合が悪いんだ。少し用心をしなきゃならない。横になりたまえ。私は二、三日、君が回復するまで一緒にいてあげるから。君は熱っぽいし――」

「僕の脈を診《み》てくれたまえ」

脈を診ると、正直なところ、熱っぽいところは微塵《みじん》もなかった。

「だけど、熱の出ない病気だってある。どうか今度ばかりは、私の言うことを聞いてくれたまえ。とにかく寝たまえ。それから――」

「君は誤解している」彼は口を挟んだ。「僕はこの昂奮状態にある者としては、可能なかぎり健全だよ。僕の健康を本当に思ってくれるなら、この昂奮状態から解放してくれたまえ」

「どうやればいいんだ？」

「簡単なことさ。ジュピターと僕はこれから本土の山へ探検に出かける。この探検には信頼できる人物の助けが必要なんだ。信頼できるのは、君だけだ。成功するにせよ、失敗するにせよ、今の僕に取り憑《つ》いた昂奮はそれでおさまるはずだ」

「君のためなら何でもしたいがね」と、私は答えた。「それじゃ、この忌々しい虫が君たちの山の探検と何か関係があるというのかい？」

「そうだ」

「じゃあ、ルグラン、私はそんな馬鹿げたことに付き合うわけにはいかないよ」

「それは残念だ――実に残念だ――となると、二人だけでやらなきゃならなくなる」

「二人だけでやるだって！　こいつ、まちがいなくおかしくなっちまった！――だが待て！――どれぐらい留守にするつもりなんだ？」

「たぶん一晩じゅう。直ちに出発して、ともかく日の出前には戻ってくる」

「君は、こんな粋興《すいきょう》なことが終わって、この虫の一件（まったくもう！）に君の満足のゆく決着がついたら、そうしたら家へ帰って、私の忠告に、医者の忠告のようにすっかり従うと、名誉にかけて約束するかい？」

「ああ、約束する。さあ出発しよう。一刻の猶予もならないんだ」

　重い心で私は同行した。出発したのは午後四時頃――ルグラン、ジュピター、犬と私だ。鎌と鋤はジュピターが持っていた――自分が運ぶと言って聞かなかったのだ。どうやら、どちらかでも主人の手の届くところに置いてはならないと思ったようで、勤勉さや親切心が嵩《こう》じてのことではないらしい。その頑固さは極端で、歩いている最中「あのムス野郎め」以外の言葉がその口をついて出てくることはなかった。私はシャッター付きの〔照らす方角を定められる〕ランタンを二つ受け持ち、ルグランは黄金虫で満足し、それを短い鞭縄《むちなわ》の細くなった先に結びつけて、歩きながら祈禱師《きとう》よろしく、前後に振りまわしていた。わが友の狂乱の歴然たる証拠となるこのありさまを見て、私は涙を抑えきれなかった。けれども、少なくとも当座は、あるいは何らかの功を奏しそうな積極策が取れるまでは、相手の気分に調子を合わせるのがよかろうと思った。その一方で、この探検の目的について探りを入れようとしたが、どうにも埒《らち》が明かなかった。私に同伴させることができた今となっては、無駄話をしたくないらしく、私が何を尋ねても「今にわかるさ！」としか答えないのだった。

我々は島の端にある小川を小舟で渡って本土へ出ると、岸の高台を登り、北西の方角へ進んで、人の足跡などどこにもない荒れ果てた一帯へ出た。ルグランはときどき、以前ここを訪れたときにつけておいた目印らしきものを調べるべく一瞬立ち止まりながら、決然として進んでいた。

こうして二時間あまり歩き、ちょうど陽《ひ》が沈もうという頃に、見たこともないほど荒涼とした地帯に足を踏み入れた。そこは、人を寄せつけそうにない険しい山頂近くの高原のようなところで、麓《ふもと》から頂《いただき》まで鬱蒼《うっそう》たる森に覆われていた。点在する巨大なごつごつした岩はごろりと山肌に転がっているだけらしく、寄りかかっている木々に支えられて、かろうじて下の谷へ落ちずにいるものが多かった。あちこちにひろがる深い峡谷は、その情景に更なる峻厳さを加えていた。

我々が手をつきながらよじ登った自然の高台には茨《いばら》がびっしりと群生しており、鎌がなければとても踏み込めないとわかった。ジュピターは、主人の指示に従って鎌を振るって道を切り拓《ひら》き、巨大なユリノキの根元に到達した。その木は、同じ高さのところから生えている八本から十本ほどのオークの木よりもはるかに高く聳《そび》えており、葉のつき方の美しさといい、枝の大きなひろがり具合といい、その全体の堂々たる恰《かっ》好《こう》よさといい、私がそれまで見たどんな木よりも群を抜いて優れていた。私たちがこのユリノキのところまで来ると、ルグランはジュピターを振り返って、こいつに登れると思うかと尋ねた。老人はその問いに少々たじろいだらしく、しばらく返事をしなかったが、やがて巨大な幹に近づくと、ゆっくりとその周りをまわり、しげしげと木を調べた。検分が終わると、ただこう言った。

「へえ、旦那。おらは、どんな木でも登りますだ」

「では、すぐに登ってくれ。すぐに暗くなって、あたりが見えなくなっちまうからな」

「どこまで登るだね、旦那?」ジュピターが尋ねた。

「まず枝が伸びているところまで行ってくれ。そしたらどっちへ行くか教える――おっと――待て!　この黄金虫を持っていけ」

「ムスかね、ウィル旦那!――黄金虫かね!」黒人は怖気《おじけ》づいて後ずさりながら叫んだ。「なんだって木の上へムスなんか持ってくもんかね!」

「おまえのような図体《ずうたい》のでかい黒人が、ちっちゃな害のない死んだ黄金虫を触るのが怖いっていうなら、この紐《ひも》で結《ゆ》わえて持っていくがいい——だが、何としても持って上がるのは嫌だっていうなら、仕方ない、この鋤《すき》でおまえの頭を叩き割ってやる」

「今度はどうなさっただ、旦那？」ジュピターは明らかに恥じて従順になりながら言った。「黒人のじじいに文句ばかり言って。ちょいとふざけただけでねえか。このおらがムスを怖がるだなんて！　ムスなんか大したことねえだよ」ここで、彼は紐のぎりぎりの端っこを用心深くつまむと、できるだけ虫を体から遠ざけるようにして、木に登る用意を始めた。

アメリカの樹木のなかでも最も堂々たるリリオデンドロン・トゥリピフェラことユリノキは、若木だと幹がひどくすべすべしており、ずっと高いところにならないと横に枝が出ないことが多いのだが、年を重ねると樹皮にこぶができ、ごつごつしてきて、短い横枝も多数出てくる。それゆえ、この場合、登るのは見かけほどむずかしいものではなかった。巨大な円柱にできるだけぴったり、両腕と膝《ひざ》で抱きつき、手で何かのでっぱりをつかみ、はだしの爪先《つまさき》を別のでっぱりに乗せながら、ジュピターは一、二度危うく落ちそうになりながらも、とうとう最初の大きな二股《ふたまた》となった枝のところまでよじ登り、これで仕事はすっかり終わったも同然と考えているようだった。地面から六十ないし七十フィート〔約十八・三から二十一・三メートル〕もの高さにいたわけだが、確かに危ない木登りは終わったと言えた。

「これからどっちさ行くだ？」ジュピターは尋ねた。

「一番大きな枝を登るんだ――こっち側のやつ」と、ルグラン。黒人は即座に従い、するすると登っていき、ついにその丸まった姿もこんもりと茂った葉の奥に隠れて見えなくなった。やがて、掛け声のような声がした。

「どれぐらい奥さ行くべか？」

「どこまで登った？」ルグランが尋ねた。

「かなり高《たけ》えよ」黒人は答えた。「木のてっぺんから空が見えるだ」

「空はどうだっていい。私の言うことをよく聞け。幹を見下ろして、こっち側のおまえの下にある枝を数えてみろ。何本越えてきた？」

「ひい、ふう、み、よ、いつ――五本、でけえ枝を越えただ、旦那《だんな》、こっち側の」

「じゃあ、もう一本上へ行け」

数分後、また声がして、七本目の枝に登ったことを告げた。

「よし、ジャップ」ルグランは明らかにひどく昂奮《こうふん》して叫んだ。「その枝をできるだけ先まで進んでほしいんだ。何か変なものがあったら教えてくれ」この頃には、わが哀れな友の狂気について私が抱いていた微《かす》かな疑念は、ついに完全となった。すっかりおかしくなってしまったと結論づけるよりほかなく、家へ連れて帰らなければならないと私は真剣に気を揉《も》んだ。さてどうしたものかと考えていると、また、ジュピターの声がした。

「この枝をずっと先まで行くんは、おっかねえっす——ずっと先まで枯れとるでねか」

「枯れているって言ったのか、ジュピター？」ルグランが震える声で叫んだ。

「おうさ、旦那。ぼろぼろに枯れとる——まちげえなく、やられて——おっ死《ち》んじまっとるでよ」

「これは一体どうすればいいんだ？」ルグランはひどく落ち込んだ様子で尋ねた。

「どうするだって！」私は、口を挟む機会ができたのを幸いにこう言った。「帰って寝ればいいんだよ。さあ行こう——いい子だから。遅くなってきたし、それに、約束は覚えているよね？」

「ジュピター」ルグランは、私のことなどまったく意に介さずに叫んだ。「聞こえるか？」

「はあ、ウィル旦那、はっきり聞こえとります」

「では、ナイフで木をよく調べてみろ。ほんとにぼろぼろに枯れているかどうか」

「はあ、旦那、まちげえなく枯れとります」数分後に黒人が答えた。「けんど、それほどでもねえ。おらだけなら、も少し先まで行ってみれますだ、きっと」

「おまえだけならってどういう意味だ？」

「そりゃムスのことです。すっげえ重いムスだからよ。こいつを落としたら、おら一人ぐれえの重さなら耐えられっかもしんねえ」

「この唐変木《とうへんぼく》め！」ルグランは、かなりほっとした様子で言った。「何て馬鹿馬鹿しいことを言うんだ？　その黄金虫を落としたら、おまえの首をへし折るぞ。いいか、ジュピター、聞こえるか？」

「聞こえまさあ、旦那。哀れな黒人にそんなに怒鳴らんでもええ」

「よし！　では聞け！　ぎりぎり安全なところまで黄金虫を落とさずに枝を進んで行け。それができたら、下りてきたときすぐおまえに一ドル銀貨をやろう」

「進んどります、ウィル旦那、はい、もう今」黒人は即座にそう答えた。「端っこまで着いただよ」

「端までだと！」そのときのルグランはほとんど悲鳴に近い声を出していた。「その枝の先端まで来たというのか？」

「もうすぐ端っこだに、旦那――おおおおお！　なんてこった！　この木にあるのは何だべ？」

「よし！」歓喜の極まったルグランが叫んだ。「そりゃ何だ？」

「何って、髑髏《どくろ》でさあ――誰かが木の上に頭を置いてって、カラスが肉を全部食っちまっただ」

「髑髏だと！――いいぞ！――どうやって枝にくっついている？――何で留めてあ

る？」

「なるほど、旦那、見てみます。こいつはまあ、奇妙なこった、まったくもって――でけえ釘《くぎ》が髑髏に刺さっていて、木に打ち付けられとります」

「よし、ジュピター、私の言うとおりにするんだ――いいか？」

「あい、旦那」

「では、よく聞け！――髑髏の左目を見つけろ」

「ほお！　へえ！　こいつはいいや！　目なんか一つもありゃせなんだ」

「馬鹿を抜かすんじゃない！　おまえ、自分の右目と左目はわかるか？」

「へえ、そりゃわかっとります――わかっとりますって――薪《まき》を割るのがおらの左手だ」

「そのとおりだ。おまえは左利きだからな。そしておまえの左目は左手と同じ側にある。さて、となれば、髑髏の左目を見つけられるな。あるいは左目があったところがわかるな。見つかったか？」

長い沈黙があった。とうとうジュピターは尋ねた。

「髑髏の左目ってのは、髑髏の左手と同じ側かねえ？――何しろ、髑髏は手なんか持ってねえから――まあええ！　左目わかっただ――こっちが左目だ！　で、こいつをどうするだ？」

「そこに紐《ひも》を通して、黄金虫を下へ落とせ。紐が伸び切るまで——だが、紐を放さないように気をつけろ」

「言われたとおりにしましただ、ウィル旦那。黄金虫を穴に通すのは簡単なもんさね——下で、ムスに気をつけてくださいよ」

この対話の最中、ジュピターの姿はまったく見えていなかったが、彼が垂らす黄金虫が紐の先に下りてくるのが見え、我々が立っている高台をまだほのかに照らす落陽の残光を浴びて、磨き上げられた黄金の球さながら、きらきらと輝いていた。黄金虫は、どの枝からもすっかり離れたところにぶら下がり、もしそのまま落としたら、我々の足下《あしもと》に落ちる位置にあった。ルグランは直ちに鎌を手にして植物を切り払い、虫の直下に、直径三、四ヤード〔約二・七から三・七メートル〕ほど丸く場所を空けた。それが終わると、ジュピターに紐を放して木から下りてこいと命じた。

黄金虫が落ちたまさにその地点に、極めて慎重に小さな杭《くい》を打ち込むと、わが友は次にポケットから巻き尺を取り出した。その端を杭のすぐそばにある木の幹に結びつけると、そこから杭まで巻き尺を繰り出していって、木と杭を結ぶ線をそのまままっすぐ延ばすように、杭からさらに五十フィート〔約十五・二メートル〕の地点まで繰り出していった。ジュピターが鎌で茨《いばら》を切り払ってくれた。こうして到達した地点に二つ目の杭が打ち込まれ、それを中心として直径四フィート〔約一・二メートル〕ほどの粗い円が描かれた。ルグランは自ら鋤《すき》を手にすると、ジュピターと私にも一本ずつ手渡し、大急ぎでそこを掘るようにと求めた。

　正直言って、穴掘りなんてどんなときでも楽しいと思わぬ私だったので、このときも、できれば断りたかった。夕闇は迫っていたし、これまで体を動かして大変疲れていたこともあった。しかし、逃れられそうもなかったし、断って哀れな友の平静を乱すのも嫌だった。実際、ジュピターの援助を当てにできれば、この宝の熱に浮かされておかしくなってしまった男を無理やりにでも家へ連れ帰ることに躊躇《ちゅうちょ》しなかったのだが、この老人の性格はよくわかっていたので、何があろうと、主人を敵にまわしてこちらの味方などしてくれるはずがなかった。ルグランが、埋められた財宝に関して南方にごまんとある迷信にかぶれてしまったことは明らかだった。その幻想が、例の黄金虫を見つけたことで、あるいはジュピターが執拗《しつよう》に「本物の金の虫」だと言い張ったせいで、確信へと変わったにちがいない。錯乱傾向のある精神状態ではそうした暗示にかかりやすいものだ――気に入った思い込みと合致すれば、なおのことだ――そう言えば、この哀れな男は黄金虫のことを「財宝を指し示すもの」と呼んでいたじゃないか。まったくうんざりだと思い、困惑したものの、こうなった以上はやむを得ない、本気で掘ってやろうじゃないかと決意した。そうすれば、はっきりと目に見える証拠をつきつけて、この妄想家に自分がまちがっていたと早々に納得させられると思ったからだ。
ランタンに灯《あか》りが点《とも》され、我々は、こんなくだらないことに費やすにはもったいない熱心さで仕事にかかった。ぎらつく光が人も道具も照らし出すと、我々は何て奇怪で絵画《ピクチャレスク》のような光景を呈していることだろうと思わずにはいられなかった。偶然に我々のいるところへ足を踏み込む人がいたら、さぞ胡散臭《うさんくさ》いことをしているように思えたにちがいないのだ。

　せっせと二時間、ひたすら掘り進めた。ほとんど言葉を交わすこともなかった。一番閉口したのは、犬が吠《ほ》えたてたことだった。穴掘りがおもしろくてたまらなかったらしい。あまりにうるさいので、誰か近くにさまよい込む者でもいたら、怪しまれてしまうのではないかと心配になるほどだった――というか、そう心配したのはルグランだった。私としては、さまよえる彼を家へ連れ帰る機会となるどんな邪魔も大歓迎だった。吠え声は、ついにジュピターによって極めて効果的に静められた。思いつめた様子で穴から出てきたジュピターは、自分のズボン吊《つ》りの一方で犬の口を縛り上げると、重々しい含み笑いを浮かべながら戻ってきたのである。

　さっき言った二時間が過ぎると、五フィート〔約一・五メートル〕の深さに達していたが、財宝など一向に出てくる気配はなかった。誰もが黙り込み、私は茶番もこれで終わったかと期待し始めた。しかし、ルグランは、明らかに当惑していたにも拘《かか》わらず、考え込むように額をぬぐうと、また掘り始めた。既に直径四フィート〔約一・二メートル〕の円い穴が掘りあがっており、その円周を少しひろげつつ、さらに二フィート深く掘り進んだ。それでも何も出てこない。この黄金探し屋は――まったく哀れで仕方なかったが――とうとう穴から這《は》い出すと、実に苦々しい落胆の様子を顔じゅうに浮かべながら、仕事にとりかかるときに投げ捨てた上着をゆっくり、しぶしぶと着だした。その間、私は口をつぐんでいた。ジュピターは、主人から合図されて、道具を集めだした。それがすむと、犬の口輪も外され、我々は厳粛な沈黙のうちに帰途に就いた。

帰ろうとして十歩ほど歩いただろうか。ルグランが大きな罵《ののし》り声をあげてジュピターにつめより、その襟首をつかんだ。驚いた黒人はその目と口を最大限に開き、鋤を取り落として、膝《ひざ》をついた。

「この野郎」と、ルグランは、食いしばった歯の隙間からきしるように言葉を吐き出した。「この悪魔のような黒い悪党め！――言え！――言い逃れせずに今すぐ答えろ――どっちが――どっちが、おまえの左目だ？」

「ああ、何です、ウィル旦那《だんな》！　こっちが左目に決まってらあな」怯《おび》えたジュピターは、自分の右側の目に手を置いてうなり、主人に目を抉《えぐ》り出されるのではないかと恐れるかのように、必死で右目を押さえた。

「やっぱりだ！——思ったとおりだ！　やったぞ！」ルグランは大声で叫ぶと、黒人を放してやり、まるで跳躍する馬のように飛び跳ねまわって欣喜雀躍《きんきじやくやく》し、ジュピターの度肝を抜いた。膝をついていたこの従者は立ち上がると、主人と私を黙って代わる代わる見てから、また私と主人を見た。

「来い！　戻るぞ」と主人は言った。「まだ終わりじゃない」それからユリノキのところへ帰り始めた。

「ジュピター」木の根元に着くと、ルグランは言った。「ここに来い！　髑髏《どくろ》は顔を外に向けて枝に刺さっていたか、それとも顔が枝に向いていたか？」

「顔は外向きでさ、旦那。カラスどもが難なく目をつつけるように」

「よろしい。では、おまえが黄金虫を落としたのは、この目か、この目か」ルグランはジュピターの目を一つずつ触った。

「この目でさ、旦那——左目です——仰《おつしや》ったとおり」ここで、黒人が指したのは右目だった。

「よろしい——やり直しだ」

　こうなると、狂気の沙汰《さた》にもどうやら何か筋が通ったところがあるらしいと私にもわかってきた。いや、わかってきたような気がした。わが友は、黄金虫が落ちた地点を示す小さな杭を抜き取ると、そこから西へ三インチ〔約七・六センチ〕ほどずれた地点に刺し直した。次に、幹の最も近い点から杭まで巻き尺を伸ばしていき、前のようにそのまままっすぐ五十フィート進んだ地点に印をつけた。さっき掘っていたところから数ヤード〔数メートル〕離れた地点である。

その新たな地点のまわりに、さっきよりも幾分大きめの円が描かれ、我々は鋤を手にふたたび仕事にとりかかった。私はひどく疲れてはいたが、なぜ気が変わったのかわからないまでも、やらされている仕事にもはや嫌悪は感じていなかった。どういうわけか妙に興味を覚えたのだ——いや、昂奮《こうふん》していたとさえ言っていい。たぶん、ルグランの奇矯な態度に先見の明、ないしは熟慮の様相を感じて、感化されたのだと思う。私は熱心に掘り、わが不運な友の錯乱の原因となったその幻想の財宝を、私自身、期待するかのような気分にときどきなっていた。一時間半ほど作業をして、そんな妄想に私がすっかり取り憑かれているとき、またもや犬が激しく吠えたてるという邪魔が入った。さっきはじゃれていたか気まぐれで騒いでいたにちがいないが、今度は深刻で、ただならぬ吠え方だった。ジュピターがまた口輪をはめようとすると、犬は怒って抵抗し、穴に飛び込んで、狂ったように爪で土をひっかいた。数秒のうちに、人骨がたくさん出てきた。ちょうど二体分の人骨であり、金属製のボタンやら毛織物が朽ちて塵《ちり》となったらしきものやらが交ざっていた。鋤で一、二度掘り起こすと、大きなスペインのナイフの刃が出てきた。さらに掘ると、金貨や銀貨が三、四枚見えてきた。

それを見たジュピターは喜びを抑えきれなかったが、その主人の顔には極度の落胆の色が浮かんでいた。それでも、まだ掘りつづけろと彼は言った。その言葉が発せられたちょうどそのとき、私のブーツの爪先《つまさき》が、掘り起こされた土になかば埋まっていた大きな鉄の輪にひっかかり、私はつんのめって転んでしまった。

こうなると、発掘は真剣そのものだ。これほど昂奮で緊張した十分間を私は経験したことがなかった。その十分間で、長方形の木製の箱をすっかり掘り出したのだ。木製なのにすばらしく硬く、保存状態が完璧《かんぺき》だったのは、何らかの――たぶん塩化水銀を使って――防腐処理が施されていたからだろう。箱は長さ三フィート半〔約一メートル〕、幅三フィート〔約九十センチ〕、高さ二フィート半〔約七十六センチ〕だった。鋲《びょう》打《う》ちの錬鉄の箍《たが》でしっかりと覆われており、全体に一種の格子細工を成して、その格子越しに箱が見えているのだった。箱の両側、上部近くに、鉄の輪が三つずつ――全部で六つ――ついていて、六人で箱を運ぶ仕様になっていた。三人で精一杯力を合わせても、櫃《ひつ》はその場からごく微《かす》かにしか動かなかった。こんなに重たいものは動かせないとすぐにわかった。幸い、蓋《ふた》の留め具は、横にずらして外す閂《かんぬき》二つだけだった。どうなるかと不安に喘《あえ》ぎ、身を震わせながら、それを外した。次の瞬間、計り知れない価値のある財宝が目の前で光を放っていた。射し込むランタンの光が金や宝石がごちゃ混ぜになった山にまぶしく反射して燦然《さんぜん》と輝き、目が眩《くら》んで仕方がなかった。

私がそれを見つめたときの気持ちを言い表すことなどできない。もちろん驚愕《きょうがく》が圧倒的だった。ルグランは昂奮で疲れ切ったようで、ほとんど口をきかなかった。ジュピターの表情は、しばらくのあいだ、黒人の顔色と思えないほど蒼褪《あおざ》めており、雷に打たれたかのように動けなくなっていた。やがて、穴の中で膝をつくと、むき出しの両腕を肘《ひじ》のところまで黄金に突っ込んで、まるで風呂《ふろ》にでも浸かっていい気分になっているかのようにしばらくそうしていた。とうとう、深いため息をつくと、独白をするかのように叫んだ。

「そしてこれが全部、黄金虫のおかげとは！　きれいな黄金虫！　おらがこっぴどく罵った、ちっこい黄金虫だ！　おめえ、自分が恥ずかしくねえか、ジュピターよ——答えてみろ！」

ついに私は、主人と従者の両方に、財宝を何とかして動かす必要があることに思い至らせた。夜もすっかり更けており、明け方までに何もかもどこかへ収めるのは容易なことではなかった。どうしたらよいかわからず、あれこれ考えているうちに長い時間が過ぎた——それほどみな頭が混乱していたのだ。とうとう、箱の中身の三分の二を取り除《の》けることで、なんとか箱を穴から運び出すことができた。取り出した品は茨《いばら》の中に隠され、見張りに犬が残された。犬は、どんなことがあっても、我々が戻ってくるまでその場から離れたり鳴いたりしてはならないという厳命をジュピターから受けた。それから三人は箱を持って急ぎ帰り、無事に、とは言っても気息奄々《きそくえんえん》として午前一時に小屋に到着した。疲弊し切っていたので、直ちにそれ以上何かすることは無理だった。二時まで休んで、夜食を摂《と》った。それからすぐ、うまい具合に小屋にあった頑丈な袋を三つ持って山へ向かった。午前四時少し前に穴に着いて、戦利品の残りをできるだけ等しく三人で分けて、穴は埋めないままにして、ふたたび小屋へ出発した。二度目に黄金の荷を下ろしたとき、東雲《しののめ》の微《かす》かな光の筋が東の梢《こずえ》を照らし始めていた。

すっかり疲労困憊《こんぱい》していたが、激しい昂奮状態ゆえにぐっすり眠ることはできなかった。三、四時間うとうとしてから、まるで示し合わせたかのように三人とも起きてきて、財宝を調べにかかった。

宝は箱のふちぎりぎりまで一杯に詰まっていた。その日一日かけ、夜かなり遅くまで、その中身を吟味した。秩序や整理など一切なく、何もかもごちゃ混ぜになっていた。注意深くその仕分けをしていくと、最初に思っていたよりずっと価値のあるものを手に入れたことがわかった。硬貨は、当時の換金表を見ながらできるだけ正確に見積もって、四十五万ドル分以上あった。銀貨は一つもなく、すべて昔のさまざまな種類の金貨だった——フランス、スペイン、ドイツの金貨、イングランドのギニー金貨も少しあり、見たこともないような代用貨幣もあった。かなり大きくて重たい貨幣もいくつかあったが、ひどくすり減っていて何と刻まれているのか読めなかった。アメリカの貨幣はなかった。宝石の価値は推定がむずかしかった。ダイヤモンドもあった――並外れて巨大できれいなダイヤモンドもあった――全部で百十個あり、小さいものは一つもなかった。卓越した輝きを放つルビーが十八個、どれも大変美しいエメラルドが三百十個、そしてサファイアが二十一個、オパールが一個あった。これらの石はどれも台座から外れて、箱の中にばらばらになっていた。財宝のあいだから台座を拾い上げて見てみると、どうやら識別できないように金槌《かなづち》で叩《たた》き潰《つぶ》したらしい。そのほかに、純金の装飾品が大量にあった――大型の指輪やイアリングが二百個近くあり――豪華な鎖の首飾りは三十個ほどあったように記憶している――とても大きくて重たい十字架が八十三個――高価な吊《つ》り香炉が五個――酒を呑《の》んで騒ぐ人たちや葡萄《ぶどう》の葉が豪華に浮き彫り文様となっている桁外《けたはず》れに大きなパンチ酒用の金杯一つ――巧みな浮き出し細工が施された剣の柄《つか》二つ。ほかにも細々したものがたくさんあったが、覚えきれない。こうした貴重品の重さは三百五十ポンドを超えており、しかも、以上の計算に極上の金時計百九十七個は加えていない。なかでも一つ五百ドルの価値があると思える時計もあり、一つがそうなら、そういう時計が三つはあった。その多くは相当古く、機械が多少腐食していたために、時を計る役には立たなかったが、どれも豪華な宝石で飾られており、大変な価値があるものだった。その夜、箱の中身全体で百五十万ドルはあると値踏みしたが、その後つまらない装身具や宝石を処分してみると（いくつかは自分で使うためにとっておいたが）、財宝の価値をずいぶん低く見積もっていたとわかった。

ついに調査が終了し、一時の激しい昂奮も下火になると、この実に異様な謎の解明をしてほしくてたまらないでいる私の思いを察したルグランは、本件に関するすべての状況を詳細に説明し始めた。

「僕が君に黄金虫のラフなスケッチを渡した晩のことを覚えているだろう。そしてまた、絵が髑髏《どくろ》に似ていると言われて、僕がひどく腹を立てたことも覚えているね。君が最初にそう主張したとき、僕は君がふざけているんだと思ったが、あのあと、虫の背中に奇妙な点があることを思い出し、君の発言には少々根拠があると認めたんだ。それでも、絵の才能を嘲《あざけ》られて僕はいらついていた――だって、腕に自信があったからね――それで、君からあの羊皮紙を返してもらったとき、僕はそいつをくしゃくしゃに丸めて、腹立ち紛れに暖炉の火に投げ込もうとした」

「紙切れのことだね」と、私。

「いや。あれは紙に見えるし、僕も最初はそう思っていたんだが、あれに絵を描き始めて、とても薄い羊皮紙だとすぐに気づいた。ひどく汚れていた。覚えているだろ？　さて、そいつをくしゃくしゃにしようとしたその瞬間、君が見ていたスケッチに目が落ちた。僕が黄金虫の絵を描いたまさにその場所と思《おぼ》しきところに髑髏が見えたときの僕の驚愕を想像してくれたまえ。一瞬、驚きのあまり、正しく考えることができなくなった。自分が描いたものとは細かなところがかなりちがっていたが――確かに大まかなところに類似があったからだ。すぐに僕は蠟燭《ろうそく》を取り、部屋の片隅に座って、羊皮紙をさらに詳しく調べ始めた。ひっくり返してみると、裏に僕のスケッチが、僕が描いたとおりに、あった。まず、輪郭がものの見事にぴったりであることに驚いたね。羊皮紙に僕が描いた黄金虫のちょうど裏側に、知らないうちに髑髏があって、その髑髏が輪郭のみならず大きさも僕の絵そっくりだったのだから、実に奇妙な偶然の一致じゃないか。僕はこの奇妙な偶然の一致に完璧に打ちのめされて、しばらく動けなかった。そういった偶然があると、人はたいていそうなるものさ。思考はもがいて、何らかのつながりを見つけようとする――原因と結果との連関をだ。そして、それができないと、一時的な思考麻痺《まひ》に陥る。しかし、この麻痺から立ち直ると、だんだんと僕にはある確信が湧いてきた。そいつには、偶然よりはるかに驚かされたよ。僕ははっきりと記憶していたのだが、黄金虫のスケッチを描いたとき、羊皮紙には何の絵も描かれていなかった。この点は絶対確かだ。というのも、一番きれいな場所を探して、ひっくり返して裏も表も見たことを覚えているからね。そのとき髑髏があったなら、もちろん、見逃したはずがない。こいつはどうにも説明のつかない謎だった。しかし、そんな早い段階から、僕の知能の最も奥まった秘密の部屋で微《かす》かな光が、蛍《ほたる》のようにほのかな真実の光が、灯《とも》った気がした。その真実は、昨夜の冒険で見事に証明されたわけだ。僕はさっと立ち上がり、羊皮紙をしっかりとしまい、一人になるまでそれ以上考えるのをやめた。

　君が立ち去って、ジュピターがぐっすり眠ると、僕はこの事件をより順序立てて調査することにした。まず、羊皮紙をどのようにして入手したかを考えた。黄金虫が見つかった場所は、島から東へ一マイルほど行った本土の海岸で、高潮線の跡の少し上のところだった。それを捕まえたとき、がぶりと咬《か》まれたので、思わず落としたのだった。ジュピターが、いつもの用心深さで、自分のほうへ飛んできた虫を捕まえる前に、そのあたりに葉っぱか何かないかと探して、それで捕まえようとした。あいつの目と私の目があの羊皮紙の切れ端に留まったのは、そのときだった。そのときは紙切れだと思っていたがね。砂に半分埋もれて、端が突き出していた。それを見つけた場所の近くに、船に搭載するような大型ボートの船体の残骸《ざんがい》と思《おぼ》しきものが見えた。残骸はずいぶん長いあいだそこにあったらしい。もうボートなのか何なのかわからないくらい跡形もなく朽ちていた。

　さて、ジュピターが羊皮紙を拾い、それに黄金虫をくるみ、私に渡した。それからすぐに僕らは家へ向かい、途中でG＊＊中尉に会って虫を見せ、中尉はそれを要塞《ようさい》に是非持っていきたいと言った。僕が同意すると、中尉は虫を羊皮紙から出して胴着《ベスト》のポケットに突っ込んだ。羊皮紙は、中尉が虫を調べているあいだずっと僕が片手で持っていた。たぶん中尉は、僕の気が変わるのを恐れて、すぐに獲物をしまったほうがいいと思ったんだろう。博物学に関することだと、あの人は何だって夢中になるのは君も知っているだろう。同時に、僕は特に意識せずに、羊皮紙を自分のポケットにしまっていた。

　黄金虫の絵を描こうとして僕がテーブルへ行ったとき、いつも紙があるところに紙が見つからなかったのを覚えているね。引き出しを探したが、そこになかったんだ。古い手紙でもないかとポケットを探ると、手が羊皮紙に触れた。ここまで詳細に羊皮紙の入手経路を辿《たど》ったのは、その状況がどうにも気になって仕方なかったからだ。

　もちろん君は僕の思い過ごしだと考えるだろう――しかし、僕には、既にある種のつながりがあるとわかってしまったんだ。大きな一つの連関が二つの点でつながった。海岸にボートがあり、ボートから遠くないところに羊皮紙があった――紙ではないよ――そして、そこに髑髏の絵があった。もちろん、『どこがつながる？』と言いたいかもしれないが、僕の答えは、髑髏とは海賊の有名なマークだということさ。髑髏の旗が海賊船の上に掲げられるだろ。

　紙ではなくて羊皮紙だとも言った。羊皮紙というのは丈夫だ。ほぼ半永久的に持ちがいい。どうでもいいようなことを羊皮紙に書きつけたりすることは、まずない。普段、文字や絵をかく目的のためには、紙のほうがずっと使いやすいからね。そうして考えれば、髑髏にもある意味が――ある関連性が――見えてくる。羊皮紙の形も僕は見逃していなかった。その一つの角《かど》は、たまたま破損していたが、もとは長方形だったとわかった。長く記録にとどめ、慎重にしまわれておくべき何かを書き付けるには、打ってつけの品というわけだ」

「しかし」と、私は口を挟んだ。「君が黄金虫の絵を描いたとき、羊皮紙には髑髏の絵はなかったというじゃないか。なら、そのボートと髑髏にどんなつながりがあるというのかね。だって、髑髏は、君も認めたとおり、君が黄金虫を描いたあとに（誰がどのようにしてかは神のみぞ知るだが）描かれたわけだろ？」

「ああ、まさにそこに、この謎全体がかかっているんだ。だが、この段階での謎は比較的容易に解けたよ。僕がとった道筋は確実で、一つの結論しか生まない。たとえば、こう推論した――僕が黄金虫を描いたとき、羊皮紙に髑髏の絵は見えなかった。絵を描き終えて君に渡し、君から返されるまで、僕は君をじっと見ていた。ゆえに、髑髏を描いたのは、君でもないし、その場にいたほかの者でもない。つまり、それは人間の手によってなされたのではないということだ。それにも拘《かか》わらず、絵はあった。ここまで考察を進めたところで、僕は記憶を辿って、はっきり思い出した。問題となるあのときに起こったすべてのことをね。あの日は冷え冷えとして（ああ、ありがたい偶然だよ！）暖炉に火が燃えていた。僕は歩いてきて体が温まっていたので、テーブル近くに座った。ところが君は、暖炉近くに椅子を寄せていた。僕が君の手に羊皮紙を渡し、君がそれを調べているあいだに、ニューファウンドランド犬のウルフが入ってきて、君の肩に飛びついた。君は左手でやつを撫《な》でながら押しとどめ、そのあいだ羊皮紙を持った右手は、君の両膝《りょうひざ》のあいだに垂れていて、暖炉の火にかなり近いところにあった。紙に火がつくんじゃないかと思えるときがあって、君に注意しようとしたほどだが、僕が口を開く前に君は手を引っ込めて、また絵を調べ始めた。こうした細かな点を考え合わせ、熱のせいで羊皮紙にあの髑髏《どくろ》の絵が浮かび上がったのだと僕は確信した。君も知ってのとおり、紙や上質皮紙に書かれた文字が火であぶったときだけ見えてくるようにする科学薬剤が太古から存在する。王水に溶かした酸化コバルト混合物を四倍の水で薄めたものがしばしば用いられる。その場合、緑の文字が出る。コバルトの沈殿物を硝酸に溶かしたものを使えば、赤い文字になる。これらの色は、それを書いた紙が冷えると遅かれ早かれ消えるが、ふたたび熱を加えると現れるんだ。

　今度は髑髏の絵を注意深く調べてみた。その端っこ——羊皮紙の端近くに描かれた絵の端のほう——は、どこよりもくっきりしていた。加熱が不完全ないし不均等であったことは明確だった。私はすぐに火を熾《おこ》して、羊皮紙のどこもかしこも火でしっかりあぶってみた。最初は髑髏の細い線がはっきりしてくるだけだったが、実験をつづけると、紙の隅に、髑髏が描かれた位置と対角線をなす反対側に、絵が現れてきた。最初は山羊《やぎ》かと思ったが、さらによく見ると、それは子山羊のつもりだとわかった」

「ハハハ!」と、私。「いや、もちろん君を笑う権利は私にはない。百五十万もの大金を笑えやしないからね。でも、そんなんじゃ、君のつながりの三つ目の接点を打ち立てることはできないよ——海賊と山羊じゃなんのつながりもない。海賊なんて、山羊と何の関係もない。関係するとしたら農場だろ」

「だが今、その絵は山羊の絵ではないと言ったばかりじゃないか」

「じゃあ、子山羊でもいいさ——大差ないじゃないか」

「大差はない。でも、まったく同じじゃない」と、ルグラン。「君は、キャプテン・キッドの話を聞いたことがあるだろう。僕はすぐ、子山羊《キッド》の絵はある種の洒落《しゃれ》というか、絵文字を用いた署名のようなものだと考えた。署名と言ったのは、そいつが羊皮紙に記されているのでそう思いついたのだ。対角線上の端にある髑髏は、同様にして、ある種の刻印、封のようなものだ。しかし、その二つしかないことに、僕はすっかり困り果ててしまった。僕が想像するものの本体——あるはずのメッセージ本体が見つからないからだ」

「署名と刻印のあいだにメッセージがあると思ったのかい」

「まあね。実のところ、ものすごい幸運が目の前に迫ってきているという気がしてならなかった。どうしてかはわからない。たぶん、結局のところ、そう信じていたというよりは、そう思いたかっただけなんだろう——だけど、ほら、ジュピターが、あの虫は純金でできているなんて馬鹿なことを言ってくれたものだから、僕の想像はすばらしく膨《ふく》らんだんだ。それに、一連の事件や偶然もまったく驚異的だ。そうしたことが一年のうち、よりにもよって暖炉をつけたくなるほど寒い日に起こって、しかもその暖炉の火がなければ、あるいはまさにドンピシャのタイミングで犬が入り込んでこなければ、僕は髑髏にも気づかなければ、お宝を手に入れることもできなかったなんて、まったくもって偶然だと思わないかい？」

「まあ、話を進めろよ——先を聞きたくてしょうがない」

「うん。もちろん君は、キッド船長とその仲間が大西洋の海岸のどこかに金を埋めたなんていう漠たる噂をいろいろ聞いたことがあるだろう。そうした噂は、何らかの事実に基づいているにちがいないんだ。噂がそれほど長く、ずっとつづいてきたことも、埋められた財宝が眠ったままになっているからだと、僕には思えた。キッドがしばらくのあいだ分捕り品を隠しておいてあとで取り返したなら、今のような噂となってはいなかっただろう。財宝を探す話はあっても、財宝を見つけた話はないんだ。海賊がお宝を回収していたら、そこで話は終わりだ。どうやら何か事故があって――その場所を記した覚え書が失われたとか――回収の手段がなくなったんじゃないだろうか。そして、その事故の話を聞きつけた仲間が、そもそもお宝が隠されていたことをそれで知って、手がかりもないまま無駄に探しまわったがゆえに、今や誰もが知っている噂が生まれて、世界じゅうにひろまったのではなかろうか。この海岸沿いで何か重要な財宝が見つかった話を聞いたことがあるかい？」

「ないね」

「だが、キッドが集めた財宝が膨大なものだったというのは有名な話だ。それゆえ、僕は、そいつはどこかにまだ隠されていると考えた。そして、このように奇妙にも手に入った羊皮紙こそ、宝の場所を示す失われたメモなのではないかという、ほぼ確信に近い希望を感じたと言っても、君は驚くまい」

「で、それからどうしたんだい？」

「火力を強めてから、ふたたび羊皮紙を火であぶってみた。が、何も出てこなかった。そこで、泥で汚れているのがいけないんじゃないかと思って、ぬるま湯で注意深く濯《すす》ぎ、それから錫《すず》製のフライパンに髑髏を下にして入れ、炉の炭火にかけた。数分後、フライパンがすっかり熱されると、僕は羊皮紙を取り出したが、いくつかの場所に、文字のようなものが並んでいるのが見えて、言葉にならないほどうれしかったね。またフライパンに入れて、もう一分待った。取り出してみると、全体に、今ここに見えているとおりになった」ここでルグランは、羊皮紙を再度加熱してから、私に見せてくれた。次のような文字が、髑髏と子山羊のあいだに、赤い色で浮かび上がっていた。

53‡‡†305))6*;4826)4‡.)4‡);806*;48†8¶60))85;1‡(;:‡*8†83(88)5*†;46(;88*9
6*?;8)*‡(;485);5*†2:*‡(;4956*2(5*—4)8¶8*;4069285);)6†8)4‡‡;1(‡9;48081;8:
8‡1;48†85;4)485†528806*81(‡9;48;(88;4(‡?34;48)4‡;161;:188;‡?;

「しかし」と、私は紙を彼に返しながら言った。「まださっぱりわからんね。この謎を解けばゴルコンダ〔インドの幻の都市。ダイヤモンド産出地として栄えた〕にある宝石すべてをもらえるとしても、私には無理そうだな」

「ところが」と、ルグラン。「こいつを最初にちらりと見れば難解だと思うだろうが、解決は決してそれほどむずかしいものではないんだ。これらの文字は、誰にでもすぐ察しがつくだろうが、暗号になっている――つまり、ある意味を伝えているわけだ。だけど、キッドについて知られていることから判断するに、あの男に難解な暗号など作れるはずがない。こいつはシンプルな作りのはずだと僕は決めてかかることにした。船乗りの粗野な知性では、鍵《かぎ》がなければ絶対解けない類《たぐい》のものだ」

「君はこいつを本当に解いたのかい？」

「サクッとね。これより一万倍も難解なものを解いたことだってある。境遇と性分のせいで、そうした謎解きに興味を抱くようになってね。人間が工夫して作ったものを、きちんとした方法を用いさえすれば、人間が工夫して解けないものはないと思うんだ。実際、解読しうる記号のつながりが一度わかってしまうと、その内容を読み解くのはむずかしくもなんともなかったよ。

　この場合――あらゆる秘密文書の場合もそうだが――第一の問いは、暗号が書かれた言語は何かということだ。とりわけ、よりシンプルな暗号に関するかぎり、解法の原則は、その言語の語法の特性に左右される。一般的に言って、読解を試みる者が知っているあらゆる言語を（これかな、あれかなと）順番に試してみるしか、正しい言語に辿りつくことはできない。しかし、今、目の前にある暗号は、署名があるおかげでそうした困難がすっかり取り除かれる。『キッド』と『子山羊《キッド》』の言葉遊びは、英語以外の言語には当てはまらない。そう思い至らなければ、僕はスペイン語とフランス語で読解し始めていたことだろう。もとスペイン領だったカリブ海領域で活躍した海賊どもがこの手の秘密を記すとしたら、スペイン語かフランス語を用いるのが自然だからだ。しかし、さっきの理由で、僕はこの暗号は英語だと看做《みな》した。

　単語と単語のあいだが分かれていないだろ。分かれていたら、比較的容易だったんだがね。その場合は、短い言葉を比較分析することから始めただろう。一文字の単語(aとかIとかね)が出て来たら、解けたも同然だと思っただろうね。しかし、単語がくっついているため、最初の一歩は、頻出する文字を調べることだった。最も使われない文字もね。全部を数えて、このように表にまとめた。

文字　8　は　33回使用
　　　;　は　26回
　　　4　は　19回
　‡と)　は　16回
　　　*　は　13回
　　　5　は　12回
　　　6　は　11回
　　　(　は　10回
　†と1　は　8回
　　　0　は　6回
　9と2　は　5回
　:と3　は　4回

？　は　3回
¶　は　2回
—と・　は　1回

さて、英語で最も頻繁に使用される文字はeだ。そのあと、頻度順にaoidhnrstuycfglmwbkpqxzとなる。ある程度の長さの文なら、eが最も多く用いられる。例外はまずないと言えるほど、eの頻出度は高いものだ。こうして、単なる推測を超える基礎と呼べるものを手にしたことになる。今の表と頻度順を比較すれば役に立つわけだが、この特定の暗号の場合、ほとんどその世話にならなくてもすむ。最も頻出している記号は8なので、こいつがアルファベットのeではないかと見当がつけられる。この見当が合っているかを確かめるために、8が二つ連続しているかを見てみよう――というのも、英語ではeはしょっちゅう二つ並んで使われるからね――たとえば meet, fleet, speed, seen, been, agree などがそうだ。今の場合、暗号が短いにも拘《かか》わらず、五回も連続使用が認められる。

そこで、8がeだとして話を進めてみよう。さて、英語のあらゆる単語の中で、the が一番よく使われる語だ。そこで、同じ順番で三つの文字が繰り返し使われていないか見てみよう。最後は8で終わっているはずだ。そういうつながりの文字の繰り返しが見つかれば、そいつがまずまちがいなく the という語だ。調べてみると、そうしたまとまりが七回もある。文字列は ;48 だ。そこで、; は t を表し、4 は h を表し、8 は e を表すと考えることができる。最後のケースは再確認されたわけだ。こうして、大きな前進ができた。

しかも、一つの語がわかれば、極めて重要なポイントがわかることになる。つまり、ほかの語の始まりと終わりもいくつかわかってくるんだ。たとえば、;48 というまとまりが暗号の終わり近く、最後から二つ目にある例を見てみよう。その直後にある ; は次の単語の始まりであることはわかっており、この the のあとにつづく六つの文字のうち五つも既にわかっている。その六文字を、わかっている文字を使って、わからないところはスペースを入れてこのように記してみよう――

t eeth

こうなると、th の部分は、最初の t で始まる単語の一部ではないとして直ちに除外できる。というのも、空欄のところにアルファベットのどの文字を当てはめてみても、この th を含んだ単語になることはないとわかるからだ。こうして、この語は

t ee

とせばめられ、必要なら、さっきと同様にアルファベットすべてをチェックして、唯一の可能な読みとしてtreeという語に辿《たど》りつく。これで、もう一つ、rという文字が(という記号で記されていたとわかり、the treeという二語が並んでいたこともわかる。これらの語の少し後ろを見ると、また;48のまとまりがある。こいつは、そのすぐ前にある語の区切りとなるから、そこまでの文字列はこういう具合に記せる。

the tree ;4(‡?34 the

さらに、わかっているところを普通の文字に置きかえれば、こうなる――

the tree thr‡?3h the

さて、わからないところに空白を残すか、点を打てば、こうなる――

the tree thr...h the

こうなると through という語がすぐに浮かぶ。それがわかると、新たに三つの文字‡と?と3が表しているのは、oとuとgだとわかる。

今度は暗号全体に、わかっている文字の結びつきがないか探していくと、最初のほうにこういうまとまりが見つかる。

83(88

アルファベットに直せば egree だ。これは明らかに degree という語の後半であり、これにより†が表すのはdであると、また一文字判明する。

この degree から四文字あとに進むと、次にこんなまとまりが見えてくる。

;46(;88*

わかっている文字を翻訳し、わからないところをさっきと同様に点で示せば、

th.rtee.

と読める。このまとまりからすぐ思いつくのは thirteen という語であり、ふたたび新しい文字 i と n が、6と*で表されていたとわかる。

今度は暗号の頭を見ると、こうなっている——

53‡‡†

これまでどおりに翻訳すると

.good

となり、これで最初の文字はAで、最初の二語が A good だとわかる。

混乱を避けるために、ここいらで、これまでにわかった文字を表の形にまとめてみよう。こうなる——

5 = a

† = d

8 = e
3 = g
4 = h
6 = i
* = n
‡ = o
(= r
; = t

こうして最も重要な十もの文字が判明したわけであり、これ以上解法の詳細な説明をつづける必要はないだろう。この手の暗号はすぐに解けると言ったことは十分わかってもらえただろうし、どう進めて行けばよいかの洞察も得られたのではなかろうか。ともかく、今ここにあるやつなどは、まったくもってシンプルな暗号なんだよ。残るは、羊皮紙に書かれた文字をすっかり翻訳して、謎解きをするだけだ。それは、こうなる。

A good glass in the bishop’s hostel in the devil’s seat forty-one degrees and

thirteen minutes northeast and by north main branch seventh limb east side
shoot from the left eye of the death's head a beeline from the tree through the
shot fifty feet out.

「しかし、」と、私は言った。「相変わらず、ちんぷんかんぷんだよ。このdevil's seats（悪魔の座）だの、death's heads（死の首）だの、bishop's hostels（主教《ビショップ》の旅《ホス》籠《テル》）だのといった隠語《ジャーゴン》からどうやって意味なんか引き出せるもんかね」

「確かに」と、ルグランは応《こた》えた。「何気なく見れば、まだまだわからないように思えるだろう。僕がまずやったのは、暗号を書いた人の意図に沿って文に自然な分割をつけることだった」

「句読点をつけるってこと？」

「まあ、そういったことだ」

「だけど、どうやるんだい？」

「点を打たなかったのは、わざと読みづらくしようとしてのことだと考えた。さて、あまり賢くないやつは、そうしたことをやろうとすると、やりすぎるもんなんだよ。こいつは文を書きながら、本来なら句読点をつけるべきところにくると、普通以上にごちゃごちゃと詰め込みがちになっている。この文を見れば、そのように異様に詰まっているところが五か所あることがわかる。こいつを手掛かりに、僕は全体をこのように分けた。

A good glass in the Bishop's hostel in the Devil's seat—forty-one degrees and thirteen minutes—northeast and by north—main branch seventh limb east side—shoot from the left eye of the death's head—a beeline from the tree through the shot fifty feet out.

（主教の旅籠《はたご》にてよき眼鏡を悪魔の座にて――四十一度十三分――北東微北――主たる幹東側七本目の枝――死の首の左目より撃て――射撃を通して木から直線で五十フィート先）

「こうして分けてもらっても、まだわからないね」と、私。

「僕もわからなかった」と、ルグラン。「数日間はね。そのあいだに、サリヴァン島の近くを丹念に調べまわって、〈主教《ビショップ》の宿〉という名前の建物がないか探してみた。もちろん、『旅籠《ホステル》』という古い語は使わないことにした。まったく手がかりがつかめず、調査の範囲をひろげてもっと徹底的にやらなければだめだと思っていたところに、ある朝、ふいに思いついたんだ。〈主教《ビショップ》の旅籠〉というのは、島の四マイルほど北に旧館を所持していた古いベソップ家と関係があるんじゃないかとね。そこで、その農園まで出かけて、そこの年配の黒人たちに尋ねまわったんだ。とうとう、最長老の老婆が、『〈ベソップ城〉という場所なら聞いたことがある。案内してやってもいい』と言ってくれた。だけど、そいつは城でも宿でもなく、高い岩だと言うじゃないか。

たんまり礼をするからと約束すると、老婆は重い腰を上げて案内してくれた。その場所は苦労せずに見つかり、僕は老婆を帰してから、そこを調べ始めた。〈城〉は崖《がけ》と岩とが渾然《こんぜん》一体になったものだった。岩の一つだけ、ぽつねんとまるで人工的に作られたようにものすごく高く聳《そび》えているのが異様だった。僕はその頂上に登り、次にどうしたものかと途方に暮れた。

考えごとをしていると、岩の東側、僕が立っている頂《いただき》から一ヤードほど下に、細長い岩棚があるのに目が留まった。この岩棚は十八インチ〔約四十六センチ〕ほど突き出ていて、幅は一フィート〔約三十センチ〕もなかった。そのすぐ上の崖にへこんだところがあったため、昔の人たちが使っていた背もたれに穴の開いた椅子に似ていないこともなかった。こいつが暗号に書かれていた〈悪魔の座〉にちがいないと思い、これで謎の全貌《ぜんぼう》がつかめたような気がした。

〈よき眼鏡《グッド・グラス》〉というのは、望遠鏡のことだとわかっていた。船乗りが『眼鏡《グラス》』なんて言葉を、望遠鏡を指す以外、まず用いることはないからだ。ここで、望遠鏡を用いなければならないことがわかり、しかも、それをどこで使うのかはっきり指定があると理解した。さらに〈四十一度十三分〉と〈北東微北〉も、望遠鏡の角度と方角を示すと考えるのに躊躇《ちゅうちょ》はなかった。この発見に大いに昂奮《こうふん》して、僕は急ぎ帰宅し、望遠鏡を手にして岩へ戻った。

岩棚に下りてみると、ある姿勢でしか座れないことがわかった。なるほど、そういうことかと思ったね。望遠鏡を使ってみた。もちろん、方角は〈北東微北〉で明示されているのだから、〈四十一度十三分〉とは水平線からの角度を指すに相違なかった。方角はポケット方位磁石ですぐに見定め、それから望遠鏡をできるかぎり四十一度十三分と思《おぼ》しき角度に向けながら、注意深く望遠鏡を上げ下げしてみた。すると、遠くの方に群を抜いて大きな木があって、その葉の奥に円い切れ目というか隙間《すきま》があるのに気づいた。その隙間の中央に白い点が見えたが、最初はそれが何かわからなかった。望遠鏡の焦点を調整して、もう一度見ると、今度ははっきり、それが人間の髑髏《どくろ》だとわかった。

この発見にうれしくなって、謎が解けたと僕は思った。〈主たる幹東側七本目の枝〉は髑髏のある場所を指すはずであり、〈死の首の左目より撃て〉は、埋められた財宝を探す手がかりを示しているはずだ。すなわち、髑髏の左目から弾丸を落とし、木の一番近い点と射撃（弾丸が落ちた地点）とを結んだ線をまっすぐ直線で延ばして五十フィートの距離のところが特定の地点となる——その地点の下に財宝が埋められているなんてことがありえるんじゃないかと考えた」

「かなり手が込んでいるが」と、私は言った。「何もかもはっきりとしており、しかも単純で明快だ。〈ビショップの宿〉とやらをあとにしてから、どうしたんだい？」

「うん。例の木の方位を注意深く確認してから、家路に就いた。ところが、〈悪魔の座〉を離れたとたんに、あの円い切れ目は見えなくなった。振り返っても、もうちらりとも見えやしない。この企《たくら》みで最も手が込んでいるところは（何度も確かめてそれが事実だと確信できたから言うのだが）、例の円い切れ目は、あの岩にある狭い岩棚からでないと見えないってことだよ。

〈ビショップの宿〉へ出かけるとき、僕はジュピターについてきてもらっていたんだが、やつはそれまで何週間も僕がぼうっとした振る舞いをしているのに気づいていて、僕を一人にしないように特に気をつけていた。だが、その翌日、僕はすごく早起きをして、ジュピターを出し抜いて一人で例の木を探しに山へ入った。ずいぶん苦労をして、木を見つけたよ。夜、帰宅すると、ジュピターは僕をぶん殴ろうと待ちかまえていた。そのあとの冒険については、君も知ってのとおりだ」

「ジュピターが愚かにも髑髏の左目からでなく右目から黄金虫を落としたせいで、最初の発掘に失敗したわけだね」

「まさにそのとおり。誤りによって〈射撃〉——つまり、木の近くに刺した杭《くい》の位置——に生じる差は二インチ半ほどでしかない。財宝が〈射撃〉の真下にあったなら、誤差は大して重要ではなかっただろう。しかし、〈射撃〉とそこから木に最も近いポイントだけで、方角が定まってしまう。もちろん、最初は小さな誤差でも、直線を延ばすことによって差は大きくなり、五十フィート先では、すっかり見当ちがいのところへ行ってしまうことになる。財宝はこの近くのどこかに埋まっているはずだという強い確信がなかったら、あの努力が全部水の泡になるところだったよ」

「あの骸骨の目から弾丸を落とすというキッドの発想は、きっと海賊の旗から思いついたんだろうね。あのおどろおどろしい標識《トレードマーク》を通して金を取り戻すことに、一種の詩的な整合性を感じたんだろう」

「たぶんね。だが、詩的な整合性と同じぐらい常識も働いていたと思わざるをえない。〈悪魔の座〉から見えるためには、小さなものなら、白い必要があった。そして、あの髑髏ほど、どんな風雨に曝《さら》されようと白さを保つものはないからね。むしろ白さを増すくらいだ」

「それにしても、君の大仰な物言いといい、黄金虫を振りまわしてみせた振る舞いといい——まったくもって異常だったよ！　てっきり君の気が変になってしまったんだと思ったよ。それにどうして髑髏から弾丸じゃなくて黄金虫を落とすと言い張ったんだい？」

「いや、正直言うとね、君が僕の正気を明らかに疑っているとわかって些《いささ》か気を悪くしていたんだ。だから、僕なりのやり方で、わざと煙《けむ》にまいて、そっと君を罰してやろうと思ったんだ。黄金虫を振りまわしたのもそれゆえだし、木からあれを落としたのもそれゆえだ。君があの虫がひどく重いと言ってたもんだから、落とそうと思いついた」

「なるほど、そういうことか。さて、まだ腑《ふ》に落ちない点が一つだけある。穴の中にあった人骨は、どう解釈すればいい？」

「そいつは、僕にも答えられないな。しかし、説明がつくとしたら、こういうことでしかないんじゃないか——僕が提案するような残虐行為を信じるのはおぞましいことだがね。本当にキッドがこの財宝を隠したのであれば——僕はそれを疑っていないが——キッドには当然この仕事を手伝う仲間がいたはずだ。だが、この仕事が終わりかけたところで、やつは、この秘密に関わった者全員を亡き者にしたほうがいいと考えた。ひょっとすると、助手たちが穴の中で忙しく働いていたとき、鍬《くわ》で二発も殴れば十分だったんじゃないか。あるいは十二発ぐらい殴らなければならなかったかもしれないが——誰にもわからないね」

詐欺《ディドリング》——精密科学としての考察

ヘイ、ディドル、ディドル
Hey, diddle, diddle
猫とバイオリン
The cat and the fiddle

世界がはじまって以来、二人のジェレミーがいた。一人は、高利貸しについて本を書いた男で、ジェレミー・ベンサムと呼ばれる〔ベンサム著『高利の弁護』への言及〕。この男は、ジョン・ニール氏〔ポーの時代の文人・批評家〕に大いに崇《あが》められた小さな偉人だった。もう一人のジェレミーは、精密科学のなかでも最も重要なものに名を与えた人で、大した偉人である——大、大、大偉人と言ってもよかろう。

ディドリング（詐欺）——つまり、動詞のディドル（騙《だま》す）が含意する抽象概念——については十分な理解がなされているが、事実として、行為としての詐欺《ディドリング》というものは些《いささ》か定義しにくい。しかし、詐欺行為そのものではなく、人間を、詐欺を働く動物と定義することによって、明確な理解が得られるであろう。プラトンがそれを思いついていれば、羽をむしられた鶏をめぐる侮辱を受けずにすんだことであろうに〔プラトンが「人間とは、羽のない二本足の動物である」と定義した際、犬儒学派のディオゲネスが雄鶏の羽をむしり取って「これがプラトンの言う人間だ」と嘲った逸話への言及〕。

人間を「羽のない二本足の動物」と定義したプラトンは、羽をむしられた鶏だってまちがいなく「羽のない二本足の動物」であるのに、なぜその定義に従って人間だと言えないのかと、実に的を射た質問を受けた。しかし、そんな問いに悩むことはないのだ。人間とは詐欺を働く動物であり、詐欺を働くのは人間だけなのだから。羽をむしられた鶏だらけの鶏小屋があったって、へっちゃらなのである。

詐欺の神髄、本質、原則というものは、実のところ、上着やズボンを着用する生き物に特有なものである。カラスは盗み、キツネはずるをし、イタチは相手を出し抜き、人間は詐欺を働く。詐欺を働くのが人間の宿命なのだ。「人は嘆くもの」などと詩人は言う。だが、そうではない――人は詐欺を働くもの、なのだ。それこそが人間の狙い――その目的――その目標だ。それゆえにこそ、誰かを詐欺にかければ、「一丁あがり」と言うのである。

詐欺は、正しく考察すれば、以下の構成要素からなっている――卑小さ、利益、忍耐、巧妙さ、厚顔無恥、無頓着《むとんちゃく》、独創性、無礼、そして、ほくそ笑み。

卑小さについて。詐欺師とは卑小である。やることは小規模なのだ。小売業であって、扱うのは現金、ないしはすぐ現金化できる手形どまり。壮大な投機などやろうものなら、あっという間に詐欺師ではなく、「金融業者」になってしまう。「金融業者」だって詐欺師ではあるが、規模が大きすぎる。つまり、詐欺師は小者の銀行家でなければならない。「金融操作」は、ブロブディンナグ〔『ガリヴァー旅行記』における架空の巨人の国〕級の詐欺になる。後者の前者に対する関係は、ホメーロスのホラティウスに対するがごとく、絶滅した巨大動物マストドンのハツカネズミに対するがごとく、彗星《コメット》の尾の豚の尾に対するがごとしなのである。

　利益について。詐欺師は、自らの利益に基づいて行動する。詐欺を働きたいから詐欺を働くなどという馬鹿なことはしない。目的をはっきり持ち、自分のポケットとあなたのポケットを比較する。いつも機会を窺《うかが》い、常に自分が大事で、気をつけるのは自分のことばかり。あなたには目をつける。気をつけて。

　忍耐について。詐欺師は頑張り屋だ。滅多なことで諦《あきら》めない。土手《バンク》が決壊しようと、銀行《バンク》が破綻《はたん》しようと気にせず、淡々とやるべきことを行う。「いったん味をしめた犬は、どんなに追い立てられても獲物を放さない」〔ホラティウスの『諷刺集その二』より〕とあるように、食らいついたら放さない。

　巧妙さについて。詐欺師は頭がいい。大きな構成力があり、策略を理解する。発明し、用心する。アレクサンダー大帝のような英雄でないにせよ、ディオゲネス〔樽《たる》に住んだギリシャの犬儒学派の哲学者〕ぐらいの賢さはある。かりに詐欺師として認められなくとも、ネズミ捕り器の特許を取るとか、マス釣りの名人ぐらいにはなれる。

　厚顔無恥について。詐欺師は厚顔無恥で、大胆だ。アフリカへ戦争をもたらしたりする〔ハンニバルを破った将軍スキピオ・アフリカヌスへの言及〕。攻撃によってすべてを制す。無法者の短剣など恐れたりしない。強盗ディック・ターピン〔実在した有名な追い剝《は》ぎ〕も、もう少し思慮分別があれば、よい詐欺師となっていただろう。雄弁家ダニエル・オコネル〔アイルランド人の政治家〕も、もうちょっとお世辞が下手だったら、そしてスウェーデン国王カール十二世〔熊殺しの異名を持つ猛将〕も脳味噌《のうみそ》があと一、二ポンドあれば、詐欺師になれたはずだ。

無頓着について。詐欺師は無頓着である。まったく神経質ではない。神経というものがないのだ。絶対あわてたりしない。泡を食ったりしない――めしは食っても。冷製サラダのきゅうりのように冷静だ。冷ややかで――宮廷での不倫を暴いたレイディ・ベリーの微笑みのように冷たい。お気楽なものであり、使い古した手袋や、古代ローマの都市バイアエ〔海底遺跡となった古代の温泉地〕の浴場のお姉さんのように、気安い。

独創性について。詐欺師は独創的である。誠心誠意、独創的だ。自分で思いついたことしか考えない。人の考えなど用いるのを軽蔑《けいべつ》する。陳腐なトリックなど、毛嫌いする。つまらない詐欺で手に入れてしまったとわかったら、きっと財布を返すだろう。

無礼について。詐欺師は無礼である。威張りちらす。両手を腰につけて偉そうにする。両手をズボンのポケットに突っ込む。面と向かって人を嘲《あざけ》る。相手をわざと傷つけるようなことを言う。人の食事を食べ、人の酒を呑《の》み、人の金を借り、人を小馬鹿にする。人のプードル犬を蹴《け》っ飛ばし、人の妻にキスをする。

　ほくそ笑みについて。真の詐欺師は、最後にほくそ笑む。だが、そうとわかるのは、本人のみである。一日の仕事が終わるとほくそ笑む。予定した仕事がうまくいったらほくそ笑む。夜、自分の部屋でにやりとして、自分独りで密《ひそ》かに楽しむ。家に帰り、ドアを閉め、服を脱ぎ、蠟燭《ろうそく》を吹き消し、ベッドに入り、枕に頭をのせる。これらすべてを行うと、詐欺師たる者はほくそ笑むのだ。これは仮説ではない。当然のことであり、そういうものなのだ。必然的に出てくる結論であり、ほくそ笑まない詐欺師は詐欺師ではない。

　詐欺の発祥は、人類の揺籃《ようらん》期に遡《さかのぼ》る。おそらく、史上初の詐欺師はアダムだろう。ともかく、詐欺の科学は遥《はる》か古代に遡る。しかし、現代人は、頭の固い先祖には夢にも思いつかなかったであろうレベルまで完璧《かんぺき》なものに仕上げてみせた。そこで私も「古き諺《ことわざ》」の話などせずに、より「現代的事例」のいくつかを簡潔に説明することにしよう。

　実にうまい詐欺とは、次のようなものだ。たとえば、ソファーを買い求めようという主婦が数軒の家具店の倉庫を出入りしているとしよう。ついに、すばらしい品揃えの店に辿《たど》り着く。入り口で丁寧で口上手な店の主人に挨拶《あいさつ》をされ、中に招き入れられる。欲しいと思っていたようなソファーを見つけ、値段を聞いて、少なくとも思っていたより二割安いので驚き喜ぶ。急いで購入しようと、勘定書と領収書を受け取り、できるだけ早く配達をしてほしいと頼んで自分の住所を記し、店の主人が何度もぺこぺこ頭を下げるなかで退出する。夜になってもソファーは来ない。翌日が過ぎても音《おと》沙汰《さた》なし。遅延について問い合わせをするために召し使いが派遣される。そんな取り引きはございませんと言われる。ソファーを売ったことはありませんし、お金も受け取っておりません。そのとき店の主人を演じた詐欺師が金を受け取っていたのだ。

家具店の倉庫というものは、店員がおらず、がらんとしているため、この種の詐欺が容易にできてしまう。誰でも入ってきて、家具を見て、気づかれずにそっと立ち去ることができる。買いたいという人や値段が知りたい人は、手近のベルを鳴らせばよいので、それで十分と考えられているわけだ。

あるいはまた、実に上品な詐欺とは、次のようなものである。きちんとした服を着た人が店に入ってくる。一ドル分の買い物をし、困ったことに別の上着のポケットに小切手帳を忘れてきたことに気づく。そこで店主に言う。

「まあ、かまうことはない！　品物を家へ届けておいてくれないか。だが、待てよ！　家にも五ドル札しかなかったはずだな。でも、品物といっしょに四ドルの釣銭もつけてくれればいいね」

「かしこまりました」と店主は答え、客の尊大な態度にたぶらかされ、「また午後にでも来た時に金を支払うと約束して、品物を小脇に抱えて出て行ってしまう客もいることだし」などと思って信用してしまう。

品物と釣銭を小僧が届ける。途中で、まったく偶然に、客と出会って、こう声をかけられる。

「おや！　こりゃ私の品物だ。なるほど――もうとっくに家に届けてくれたものとばかり思っていたが。まあ、よろしい！　妻のトロッター夫人から五ドルを受け取ってくれたまえ。そのように指示を出してあるから。その釣銭はこちらにもらっておこうか。郵便局で銀貨が必要になるもんでね。よろしい！　一ドル、二ドル――こいつは本物だろうね――三ドル、四ドルと――ぴったりだな！　トロッター夫人に、私に会ったと言いなさい。もう道草を食うんじゃないぞ」

小僧は道草など食わない――が、使いからなかなか帰ってこない――トロッター夫人なるご婦人が見つからないのだ。しかし、代金ももらわずに品物を渡したわけではないと自分を慰めて、自己満足した様子で店に戻ってくるが、店主からお釣りはどうしたと問われて、どっと落ち込み、悔しい思いをすることになる。

実にシンプルな詐欺とは、次のようなものである。これから出航しようという船長が、官僚風の人物から、ずいぶんと安い市税の請求書をもらう。安くすんでよかったと喜んで、いろいろやらなければならない差し迫った用事があるので、さっさと支払いをすませてしまう。十五分ほどすると、別の男がやってきて、それなりの額の請求書を渡す。それによって、最初の収税吏は偽者であり、金を騙《だま》し取られたということが明らかになるのだ。

似たようなケースもある。蒸気船が波止場から出ようとして、もやい綱を外している。旅行鞄《かばん》を持った旅行客が波止場に向かって全力疾走している。突然、その男はぴたりと止まり、かがんで、ひどく昂奮《こうふん》した様子で地面から何かを拾う。財布だ。「どなたか、財布を落としませんでしたか？」と叫ぶ。財布をなくしたのは自分だと言いだす人はいない。ところが、財布の中身が巨額だとわかると、皆はどよめく。でも、船の出発を遅らせるわけにはいかない。

「歳月人を待たず。船は出ます」と、船長が言う。

「お願いだから、数分だけ待ってくれ」と、財布の発見者が船に乗り込みながら言う。「本当の落とし主がすぐに現れるだろうから」

「待てません！」船長は答える。「おい、ロープを外せ」

「どうすればいいんだ？」発見者は困り切って尋ねる。「私はこれから数年この国を離れるので、こんな大金を預かるわけにはいかない。すみません、あなた」ここで彼は波止場にいる男性に声をかける。「あなたは正直そうな人だ。この財布を預かってくれませんか。信頼できる方とお見受けした。きっと、拾得物の広告を新聞に出してくださいますね？　入っている紙幣は、かなりの額になります。落とし主は必ずやあなたにお礼をしてくれるでしょう」

「私にお礼ですって！――いえ、あなたにでしょう！――拾ったのはあなたなのだから」

「まあ、そう仰《おっしゃ》るなら――私も少しお礼をいただきましょう。あなたの良心が痛まないように。ええと――おや、どれも百ドル紙幣だ――なんてことだ！　百ドルなんてもらえない――五十で十分なんだが」

「ロープを外せ！」船長が言う。

「だけど、百ドルをくずすだけの細かな金がないな。とにかく、あなたに――」

「ロープを外せ！」船長が言う。

「だいじょうぶです！」波止場にいた紳士は、急いで自分の財布を調べて、叫ぶ。「だいじょうぶ！　なんとかなります――この北アメリカ銀行の五十ドル紙幣を渡しましょう――財布を投げてください」

　あまりにも良心的な拾い主は、いかにも気が進まぬ様子で五十ドルを受け取り、蒸気船がシューと煙を吐いて波止場からどんどん離れていくので、言われたとおりに、その紳士に財布を放《ほう》ってやる。出航後三十分もしたところで、「巨額の金」は「偽造紙幣」であり、すべては見事な詐欺だったとわかる。

　大胆な詐欺とは、次のようなものである。野外集会かそれに類するものが、通行無料の橋を通らないと行けない場所で開催される。詐欺師はこの橋に陣取って、新しい州法によって、徒歩で通る者には一セント、馬やロバで通る者には二セントといった具合に細かな料金規定が定められたと、もっともらしく告知する。ぶつぶつ言う人もいるが、誰もが金を支払い、詐欺師は楽に五、六十ドル金持ちになって家へ帰る。膨大な数の群衆から通行料を取るのは、ひどく面倒ではあるが。

手際のよい詐欺とは、次のようなものである。詐欺師が友人から金を借り、赤インクで印刷された普通の借用証書の用紙に、正式に記入して署名してその友人に渡してあった。詐欺師は、未記入の用紙を一、二ダースほど購入し、毎日一枚ずつスープに浸し、飼い犬に飛びつかせ、最後には珍味《ボン・ブーシュ》として食わせた。支払期限が来ると、詐欺師は飼い犬を連れて友人を訪ね、借用証書が話題にのぼる。友人がそれを書き物机《エスクリトワール》から取り出して、詐欺師に渡そうとすると、詐欺師の犬がそれに飛びつき、むさぼり食ってしまう。詐欺師は、驚き、当惑して、犬のとんでもない振る舞いに腹を立ててみせ、支払い義務の証拠が出てきたときにはいつでも喜んでその義務を履行すると言うのである。

じつに卑小な詐欺とは、次のようなものである。あるご婦人が街頭で、詐欺師の仲間から侮辱を加えられる。詐欺師自身が助けに飛んできて、仲間をしたたかに打ち据え、ご婦人を自宅までお送りすると申し出る。お辞儀をして、胸に手を当て、ご婦人に上品な別れを告げる。ご婦人は、助けてくれた方に、どうぞ中にお入りになって、兄や父とお会いになってくださいと言う。詐欺師は溜《た》め息《いき》をついて、それを断る。

「それでは、感謝の気持ちを示すほかの方法はありませんかしら」と、ご婦人は呟《つぶや》く。

「ございますとも。二シリングほど貸していただけないでしょうか」

あまりにもびっくりしたご婦人は、卒倒してしまおうかしらと思うが、考え直して財布を開けて、金を渡してやる。この詐欺を卑小と呼ぶのは、この借りた金の半分は、侮辱を働き、それからじっと殴られるのに耐える役まわりの男に支払わねばならないからである。

かなり小さいが、それでも理屈っぽい詐欺とは、次のようなものである。詐欺師が居酒屋のカウンターに近づき、たばこを二本求める。渡されると、ちょっと調べてから、男は言う。

「このたばこは気に入らないな。ほら、返すから、代わりに水割りブランデーをくれ」

水割りブランデーが出され、飲まれ、詐欺師は戸口へ進む。店の主人の声がそれを止める。

「お客さん、水割りブランデーの代金をお忘れですよ」

「水割りブランデーの代金だって！——水割りブランデーの代わりにたばこをやったじゃないか。それ以上何がほしいってんだ」

「でも、いいですか。たばこの代金はいただいてないと思いますがね」

「そりゃどういうことだ、この悪党め。たばこは返しただろう？　そこにあるそのたばこは君のたばこだろ？　受け取らないものの代金を払えというのか」

「でも、お客さん」酒場の主人は、こうなると何と言ってよいかわからなくなる。

「でも——」

「でもも、へちまもあるもんか」詐欺師はひどくご立腹で、「でもも、へちまもあるもんか。客を騙すのもいい加減にしろ」と言いながら、ドアをバタンと閉めて逃げていく。

　とても巧妙な詐欺もある。その素朴なところが特におススメだ。財布がなくなる。落とし主は、大きな都市の日刊紙の一つに詳しい描写つきの広告を出す。すると、我らが詐欺師は、この広告の詳細を写し、見出しと、全体の表現と、住所を変更する。たとえば、もとの広告は長く、言葉数が多く、「財布紛失！」という見出しになっており、見つけた人はトム街一番地へ届けられたしとなっているとする。写しの広告は短く、見出しは「紛失」だけで、所有者の住所としてディック街二番地とかハリー街三番地とかになっている。しかも、それが五、六紙に掲載され、時間的にも最初の広告のたった数時間後に出るのだ。財布を落とした本人が読んでも、それが自分の財布のことだとは疑いもしないだろう。もちろん、確率は一対五ないし六であるので、拾い主は、正しい所有者が示した場所ではなく、詐欺師の住所へ持っていってしまう。礼金を払ったら、財布はいただいて、ドロンを決め込むという寸法だ。

とてもよく似た詐欺に、こういうのもある。ある上流階級の婦人が道でかなり高額のダイヤの指輪を落としてしまう。見つけた人には四、五十ドルの謝礼を払うとして、宝石と指輪の詳細な描写を新聞広告に掲げ、何々通りの何々番地へ届ければ、問答無用で即刻謝礼をお渡しすると記す。一、二日後、婦人が家を留守にしているあいだに、何々通りの何々番地のドアベルが鳴り、召し使いが出て、奥様はと尋ねられ、留守でございますと告げると、客は驚いて、大層がっかりする。とても重大な用事であり、奥様ご自身に関わることなのです。実のところ、幸運にも奥様のダイヤの指輪を見つけたのですが、まあ、またいずれ出直すことにいたしましょうか、と言う。「いえ、とんでもない！」と召し使いが言い、すぐに呼び出された奥様の妹と義理の妹も「いえ、とんでもない！」と言う。大騒ぎして、「そうそう、この指輪だわ」と確認がなされて、謝礼が支払われ、拾い主はさっさと追い出される。奥様がご帰宅になり、妹と義理の妹に少し文句を言う。ダイヤの指輪の模造品に四、五十ドルを支払ってしまったのだ。真鍮《しんちゅう》と鉛ガラスで出来た偽物だったのである。

しかし、詐欺に際限はないので、この科学が当てはまるものの多様な種類の半分でも軽く触れようなどとすれば、この論考も終わりがなくなる。本論を終える必要があるので、それには、とても立派で、かなり手の込んだ詐欺を簡単に紹介するのが最善であろう。さほど遠からぬ昔に、わが街自体を舞台として行われたものであり、その後も、合衆国のまだ世間ずれしていない田舎で繰り返されて、成功を収めた手口である。中年の紳士がどこからか町にやってくる。いたって几帳面《きちようめん》で、用心深く、まじめで、沈着冷静だ。服装は細部までパリッとしているが、素朴で、派手ではない。白い幅広のネクタイをし、着やすさだけを考慮して作られた、ゆったりとしたチョッキを着て、厚底の履き心地のよさそうな靴を履き、革ベルトなしのズボンを穿《は》いている。どう見ても、裕福で、謹厳で、厳格で、上品な一流の実業家といったところだ。人気の高級喜劇に出てきそうな、厳しくて、とっつきにくいが、心はやさしいという感じの人だ。何か言えばそれがそのまま契約書となり、大金を寄付したりする一方で、単なる商取引では、びた一文負けやしないことで知られている手合いである。

男は宿屋に落ち着くのにも、すったもんだする。子供が嫌いで、静けさに慣れているのだ。規則正しい生活を送っており――そこで、信心深い上品な小さな家庭への下宿を希望する。とはいえ、料金はいくらでもかまわない――ただ、支払いは毎月一日に済ますことにさせていただきたい（今日は二日だ）。そして、いよいよ気に入った家が決まると、その女主人に言うのだ――いかなることがあっても、この点は守っていただきたい――毎月一日の十時きっかりに請求書と領収書を送ること。そして、どのような状況下でも二日に延期することがあってはならない、と。

以上の取り決めがなされると、我らが実業家は町のにぎやかな、というよりは上品な区域に事務所を借りる。男は見栄《みえ》を張ることを何よりも嫌うのだ。「飾り立てているものの背後には大して堅実なものはない」と言う。それを聞いて宿の女主人は深く感銘を受けて、わが家の聖書の「ソロモンの箴言《しんげん》」のページの余白に、鉛筆でその言葉をメモする。

次には、この町の主要な六ペンス経済新聞に次のような広告を出す——一ペニーの安価な新聞は「上品」ではないし、広告費用を前金で要求してくるので避けられた。我らが実業家は、仕事の対価はそれが完了するまで支払われるべきでないという信念の持ち主だった。

「求む——当町にて大規模なビジネスを始める広告主が、聡明《そうめい》にして有能なる事務員三、四名を募集中。報酬大。能力より実直さを買う。責任の大きな仕事を任せ、大金を任せることになるため、雇用される事務員から五十ドルの保証金を預かり受ける。この金額を広告主に渡す用意のない者、その道徳性について十分な証明のできぬ者の応募は遠慮されたし。信仰に篤い若き紳士望む。応募は午前十時から十一時、午後四時から五時のあいだに次の住所まで。

ドッグ街百十番地　ボッグズ・ホッグズ・ロッグズ・フロッグズ商会」

この広告の結果、その月の三十一日までに、ボッグズ・ホッグズ・ロッグズ・フロッグズ商会の事務所には約十五から二十人の信仰に篤い若き紳士がやってきた。しかし、我らが実業家は誰とも急いで契約しようとせず――ビジネスマンに焦りは禁物――それぞれの若者の信心深さについて厳格な教義問答がなされたうえで、やっと契約が結ばれ、きちんとしたボッグズ・ホッグズ・ロッグズ・フロッグズ商会がとるべき当然の用心にすぎないが、五十ドルが受け取られ、受領証が発行された。翌月の第一日の朝、女主人は約束どおりに請求書を出さなかった――約束を破ってはだめじゃないかと、グズグズという音で終わっていた商会の偉い社長が厳しく叱ったかと思いきや、そうではない。その当の社長が、請求書の出る前日に、町からドロンしてしまっていたのだ。

　実際、警官たちは、社長を捜してあちこち走りまわり、ひどい目に遭った。そうして出せた結論は、例の実業家は「なんてえげつないインチキ野郎」だということだけだった。この言葉の頭文字、ｎ（なんて）ｅ（えげつない）ｉ（インチキ野郎）をつなげたｎ・ｅ・ｉは、古典的な表現の *non est inventus*（所在不詳）を意味するそうだ。一方、集められた若き紳士たちは、一人残らず以前よりも信仰が薄くなり、女主人は一シリングもするよく消える消しゴムを買ってきて、家の大切な聖書の「ソロモンの箴言」の余白にどこかの馬鹿が書き込んだ鉛筆書きをきれいに消したのだった。

楕《だ》円《えん》形の肖像画

ひどい傷を負った私を野宿させるよりはと、わが従者があえて押し入った城は、アペニン山脈中で長くその威容を誇ってきたものであり、さしずめラドクリフ夫人の幻想物語〔『ユドルフォ城の謎』〕にでも出てきそうな、陰鬱《いんうつ》さと荘厳さとが綯《な》い交ぜになった城だった。どう見ても、ごく最近まで人が住んでいた気配がある。我々は一番狭くて、一番質素な部屋に泊まらせてもらうことにした。奥まった小塔の一室である。部屋の装飾は豪華ではあったが、ぼろぼろに朽ちた年代物だった。壁には壁掛け《タペストリー》が掛かっており、種々雑多な戦勝の記念品が並べられ、贅沢《ぜいたく》なアラベスク文様の金の額縁に収められた活気溢《あふ》れる近代絵画が異様なほど夥《おびただ》しく飾られていた。それらの絵は、広い壁面のみならず、この城の奇怪な建築様式のためにどうしても生じてしまう多くの奥まった場所にも掛けられており——私は、ひょっとして気が遠くなりかかって譫《せん》妄《もう》状態に踏み込んでいたのかもしれぬが、それらの絵に深い興味を覚えた。そこで従者ペドロに命じて、部屋の重たい鎧戸《よろいど》を閉めさせ——既に夜だったので——ベッドの枕許《まくらもと》に立っていた背の高い枝付き燭台《しょくだい》の蠟燭《ろうそく》すべてに火を点《とも》させ、ベッドを囲っていた縁飾り付きの黒いベルベットのカーテンをすっかり開けさせた。そうさせたのは、ベッドに横になったとき、まどろむことができずとも、少なくとも絵を眺めながら、枕の上にあった小さな本を読めるだろうと思ったからだ。その本には、飾られている絵の説明や批評が記されていたのである。

私はその本をいつまでも読み耽《ふけ》り、食い入るように、魅せられたように、絵を見つめた。瞬く間にすばらしい時が過ぎゆき、深い真夜中が訪れた。燭台の位置が気に入らなかったので、眠っている従者を起こすよりはと、苦労して手を伸ばして、本にもっと明かりが落ちるように調整した。

だが、そのせいで、思いもよらぬ効果が生まれた。多くの蠟燭の光（かなりな数だった）が、それまではベッドの柱の深い陰に隠れていた部屋の壁龕《へきがん》（装飾のための壁の窪《くぼ》み）に射し込んだのだ。こうして、今まで気づかなかった一枚の絵が、くっきりと光の中に浮かび上がった。一人前の女になりかかった少女の肖像画だ。私はその絵を一瞥《いちべつ》すると、目を閉じた。なぜそうしたのかは、自分自身でも最初ははっきりしていなかった。しかし、しばらくそのまま目を閉じた状態で、目を閉じた理由を心の中に探ってみた。それは、考える時間を稼ぐための衝動的な行為だった。自分の目を信じてよいのだと納得し——気を静め、空想《ファンシー》を落ち着かせて、より冷静に、より確かに見つめるために目を閉じたのだった。すぐに私は、今度はじっとその絵を凝視した。

今度こそ正しく見えていることは疑いようがなかった。蠟燭の光が絵にきらめいたとき、朦朧《もうろう》と夢見心地になりかかっていた感覚が霧消し、ハッと我に返った。先に述べたとおり、肖像は少女を描いたものだった。専門用語で〈ヴィネット〉と呼ばれる様式で、頭と肩だけが描かれていた。画家のサリーの顔の描き方に似ている。腕や胸、輝く髪の先さえもが、全体の背景を形成するぼんやりした深い陰影の中へと、いつしか溶け込んでいる。額縁は楕円形で、モレスク風のきらびやかな金の線条細工で飾られていた。美術品として、これほど優れたものはないように思えた。しかし、こんなにも突然、激しく私を感動させたのは、絵の描かれ方でもなければ、その顔の天使のような美しさでもなかった。ましてや、なかばまどろみから揺り起こされた私の空想《ファンシー》のせいで、その顔を生きている人の顔と見誤ったわけでも決してなかった。この絵の構図、背景に溶け込む様子、そして額縁の特殊性を見たとたんに、そんな考えは吹き飛び、一瞬たりともそうは思えないとわかった。こうした点を真剣に考えながら、なかば座り、なかば寝そべりながら、かれこれ一時間もじっとその肖像画を見据えていたであろうか。ついに、その効果の真の秘密に満足して、私はベッドに戻って横になった。この絵の魔力は、完璧《かんぺき》に実物そっくりに描かれている表情にあることがわかったのだ。私が最初ぎくりとし、狼狽《ろうばい》し、打ちのめされ、呆然《ぼうぜん》としてしまったのは、そのためだった。深い畏敬《いけい》の念をもって燭台をもとの位置に戻すと、私の心を揺き乱した絵は視界から消えた。私は、絵の由来を説明している本を夢中で読んだ。この楕円形の肖像画を示す番号のところにページを繰ると、次のような漠然とした奇妙なことが書かれていた。

「世にも稀《まれ》なる美貌《びぼう》の乙女、可愛らしくも明るい乙女。画家に出会って、愛し、結婚した時を呪うべし。情熱的で勤勉で厳格な画家は、疾《と》うに妻としていたのだ、その芸術《アート》を。世にも稀なる美貌の乙女、可愛らしくも明るい乙女は、にこやかに小鹿のように戯《たわむ》れて、すべてを愛して慈《いつく》しんだ。ただ憎むべきは恋敵の芸術。愛する人の微笑《ほほえ》みを奪ってしまう、パレット、絵筆に、すげない絵道具。だから画家から君を描きたいと言われた、その言葉、どんなにつらいことだったか。けれども、おとなしく従順な妻は、何週間もじっと座った。白い画布《キャンバス》に天窓からのみ光が滴《したた》る暗き高き塔の小部屋で。画家は、喜び勇んで取り掛かり、何時間も何日もたゆまず描きつづけた。情熱的で、野性的で、むら気な画家は幻想に耽り、寂しい塔の恐ろしい光の中、妻の心身が衰えて、窶《やつ》れていくのがわからない。それでも妻は微笑んで、愚痴もこぼさず、耐えていた。世にも聞こえたこの画家が、燃えるような喜びを感じて、日夜自分を描いてくれるのだから。夫を愛した妻だけど、日に日に窶《やつ》れて生気を失くした。その絵を見たある人が、あまりに似ていると驚いて、画家の手腕というよりは、妻への愛の深さゆえだと、不思議な話だと囁《ささや》いた。ようやく完成が近づくと、塔には誰も入れないで、画家は仕事に没頭し、画布《キャンバス》に目を据えたまま、妻の顔さえ見なくなる。そうして、彼にはわからない――画布に一《ひと》塗りするたびに、その色が彼のそばに座す妻の頬から失《う》せるのが。何週間も過ぎ去って、ついに完成間際となり、あとは口許《くちもと》に一筆と、瞳《ひとみ》に一筆で出来上がりというとき、夫人の魂はランプの消えかかる炎のようにふたたび揺れた。そして、最後の筆が加えられ、色が塗られたその瞬間、画家は自ら描いた作品の前に、恍惚《こうこつ》として立ち尽くした。次の瞬間、依然として絵を見つめたまま、真っ青になって震えて喘《あえ》ぎ、大声で『これぞ、まさに命そのものだ！』と叫び、ふと、愛する人に目をやった――彼女は死んでいた！」

アナベル・リー

昔々のさらに前
海のほとりの王国に
住みたる乙女《おとめ》、その名前、
君も覚えがあるだろう、アナベル・リーの響きに——
乙女は僕に愛されて、
僕を愛した、ひたむきに

僕もあの娘《こ》も子供だった
海のほとりの王国で
だけど、僕らは、愛を超える愛を以《もっ》て愛し合った——
アナベル・リーと僕で
築いた愛は、翼ある熾天使《してんし》さえ
羨《うらや》むほどだった、天国で

だからなのだ、ずっと昔
　海のほとりの王国に
雲から風吹き、凍らせたのは
　美しきアナベル・リーを冷酷に
すると彼女の親族　やって来て
　彼女を連れ去り、速《すみ》やかに
海のほとりの王国で
　収めてしまった、その墓に

天使らは天にいても愉《たの》しまず
　僕らの仲を羨《うらや》んだのだ――
そう！　それが理由だ（海のほとりの王国で
知らぬ者とてない事実と化した）
ある夜《よ》、雲から風が吹き、
僕のアナベル・リーを冷やして殺した

だけど、僕らの愛は強かった
年長者らの愛よりも
賢者らの愛よりも
天上の天使にも手は出せなかった
海底の悪魔にも切れなかった
美しきアナベル・リーの魂と
僕の魂との強い絆《きずな》

月影射せば、面影が夢に現れ
目に浮かぶアナベル・リーは、あでやかで――
星輝けば、頓《とみ》に輝く彼女の瞳
目に浮かぶアナベル・リーは、あでやかで――
こうして、夜《よる》はすがらに、僕は横たわる、生きながらに
愛《いと》しき想《おも》い人、わが命、わが花嫁の傍《かたわ》らに
海辺に佇《たたず》む彼女の墓で
海鳴り響く墓の中で

盗まれた手紙

過度な巧妙さほど智慧《ちえ》にとって疎《うと》ましいものはない。

――セネカ

一八＊＊年秋。突風が吹きまくる夕闇深まるパリ。僕はわが友C・オギュスト・デュパンとともに、フォーブール・サン・ジェルマンのデュノー街三十三番地四階にある彼の家の奥まった小さな書斎というか書庫に籠《こ》もって、瞑想《めいそう》に耽《ふけ》りながらメシャムパイプ〔多孔質で軽い海泡石でできたパイプ。使いこむと琥珀《こはく》色になる〕を吸うという二重の贅沢《ぜいたく》を楽しんでいた。少なくとも一時間、二人は深い沈黙を守っていた。その様子を見かける者がいたら、二人とも部屋の空気を重くする紫煙の渦や輪が揺蕩《たゆた》うのにひたすら夢中になっているように思えただろう。但し、僕は、さっきまでデュパンと話をしていたある話題を心の中で反芻《はんすう》していた。すなわち、モルグ街の殺人事件と、マリー・ロジェ殺害に関わる謎である。それゆえ、そのとき部屋のドアがパッと開いて、旧知のパリ警視総監G氏が入ってきたとき、何か暗合のようなものを感じた。

僕らは警視総監を大いに歓迎した。この男には軽蔑すべきところもあったが、愉快な男でもあったからだ。それに数年ぶりだった。僕らは暗いところに座っていて、ちょうどデュパンがランプを点《つ》けようと立ち上がったところだったが、G氏が、ひどく困ったことになっている公務のことで、相談というか、デュパンの意見を求めに来たのだと告げると、デュパンはランプを点けないまま、また腰を下ろした。

「思考を必要とするなら」と、灯芯《とうしん》に火をつけようとした手を控えながらデュパンは言った。「暗いほうがよかろう」

「それはまた、君らしい妙ちくりんな考えだな」自分の理解の及ばないものは何もかも「妙ちくりん」と呼ぶ癖のある総監は言った。この人は「妙ちくりん」なことばかりある世界に生きているわけだ。

「いかにも」と、デュパンは、客にパイプを勧め、座り心地のいい椅子を寄せてやった。

「で、困ったことというのは何です」僕は尋ねた。「また殺人じゃないでしょうね？」

「いやいや。そういうんじゃない。実は、事件は実に単純でね。警察だけで十分対処できるとは思うんだが、デュパン君が詳しく聞きたいんじゃないかと思ってね。かなり妙ちくりんな事件なもんだから」

「単純で、妙ちくりん、と」とデュパンは言った。

「そうなんだよ。まあ、厳密には、そういうわけでもないがね。実は、事件は単純明快なのに、まったく行き詰まってしまって、それですっかり困っているというわけなんだ」

「ひょっとして単純すぎて手がかりが見つからないのかも」わが友は言った。

「なんて馬鹿なことを言うもんだ！」警視総監は、楽しそうに笑った。

「ひょっとして、謎が些《いささ》か明快すぎるとか」とデュパン。

「おいおい！　そんなことがあるもんかね？」

「あまりに自明なのでしょう」

「ハハハ！　ハハハ！　アッハッハ！」客はひどくおもしろがって爆笑した。「おい、デュパン君、笑い死にさせる気かね？」

「それで、要するに、どういうことなんですか？」と僕。

「ああ、今から話すよ」警視総監は、パイプの煙を途切れさせずに長く、考え込むかのように吐き出すと、椅子に腰を落ち着けて言った。「手短に話そう。だが、始める前に、こいつは絶対他言無用の秘密の事件であり、誰かに漏らしたと知られたら私はきっと今の地位を失う羽目になるということを断っておきたい」

「進めてください」と僕。

「やめておいてもいいですよ」とデュパン。

「では、こういうことだ。最重要の文書が王宮の部屋から盗まれたという内々の情報を、ある高官筋から入手した。盗んだ人物はわかっている。疑いの余地はない。それを盗《と》るところが目撃されているんだ。また、文書がまだその男の手許《てもと》にあることもわかっている」

「どうしてわかるんです？」デュパンが尋ねた。

「文書の性質からはっきりと推測できるんだよ」警視総監は答えた。「それに、文書が盗んだ男の手を離れたら直ちに生じるはずの事態がまだ生じていない――つまり、その手紙を盗んだ目的を果たすために、最終的にその手紙を用いてやろうとしていることがなされたとしたら、起こるはずのことがまだ起こっていないんだ」

「もう少しわかりやすくお願いします」と僕。

「そうだな。その文書を持っていれば、ある領域である種の力を及ぼせるとだけ言っておこう。その領域ではそういう力がかなりものを言うんでね」警視総監は外交上のもってまわった言いまわしが大好きだった。

「まだ、よくわかりませんね」とデュパン。

「そうかね？　では、こう言おう。ここでは名前を伏せておくが、或《あ》る第三者にその文書を見せてしまうと、極めて高位にある或るお方の名誉を危険に曝《さら》すことになってしまうのだ。つまり、この文書を手にしている男は、その名誉と平安が危険に曝されているその著名な人物に対して弱みを握ったというわけだよ」

「弱みと言ったって」と私は口を挟《はさ》んだ。「その盗まれた人は誰にそれを盗られたかわかっていて、そのことは盗ったほうも知っているわけでしょう。だったら、誰がそんな大胆な――」

「盗んだのは」とG氏は言った。「D大臣なのだよ。大胆に何だってやる男だ。人としてふさわしいことも、ふさわしからぬことも。盗みの手口も大胆かつ巧妙でね。問題の文書――言ってしまえば、手紙なんだが――それを、被害者は王宮のご婦人用のお部屋にお一人でいらしたときに受け取って、読んでいる最中に突然別の高貴な方が入っていらした。その方からは隠したいような手紙だったんですな。なんとか引き出しの中へ突っ込もうとあわててみたが、うまくいかず、テーブルの上に、そのまま置くしかなかった。ただ、宛名《あてな》を上向きに置いたので、中身は見えず、その方から気づかれずにすんだ。ちょうどそのとき入ってきたのがD大臣だ。大臣は、そのヤマネコのような目で直ちに手紙を見つけ、宛名書きの筆跡から誰からの手紙か見てとって、手紙を受け取った貴婦人の狼狽《ろうばい》ぶりも察知して、ははんと、秘密に勘づいた。いつもの調子で仕事の話をそそくさとすませると、大臣は問題の手紙に似たような手紙を取り出し、それを開いて読むふりをし、問題の手紙のすぐ横に置いた。それからまた十五分ほど公務について話をすると、ようやく暇乞《いとまご》いをして、テーブルから自分の手紙じゃないほうを取った。手紙の所有者はそれを見てはいたものの、もちろん、まちがえているとは言えない。すぐそばに例の第三者が立っているわけだからね。大臣は、自分の、どうでもいい手紙を、テーブルの上に残して立ち去ったというわけだ」

「なるほど、これなら」とデュパンは僕に言った。「弱みを握ったことになるね。盗まれた人は誰にそれを盗られたかわかっていて、盗ったほうもそれは承知の上というわけだ」

「そのとおり」と、警視総監は応《こた》えた。「そして、こうして得られた影響力は、この数か月間というもの、政治的な目的のために、かなり危険なほど行使されるようになってきている。被害を受けた貴婦人は、日々、何とかして手紙を取り返したいという思いに駆られていらっしゃる。しかし、もちろん、おおっぴらにやるわけにはいかない。それで、万策尽きて、私に打ち明けてくださったというわけなんだ」

「あなた以上に」とデュパンは完璧《かんぺき》な紫煙の輪を作ってその中から言った。「賢明なる捜査官はいないし、考えられませんからねえ」

「こりゃ、お褒めに与《あずか》って恐縮ですな」と警視総監。「まあ、そういう意見もあるでしょうが」

「なるほど」と僕。「あなたが仰《おっしゃ》るとおり、手紙はまだ大臣が持っているのでしょう。手紙を行使するよりも手紙を持っていることのほうが、影響力はあるんじゃないですか。使ってしまったら、それまでだ」

「そのとおり」と警視総監は言った。「そう考えて、捜査を進めましたよ。まず大臣の官邸をくまなく調べた。相手に気づかれないように調べるのになかなか手間取ったが。こちらの手の内がばれようものなら、むこうがどう出るかわかったものじゃないからね」

「しかし」と僕。「そうした捜査はお手のものでしょう。パリ警察はそういう捜査をずっとやってきたはずだ」

「そりゃまあそうです。だからこそ、何の絶望もしてなかった。大臣の癖も、大いに利用させてもらいましたよ。あの人は、よく一晩じゅう家を空けるんだ。召し使いも決して多くない。主人の部屋から離れたところに寝ていて、たいていナポリ人だから、すぐに酔っ払っちまう。ご存じのように、私にはパリじゅうの部屋やキャビネットを開ける鍵《かぎ》があるからね。三か月というもの、一晩も欠かさずにD大臣の官邸を捜索しましたよ。名誉がかかっていたし、すごい秘密を漏らしちまうと、その手紙に懸けられた懸賞金が巨額なんでね。諦《あきら》めずに捜索したが、とうとう泥棒のほうがこっちよりも抜け目ないと認めざるを得なかった。文書が隠してありそうなところは、どんなところも隅々まで調べたはずなんだがねえ」

「でも、どうなのかな」と僕は提案した。「手紙は大臣が持っているとしても、官邸以外のどこかに隠しているんじゃないのかな」

「それはまずないね」とデュパン。「昨今の宮廷の特殊情況と、特にD大臣が関わっていると知られている例の陰謀を鑑《かんが》みるに、文書がすぐ手の届くところにあって、瞬時に取り出す簡便性が、それを持っていることと同じぐらいに重要となるはずだ」

「取り出す簡便性？」と僕。

「つまり、処分してしまうということだ」とデュパン。

「なるほど」僕は考えた。「では、文書はまちがいなく官邸だ。大臣が肌身離さず持っているという可能性については、排除していいね」

「完全にね」と警視総監。「二度、追い剝《は》ぎに見せかけて、呼び止めたよ。私の監視のもとで、しっかり身体検査をさせてもらった」

「そこまではしなくてもよかったと思いますよ」とデュパン。「D大臣だってまるっきり馬鹿じゃないでしょうから、そういった身体検査をされることぐらいは、当然見越していたでしょう」

「まるっきりの馬鹿じゃない」とG氏は言った。「だが、あいつは詩人だからね。詩人なんてのは、私に言わせりゃ、馬鹿と紙一重だ」

「そうですね」デュパンは、メシャムパイプから思索的な紫煙を長々と吐いたあとで言った。「ただ、僕自身もへぼ詩を作るから、同罪ってことになりますね」

「詳しく教えてもらえませんか」と僕。「捜査の内容を」

「なに、こういうことだ。時間をかけて、官邸の隅から隅まで調べた。こうしたことにかけちゃ長年の経験があるからね。建物全体を一部屋一部屋、それぞれ丸々一週間かけて毎晩調べたんだ。まず各部屋の家具を調べた。引き出しという引き出しを開けた。おわかりとは思うが、きちんと訓練を受けた警察官にかかっちゃ、秘密の引き出しなんてありえない。この種の捜査で〝秘密の〟引き出しを見逃すようなやつがいたら、そいつの目は節穴《ふしあな》だ。実に簡単なことだからね。どのキャビネットにも、ある容量があり、中のスペースは決まっている。そこで、正確な物差しを当てる。ほんのわずかな隙だって見逃しはしない。キャビネットのあとは椅子を調べたよ。クッションには細くて長い針を突っ込んで調べるんだ。以前私が使っているところを見たことがあるでしょう。テーブルからは天板《てんばん》を剝《は》がした」

「どうして？」

「テーブルの天板や家具の上部を外して何か隠そうとすることがあるんだよ。外して置いて、上から脚に穴を開け、その穴に隠してから、天板を戻すんだ。ベッドの柱の下部と上部も同じように外されることがある」

「でも、叩《たた》いたら、音で穴があるとわかるんじゃないですか」僕は尋ねた。

「無理だね。ものを隠すとき、その周りにたっぷり綿を詰めたりすることもあるからね。それに、今回のケースでは、音を立てずにやる必要があった」

「でも、そんな調子でものを隠せそうな家具を一つ残らず外したというか、ばらばらにしたんじゃないでしょうね。手紙なら細く巻くことだってできるから、大きめの編みもの針ぐらいのサイズに収まってしまう。それぐらいの大きさなら、たとえば椅子の横木にでも収まるでしょう。椅子という椅子をばらばらにしたわけじゃないでしょう？」

「もちろん。もっとじょうずにやりましたよ——官邸のすべての椅子の横木を調べ、あらゆるタイプの家具の継ぎ目まで、実に強力な拡大鏡を使って検《あらた》めたんだ。新しめの傷のような痕《あと》があれば、すぐにわかったはずだ。錐屑《きりくず》一つだって、りんごぐらい大きく見えるからね。接着部に異常があったり——つなぎ目がずれていたり——すれば、たちどころにわかるんだ」

「鏡も調べたんでしょうね。裏板とガラスのあいだとか。ベッドや布団、それにカーテンやカーペットも」

「もちろんだ。その調子で家具を隅々まで完璧に調べ終えると、建物自体を調べた。表面全体を区画に分け、番号をつけて見落としがないようにした。敷地内すべてを一平方インチずつ精査していったんだ。両隣の二軒もね。同じように拡大鏡を使って」

「両隣の二軒も！」僕は叫んだ。「そりゃあ、大変だったでしょう」

「いかにも。だが、報酬が莫大《ばくだい》なもんでね」

「敷地も調べたんですよね」

「三軒とも地面は煉瓦《れんが》敷きなので、比較的楽だったよ。煉瓦と煉瓦のあいだの苔《こけ》を調べてね。動かした形跡は見つからなかった」

「もちろんD大臣の書類とか、本棚の本の中まで見たんでしょうね」

「当然だ。どの包みも束も開けて、すべての本を開いてみた。刑事がよくやるように、本を振って終わりにしてしまうのではなく、一ページずつページを繰っていったんだ。ブックカバーの厚さも極めて厳密に計測して、拡大鏡で執拗《しつよう》に吟味した。本の綴《と》じを最近いじったとしたら、見逃すことはまったくありえない。製本屋から届いたばかりの五、六冊には長い針を刺して慎重に検査した」

「カーペットの下の床も調べましたか」

「もちろん。すべてのカーペットを外して、床板を拡大鏡で見た」

「壁紙も？」

「そうだ」

「地下室も」

「調べた」

「では」と僕は言った。「見込みちがいだったんですね。手紙はやっぱり官邸にはないんだ」

「どうもそう認めざるをえないようなんだ」と警視総監。「ところで、デュパン君は、どうしたらいいと思うかね？」

「もう一度官邸を徹底的に捜査することです」

「そいつはまったく意味がない」G氏は応《こた》えた。「手紙が官邸にないことは、私が息をしていること以上に確かだと思うね」

「ほかに差し上げられる助言はありません」とデュパン。「もちろん、手紙の特徴は正確にご存じでしょうね？」

「そりゃ、もちろん！」ここで警視総監は手帳を取り出して、なくなった文書の特徴、とりわけその外見について詳細な記述を読み上げた。すっかり読み終えると、まもなく、ひどくしょげ返って立ち去ったが、僕はこの善良なる紳士があそこまで落ち込んだ様子は見たことがなかった。

　それから一月《ひとつき》ほどして、彼はふたたび、前と同じことに耽《ふけ》っている僕らのところへやってきた。パイプを手にして椅子に座り、世間話を始めた。やがて僕が切り出した。

「ところで、Gさん、盗まれた手紙はどうなったんです？　やっぱりあの大臣を出し抜くことはできないと諦めたんでしょうねえ？」

「まったく癪《しゃく》に障るが、まあそうだ。デュパン君が言ってくれたように、再捜査をしたんだがね。思ったとおりの骨折り損だった」

「報酬はいかほどと仰《おっしゃ》っていましたっけ？」デュパンが尋ねた。

「なあに、莫大だよ――実に気前のいい額だ――正確にいくらとは言えないが、ただ言えるのは、あの手紙を手に入れてくれる人には誰であれ、私個人から五万フランの小切手を切ってやってもいいくらいだよ。実は、あれから日々手紙の重要性が増していてね。報酬が倍額になったんだよ。しかし、三倍になったところで、私にはこれ以上何もできない」

「いや、できますよ」デュパンは、メシャムパイプから煙を吹かすあいだに言葉を挟みながら、間延びした口調で言った。「思うに――Gさん――この件で全力を――尽くしてないんじゃないかな。もうちょっと――ほかにやりようがあるでしょう？」

「何だって？――どうやって？」

「なに――ぷか、ぷか――たとえば――ぷか、ぷか――金を払って相談役を雇うとか、ね？――ぷか、ぷか、ぷか。医者のアバネシーについての話を覚えていますか？」

「いや。アバネシーなんか知るもんか！」

「なるほど！　知らなくっても結構。しかし、昔々、あるところに金持ちのけちん坊がいて、このアバネシー先生から医学的意見をただで聞き出そうとしました。そのために、個人的に会って何気ない会話をして、自分の病状を他人の話であるかのようにこの先生に相談しました。

『症状がこれこれである場合、先生だったら、その人にどうするように仰いますか』

『どうするように言うかだって！』とアバネシーは言いました。『もちろん医者にかかるように言いますね』」

「しかし」警視総監は些《いささ》かうろたえて言った。「私はもちろん専門家の意見にお金を払うつもりだよ。この件で助けてくれる人には本当に五万フランを払う気でいるんだ」

「それならば」デュパンは引き出しを開け、小切手帳を取り出しながら応えた。「今言った額の小切手を書いてくださいますか。サインをなさったら、手紙をお渡ししましょう」

僕は度肝を抜かれた。警視総監などは雷に打たれたかのような凄《すさ》まじい形相をしていた。しばらくのあいだ、彼はものも言わず身動きもせずに、眼窩《がんか》から眼が飛び出したかのような顔つきで、口をぽかんと開けて、信じられないようにわが友を見つめていた。それから、どうやら少し気を取り直すと、ペンを取り、何度か躊躇《ちゅうちょ》し、虚《うつ》ろな目つきをしてから、とうとう五万フランの小切手を書いてサインし、テーブル越しにデュパンに渡した。デュパンはそれを丁寧にチェックし、自分の財布にしまった。それから、書き物机の引き出しの鍵《かぎ》を開け、そこから手紙を出すと、警視総監に手渡した。この役人は完璧《かんぺき》なる歓喜の苦悩のうちにそれを握りしめ、震える手で開けて、中身にサッと目を走らせると、よろめくように戸口へ走り、とうとう挨拶《あいさつ》もなしに部屋から飛び出し、通りへ駆《か》け出していった。デュパンが小切手を書くように求めてからただの一言も発することはなかった。

その姿が見えなくなると、わが友は説明をしてくれた。

「パリ警察というのは、それなりに、ものすごく優秀なんだがね。根気強く、頭がよく、ずる賢く、自分の任務に必要と思われる知識などは相当持ってるしね。だから、G氏がD大臣官邸の捜索ぶりを事細かに教えてくれたとき、ちゃんとした捜査をしているじゃないかと心から思っていたよ――警察のできる範囲でね」

「警察のできる範囲で？」と僕。

「そう。用いられた方法は最善策であるのみならず、完璧に実施されていた。警察の捜査の範囲内に手紙があれば、必ず見つかっていたはずだ」

僕はつい笑ってしまった――けれども、デュパンは大まじめのようだ。

「つまり、警察の方策は」と彼はつづけた。「正しいものであり、実行にも問題がなかった。問題は、そいつがこの事件には、つまり今回の犯人には当てはまらなかったところにある。極めて高度な一連の捜査方法は、警視総監にとってみれば、〈プログルーステースの寝台〉〔ギリシャ神話に於《お》いて、アッティカの強盗プロクルーステースは、捕らえた人を鉄の寝台に寝かせ、寝台に合わせて背の高い人を切り詰め、低い人を引き伸ばしたという〕みたいなもんで、その杓子《しゃくし》定規に無理やり合わせようとしたんだ。手がけた事件に対して、やりすぎるにしても、やり足りないにしても、いつも失敗してしまう。小学生のほうが、ずっとうまくやるよ。八歳くらいの少年が『偶数か奇数か』の当てっこ遊びがうまいというんで世間の評判になったことがあってね。単純なゲームで、おはじきで遊ぶんだ。参加者は、おはじきを幾つか手に持って、偶数か奇数かと対戦者に訊《き》く。当てたら、おはじきを一つもらえるし、はずれたら、自分のおはじきを一つ渡すというルールだ。その子は、学校じゅうのおはじきをせしめたんだ。もちろん、やり方がある。それはね、相手がどれほど賢いかを見分けるんだ。たとえば、とんでもなくとろいやつが相手だとしよう。そのとろい相手が、握った手を突き出して『偶数か奇数か』と訊いてきて、少年が『偶数』と答えて負けたとしよう。しかし、二度目は勝つんだ。こう考えるんだね——このとろい相手は初回、偶数で勝ったけど、二度目は奇数に変えてくるぐらいの頭しかない。だからこっちは奇数と言ってやろう。で、奇数と答えると、当たりだ。さて、もう少し頭のいいやつが相手なら、こんなふうに考える——『こいつは、最初に僕が偶数と答えて負けたから、二度目はさっきのやつと同じように今度は奇数にしようかなと最初思うだろうが、考え直して、それじゃあんまり単純だと思って、初回と同じ偶数にしてくるだろう。だから僕は偶数と言ってやろう』——少年は偶数と言って、勝つ。さて、この小学生の推理法は、学校じゃ『まぐれ当たり』と言われていたようだが、つまるところ、何だと思う？」

「単に」と僕は言った。「推理をする側の知性を、相手の知性に合わせているだけのことじゃないのかな」

「そのとおり」とデュパン。「で、どうやってそこまで相手の考えにぴったり合わせて勝つことができたのかって、その子に訊いてみたところ、こんな答えが返ってきた――『相手がどれほど賢いか愚かか、どれほどいい人か悪い人か、そのとき何を考えているのかを知りたいときは、相手の顔つきとそっくりな顔つきを自分でもやってみるんです。できるだけ正確に真似るんです。そうして、そんな顔つきをしているとどんな考えや思いが浮かんでくるのか待つんです』。この小学生の答えというのは、ロシュフコーやラ・ブリュイエール、マキャヴェッリやカンパネッラの考えとされてきた小むずかしそうな考えよりもずっと要点を押さえているよ」

「そして、相手の知性にどれだけこちらの知性を合わせられるかということは、僕の理解が正しければ、相手の知性をどこまで正確に把握しているかにかかるわけだね」

「実用面では、そこにかかっている」とデュパンは答えた。「そして警視総監以下の警察連中が失敗ばかりするのは、第一に、相手の知性に合わせることができていないためであり、第二に相手の知性を見誤っているというか、そもそも見定めようとしていないためだ。頭がよいとはこういうことだという自分なりの考えがあって、それ以外に考えが及んでいない。隠されたものを捜す際にも、自分だったらこういうところに隠すと思うところしか捜さない。彼らの正しさもそこまでだ――つまり、彼ら自身の頭のよさというものが大衆の頭の出来を忠実に反映しているというレベルに於いてのみ、警察の捜査法は機能する。しかし、重罪犯の頭が警察の頭の出来とちがっている場合、当然、警察は出し抜かれる。犯人の方が頭がいい場合はもちろんだが、犯人の知能が下回る場合もうまくいかない。警察の捜査法っていうのは融通が利かないからね。せいぜい、緊急事態だとか、ものすごい報奨金が出るときぐらいはいつものやりかたをひろげたり強めたりすることはあっても、原則は変えちゃいない。たとえば、今度のD大臣の事件でも、捜査法を変えるようなことが何かなされただろうか。穴を開けたり、針で探ったり、叩《たた》いてみたり、拡大鏡で見てみたり、建物の表面を細かく区分けしたりしてたけど、そんなことは結局、警視総監が長年の警察勤務で培《つちか》った『人間というものはこうやるものだ』という固定観念に基づいた原則を大仰に当てはめているにすぎない。警視総監が端《はな》から決めつけていたことはわかるだろう？誰だって手紙を隠すときは——まあ、椅子の脚に錐《きり》で穴を開けるなんてことはしないまでも——少なくとも、どこか人目につかない穴か片隅に隠すものだってね。それって、椅子の脚に錐穴を開けて手紙を隠す発想と結局同じじゃないか。それに、そういった隠し方は、ありきたりの事件で、ありきたりの知能の持ち主が使うもんだ。というのも、どこに隠すにせよ、隠すとなれば——凝りに凝った隠し方をするだろうとまず思いつくからね。その場合、慧眼《けいがん》などなくとも、ただひたすら丁寧に、辛抱強く、決意をもって捜しさえすれば、見つかるはずだ。そして、重大事件の場合――あるいは報奨金が莫大《ばくだい》で、捜査する者にとって重大事件と同じ場合――なおさら馬鹿丁寧に辛抱強く頑張るわけさ。ここまでくればわかるだろうが、盗まれた手紙が警視総監の捜査の範囲内にあったとしたら――言い換えれば、隠匿の方法が警視総監の考える方法に含まれるものであったら――発見されることに疑問の余地はない。しかし、あのお役人さんは、完全に煙《けむ》に巻かれてしまった。失敗の元凶は、詩人として評判の高い大臣を馬鹿だと思ってしまったことにある。馬鹿はすべて詩人なり、そう警視総監は感じていたんだな。そこから一足飛びに、詩人はすべて馬鹿なりなんて推論してしまった点で、論理学における〝媒概念不周延の誤謬《ごびゅう》〟を犯したんだ」〔三段論法に於いて「詩人はすべて馬鹿である（大前提）。D大臣は詩人である（小前提）。ゆえにD大臣は馬鹿である（結論）」とするとき、大前提と小前提に共通して含まれる概念（詩人）が媒概念であり、それが周延されるとはすべての詩人について言及されることを指す。しかし、大前提が「馬鹿はすべて詩人である」であれば、媒概念は周延されていないため、「D大臣は詩人だから馬鹿である」という論理は成立しない〕

「だけど、大臣はほんとに詩人かい？」僕は尋ねた。「二人兄弟なんだよ。二人とも文人としての評判を得ているけど、大臣のほうは微分学の専門書を書いているはずだ。数学者であって、詩人じゃないだろ」

「それはちがう。僕は大臣のことをよく知っていてね、そのどちらでもあるんだ。詩人かつ数学者だからこそ、論理に強いんだ。数学者でしかなかったら、論理的思考なんてできなくて、警視総監の思うつぼだったろうさ」

「何を言ってるんだ。そりゃ、世間の通説とは正反対だね。何世紀にも亘《わた》って世の中に浸透した考えを否定するつもりじゃないだろうね。数学的論理こそ、昔から〝最高の論理〟とされてきたんだ」

デュパンは、シャンフォールのフランス語を引用しながら応《こた》えた。

「*Il y a à parier que toute idée publique, toute convention reçue, est une sottise, car elle a convenu au plus grand nombre*（世の中の通念すべて、受け容れられてきた因襲すべては愚かしいものであると思ってよい。なぜなら、それらは大衆向けのものだからだ）。数学者は、確かに、君が今言った通俗的な誤りをひろめるのに大いに貢献したが、いくら真実としてひろめられようと、誤りは誤りだ。たとえば、数学者は『解析』という語を代数学の発展形に当てはめてしまったが、そういう手練手管はもっとましなことに使ってほしかったね。こういう詐欺をおっぱじめたのがフランス人なのさ。だけど、言葉が重要になるなら――言葉が何かに当てはめられることで何らかの価値が出てくるなら――『解析』という語が『代数』なんてものに当てはめられたのは、*ambitus*《アンビトウス》（戸別訪問）というラテン語が英語の『野心（ambition）』に変化したり、*religio*《レリギオ》（遵守）が『宗教

（religion）』に変化したり、*homines honesti*《ホミネス・ホネスティ》（名士）が『高潔な人物（honorable men）』に変化したりすると、意味がまったく変わってしまうのと同じことなんだよ」

「どうやらパリじゅうの代数学者を敵にまわして喧嘩《けんか》を吹っかけようっていうんだね」と僕。「しかし、説明をつづけてくれたまえ」

「抽象的論理は例外として、それ以外の特殊な形式で培われた論理なんてものは、使いものにならない無価値なものだ。とりわけ、数学研究から出てきた論理はだめだね。数学は形式と数量の科学であり、数学的論理とは、形式と数量を観察して適用した論理にすぎない。いわゆる純粋代数の真理が抽象的ないし一般的真理だなんて思うのは、とんでもない誤りだ。この誤りは最悪で、あまりにもひろく世間で受け容《い》れられているのには呆れ果てるね。数学の公理なんて、一般的な真理からすりゃ公理じゃない。形式と数量の関係性に関して正しいことでも、たとえば倫理に於《お》いては大まちがいだったりする。倫理学に於いては、部分の総和は全体と等しいなんてことは、たいてい成り立たない。化学でも、この公理は成立しない。動機の考察に於いても、だめだ。だっていいかい、二つの動機があって、それぞれにそれぞれなりの価値がある場合、二つが合わさったからと言って、個別に持っていた価値の和と同じにはならない。ほかにも、関係性内でしか真理とならない数学的真理は無数にある。しかし、数学者はその限定的な真理をもとに、それが完全に何にでも当てはまるかのように——まあ、世間はそう思ってしまっているわけだけど——論じるのが習い性になっている。神話学者ジェイコブ・ブライアント〔一七一五～一八〇四〕は、その博覧強記の神話学の本〔ポーの愛読書、ブライアント著『新体系——古代神話の分析』〕の中で、似たような誤謬の源について『我々は異教の逸話など信じていないつもりでいるのに、ついうっかり、そうした逸話が実際にあったかのように想定して考えを進めてしまう』と述べている。つまり、数学という現実離れした分野で成立する論理なんて異教の逸話のようなものなのに、我々はついうっかり信じてしまうというわけだよ。しかも、代数学者ときたら異教徒そのもので、ありえない『異教の逸話』とも言うべき形式的論理を本気で信奉し、『ついうっかり』どころか、どうしようもなく混乱した頭で考えを進めちまうんだ。要するに、筋金入りの数学者に、等根以外のことで信頼できるような人に僕はお目にかかったことがない。x^2+px はどんなときだって絶対 q に等しいということを金科玉条のように振りまわさないような数学者はいやしない。ためしに、そういった数学者に、ときには x^2+px が q にならないときもあるなんて言ってごらんよ。相手に君が何を言ったかわからせたら、速やかに相手の手の届かないところに逃げなきゃだめだよ。絶対、ぶんなぐられるからね」

僕が今の発言にただ笑っていると、デュパンはつづけた。

「つまりね、大臣が数学者にすぎなかったら、警視総監はこの小切手を僕に切る必要はまったくなかったんだ。しかし、大臣は数学者であり詩人であると僕は知っていたので、大臣がいる状況を考えに入れながら、相手の能力に合わせることにした。宮廷人でもあり、大胆な陰謀家でもあることもわかっていた。そういうやつは、ありきたりの警察の捜査法などお見通しだろうと僕は考えた。待ち伏せされて身体検査を受けるくらいのことは予期していたはずだし、事実予期していた。官邸内を秘密裡《ひみつり》に調べられることもわかっていただろうと僕は考えた。夜しょっちゅう家を空けていたのは、警視総監は好都合だと大喜びしていたが、わざと警察に徹底的に捜査させてやるための策略でしかないと僕は見た。そうやって、手紙は官邸にないと速やかに思わせてしまおうとしたわけだ。実際、警視総監は結局そう思い込んだわけだからね。それに今、僕は、隠されたものを捜す警察の方法がいつだって変わらないことに関する僕の考察を君にくどくど説明したわけだが、この一連の思考は大臣の頭をよぎったにちがいないと思うんだ。官邸内のどんなに入り組んで奥まった場所でも、警視総監に睨《にら》まれ、探られ、錐《きり》だの拡大鏡だのを持ち出されれば、その辺にある戸棚と同じように、開けっ放し同然となることがわからないような柔《やわ》な男じゃないと僕は考えた。つまり、あえて意図的に選んだというのではないかもしれないが、どうしても単純な方法を取らざるを得ないだろうとわかったのだ。覚えているかな、警視総監は最初にここに来たとき、この事件が厄介なのはあまりにも自明であるためかもしれないと僕が言ったら、大笑いしてただろう」

「うん。げらげら笑ってたね。ひきつけでも起こすんじゃないかと本気で思ったくらいだった」

「物質界には」とデュパンはつづけた。「非物質界と酷似したものが多数ある。それゆえ、隠喩《いんゆ》や直喩《ちょくゆ》は文章を装飾するのみならず議論を強めるのにも役立つとする修辞学の教えにも、ある種の真実らしさが生まれる。たとえば、〝慣性《ヴィス・イナーシェ》〟についての原理は、物理学でも形而上学《けいじじょう》でも似たようなものだ。大きな物体は小さな物体よりも動かしにくく、いったん動き出したときの運動量は、なかなか動かないものほど大きい。同様に、形而上学に於いても、広大な能力を持つ知能は、劣った知能よりも、強く安定した動きを見せ、いろいろなことができるわけだが、そう簡単に勢いがつくもんじゃない。初動の段階ではまごついたり、ためらったりするものだ。同じことだが——店の入り口の上に掛かっている看板のうち、最も人目につくのはどういうものか、知っているかい？」

「考えたこともないな」と僕。

「地図で遊ぶゲームがあってね。ある言葉を相手に見つけさせるんだ——町とか川とか国とか帝国の名前でも何でもいいので、ごちゃごちゃといろいろ書かれてある地図から、何か言葉を見つけさせる。このゲームの初心者は、相手を困らせてやろうとして、一番小さな文字で書かれた名前を出題するもんだが、熟達すると、馬鹿でかい文字で地図の端から端までひろがっているような名前を選ぶんだ。そうしたものは、大きすぎる文字で書かれた街の看板や広告と同じで、目立ちすぎるためにかえって見逃されてしまう。さて、この肉眼での見落としとまさに同じく、精神的なうっかりという現象が起こる。あまりにも目立っていて自明でありすぎる考えは思いつけないわけだ。この点はどうやら、警視総監の理解を超えていたか下回っていたようだね。大臣が、手紙を見つけられないようにと、世間の連中の目と鼻の先に手紙を置いておくだろうとも、置くことがありえるとも、思いもしなかったわけだ。

しかし、D大臣の大胆かつ派手で、並外れた賢さを考えれば考えるほど――それに、手紙を利用するつもりなら常に手近に置いているはずだし、通常の捜査の範囲には隠されていないという警視総監による決定的な証拠固めもあるので――この手紙を隠すために、大臣はあえて手紙を隠さないという実に理にかなった聡明《そうめい》なる手段を取ったのだと確信するようになった。

そこまですっかり考えたうえで、僕は緑色の眼鏡を用意して、ある晴れた朝、ふらりと官邸に立ち寄ってみた。大臣は在宅で、いつものように、まったく退屈《アンニュイ》でたまらないというふうを装ってあくびをしたりして、くつろいで、のんびりしていた。たぶん彼ほど忙しい人もいないだろうに——ただ、それも誰も見ていないときだけどね。こっちもこっちで、目が悪くなって眼鏡をかけなきゃならなくなったと嘆いてみせたよ。目の動きを隠して、大臣との会話に集中しているふりをしながら、部屋をあちこち丹念に調べさせてもらった。

大臣の席のそばの大きな書き物机が特に気になった。その上には、雑多な手紙や書類が乱雑に置かれていて、楽器が一つ、二つ、本も数冊あった。しかし、長いあいだ、しげしげと吟味したが、どうも怪しいところはなさそうだった。

部屋を見まわしているうちに、暖炉《マントルピース》の飾り棚の真ん中の小さな真鍮《しんちゅう》のつまみから、汚い青いリボンでぶら下がっているカードラックに目が留まった。透かし模様の金細工を真似た飾りのある、安っぽい厚紙製だ。三つか四つのポケットがついていて、名刺が五、六枚に手紙が一通入っている。手紙はかなり汚れていて、くしゃくしゃだった。真ん中からほとんど二つに引きちぎられていて、まるで要らないから破ってしまおうとしたが、途中で考え直して、やめたという感じだった。D大臣の名前をアレンジした大きな黒い封蝋《ふうろう》がくっきり捺《お》されていて、宛名《あてな》は細い女性的な筆跡でD大臣宛てになっていた。何気なく、『何だ、こんなもの』と言わんばかりに、ラックの一番上のポケットにぞんざいに突っ込まれてあった。

この手紙を見たとたん、これがお目当てのものだとピンときたね。確かに、どう見たって警視総監が僕らに詳しく教えてくれたのとは、全然ちがっていた。この手紙の封蠟は大きくて黒く、D大臣の名前がアレンジされている。捜しているのは、S公爵家の家紋のついた小さな赤い封蠟だ。この手紙の宛名は大臣宛てで、細い女文字だ。捜しているのは、ある王族の女性に宛てて、肉太の文字でしっかり書かれているものだ。一致しているのは大きさだけだ。しかし、あまりにちがいすぎる。やりすぎなんだよ。汚れて、ぼろぼろになっているのも、いつも几帳面《きちようめん》なD大臣にそぐわない。いかにも、この手紙に価値がないことを見る者に印象付けようとする魂胆が見え見えだ。糅《か》てて加えて、この手紙が、この部屋を訪れる誰にでもよく見えるところにあって、あまりにも目立っている状況が、さきほど僕が達した結論にぴったり合致した。となれば、疑いの目をもってやってきた者が、こいつは怪しいと思うのは道理だろう。

できるだけ長居をするようにしたよ。大臣が必ず関心をもって食らいついてくるはずの話題を選んで、大いに議論を盛り上げておいて、実は手紙にずっと注意を注いでいた。しげしげと眺めて、ラックに入っている様子やその外見をしっかり記憶に刻み付けた。そして、ついにある発見をした。これで、もうつまらない疑念に惑わされることはなくなった。手紙の端をよく見てみると、必要以上にこすれているのがわかったんだ。しっかりした紙を一度折って、紙ばさみに入れて折り目がしっかりとついたものを、最初の折り目に沿って逆に折り返したときのような、よれた感じになっていたんだ。それだけわかれば、十分だ。手紙が、手袋のように裏返され、改めて宛名を書き、封印をし直したことは明らかだった。僕は大臣に別れを告げ、すぐに部屋を出て行ったよ。テーブルの上に金の嗅《か》ぎたばこの箱を残してね。

翌朝、嗅ぎたばこを取りに行った。僕らは前日の会話のつづきを熱心に再開した。しかし、そうこうするうちに、ピストルの銃声のような大きな音が官邸の窓のすぐ下でして、恐ろしい悲鳴があがり、群衆の叫び声が聞こえてきた。D大臣は窓に駆《か》け寄り、押し開くと、外を見た。その隙に僕はカードラックに歩み寄り、手紙を取り、ポケットにしまい、偽の（外見はそっくりの）手紙とすり替えた。時間をかけて作っておいたんだよ。D大臣の名前をアレンジした封蠟は、パンで作った印で、難なく真似ておいた。

通りの騒ぎは、マスケット銃を持った男が暴れたせいだった。女性や子供が大勢いるところで発砲したんだ。しかし、空砲とわかって、男は錯乱か泥酔しているだけだとして釈放された。男が立ち去ると、D大臣は窓から離れたが、僕は目的のものを手に入れ次第、大臣と一緒に窓から外を覗《のぞ》いていたわけさ。しばらくして大臣に別れの挨拶《あいさつ》をした。発砲して危険人物を演じたのは、僕が金で雇った男だった」

「だけど、何だって」と僕は訊《き》いた。「偽手紙と入れ替えたんだい？　最初に訪ねたときに、堂々と取ってくれればよかったじゃないか」

「D大臣は」とデュパンは応《こた》えた。「怖いもの知らずの図太い男でね。官邸にだって、命令どおりに動く手下がいる。君が言うような無謀なことをやろうものなら、官邸から生きて帰ってこられないね。パリの善良な市民は、二度と僕の消息を聞くことはないだろう。しかし、そういう思惑とは別に、僕にはある目的があったんだ。僕が政治的に誰の味方をしているか知っているだろう。この件で、僕は渦中のご婦人の味方をしたんだ。十八か月ものあいだ、彼女は大臣の権力に操られてきた。今度は彼女が大臣を操る番だ。大臣は、手紙が自分の手許《てもと》からなくなったことに気づかずに、これまでどおり不当な要求をつづけるだろう。そうすることで、大臣は、自分で自分の首を絞めて政治的に破滅せざるを得なくなる。その没落たるや、真っ逆さまであるのみならず、ぶざまだろうよ。『地獄へ落ちるは易し《ファキリス・デスケンスス・アヴェルニ》』とはよく言ったものだが、まあ、何を上がるにせよ、オペラ歌手のカタラーニが歌について述べたように、上がっていくほうが下りていくよりずっと楽で、下りていくのは、つらいもんだ。今回の事件では、下りていく人に同情はしないね——少なくとも哀れみはしない。彼は『恐るべき怪物《モンストルム・ホルレンドゥム》』であり、節操を知らない天才なのさ。しかし、白状すれば、警視総監の言う〝或るお方〟が反撃に出て、僕が置いといてやった手紙を大臣が開くはめになったとき、それを見て一体どう思うのか知りたくてたまらないね」

「どうして？　何か書いておいたのかい？」

「なに――中身を白紙にしておくわけにはいかないと思ったんだ――失礼じゃないか。D大臣は、あるときウィーンで、僕にひどいことをしてね。そのとき、まったく気さくに、このことは忘れませんよと言ってやった。というわけで、自分を出し抜いた相手は誰なのだろうと大臣はきっと知りたいと思うだろうから、手がかりくらい与えなきゃ可哀想じゃないか。大臣は僕の筆跡はよく知っているので、白紙の真ん中にこう記しておいたのさ――

――Un dessein si funeste,
S'il n'est digne d'Atrée, est digne de Thyeste.

〔かくも禍々《まがまが》しきたくらみ、
アトレウスにふさわしからずとも、テュエステースには相応の恨み〕

クレビヨンの悲劇『アトレ』の文句だよ〔作品解題参照のこと〕」

作品解題（ネタバレあり注意）

河合祥一郎

『ポー傑作選1』では恐怖小説を含むゴシック幻想小説の傑作を選りすぐってお届けしたのに対し、本書ではミステリー小説を中心にお届けする。「モルグ街の殺人」「黄金虫」「盗まれた手紙」という珠玉の初期推理小説に加え、最後に真相が見えたり告げてしまったりする作品群だ。ポーの代表的な詩作品も音韻に気をつけて訳したので、お楽しみいただきたい。

ポーの作品は、すべてマボット編纂《へんさん》の選集三巻本（Thomas Olive Mabbott, ed., *Collected Works of Edgar Allan Poe*, 3 vols, Cambridge, MA: Belknap Press of Harvard University Press, 1969–78）より訳出した。翻訳に当たっては、パイスマン（Stephen Peithman, ed., *The Annotated Tales of Edgar Allan Poe*, New York: Doubleday & Company, 1981）とヘイズ（Kevin J. Hayes, ed., *The Annotated Poe*, Cambridge MA and London: The Belknap Press of Harvard University Press, 2015）の注釈を参照した。

なお、本書のページ数に言及する際は、算用数字で表記した。

「モルグ街の殺人」 "The Murders in the Rue Morgue" (1841)

ポーの初期傑作の一つであり、史上初の推理小説と呼ばれることもある。初出は、一八四一年四月発行の『グレイアムズ・マガジン』誌。デュパンは、シャーロック・ホームズやポワロの原型とされる。当時はまだ警察捜査官以外を「探偵《デテクティブ》」と呼ぶ習慣はなかった。

冒頭のエピグラフは、著述家トマス・ブラウン（一六〇五〜八二）の『ハイドリオタフィア、屍灰甕埋葬』（一六五八）第五章第三段落冒頭より。海の怪物セイレーンは、ホメーロスの『オデュッセイア』では、上半身が人間の女性で下半身が鳥の怪物として描かれ、その美しい歌声で船に乗った人たちを魅惑して遭難させる（中世以降は人魚のイメージへと変化していく）。その歌声を聞いた者は死ぬ運命にあるので、生きている者は誰もその歌を知らないはず（歌を聞いて生き残ったオデッセウスという例外もいるが、彼は教えてくれない）。アキレウスの話は、母テティスが息子アキレウスを守ろうとしてアキレウスに女の子の恰好《かっこう》をさせて、女たちのなかに紛れ込ませていたという、ホメーロスが『イーリアス』で語る逸話への言及。女たちに紛れ込んだアキレウスとは、レスパネー母娘のなかに紛れ込んだオランウータンのことを指し、その名前を知ることは不可能でないこと、オランウータンが足に怪我をしていたのはアキレスの弱点が足にあることに呼応するのではないかという穿《うが》った解釈もある（Martin Priestman, *Detective Fiction and Literature: The Figure in the Carpet*, London: Macmillan, 1990, p. 45）。

網膜の外縁部についての記述は当時の科学者たちが述べていた見解に基づくものであり、ポーは詩「アル・アアラーフ」、「――氏への手紙」、「アーサー・ゴードン・ピムの冒険」第三章、「ハンス・プファールの無類の冒険」の削除部分でも同様の言及をしている。

この翻訳の新味の一つとして、デュパンが語り手の思考を辿《たど》った際、オリオン座がシャンティイと結びつく点について、既存の翻訳では為《な》されてこなかった道筋を明確にしたことが挙げられるだろう。すなわち、「オリオン座がもともとウリオン座と書かれていたこと」に関して、「この説明は些《いささ》か鼻につくという笑い話もした」（20ページ）と訳したところだが、ここの原文は「この説明に関するある種の鼻につく刺激〔臭〕からして（from certain pungencies connected with this explanation）」である。ここをあえて「笑い話」と訳したのには、次のような背景がある。

直前に引用されているラテン語 *Perdidit antiquum litera prima sonum*――すなわちオウィディウス『祭暦』第五巻五三六行――を参照すると、引用部の直前（五三〇～六行）に以下のような記述がある。ピオーティアの王ヒュリエウスは、子供がいなかったため、来訪したゼウスとヘルメスに子供を願った。神々は生贄《いけにえ》の牛の皮を尿（*urina*）

で満たし、それを埋めるように指示した。十か月後に王は皮のなかに男児を見出《みいだ》し、その出生に基づき、*Urion*（ウリオン）と名付けた。この「ウリオン」が「オリオン」となったがために、引用された文が来る——「最初の文字はもともとの音を失った」。ヘイズは『注釈版ポー』に於《お》いて、「当時の医学文献では尿の臭いは鼻につくとしている」と断ったうえで、「デュパンが次の文で『鼻につく』と言っているのは、彼と語り手が確かに以前、尿の話をしていたことを物語る。この逸話全体が、デュパンと語り手がラテン語の授業に出てきた下ネタをくすくす笑い合う生徒にも似た関係にあるという、二人の関係の別の側面を示している」と注記している。つまり、この直後、「語り手の唇に浮かんだ微笑」は、哀れな俳優シャンティイを思い浮かべてのものではなく、ヘイズが指摘しているような下ネタ由来の「にやつき」であって、だからこそポーはデュパンに「君の唇に浮かんだ微笑の質（character）によってわかった」という言いまわしをさせているのだろう（この一文も翻訳では直訳を避け、「君の唇に浮かんだ微笑が、にやついたものだったことからわかった」とした）。

　最後のフランス語は、ポーの原注にもあるが、ジャン＝ジャック・ルソーの書簡体小説『新エロイーズ』（一七六一）第六部書簡十一の脚注2よりの引用。原典ではプラトンの幻影の説明について述べられた文であるが、本作では、警察がオランウータンの存在（あるもの）を「ない」と思い込み、動機という「ないもの」を説明しようとしていたことを示している。前述のヘイズの『注釈版ポー』は、ポーがこの引用文をエドワード・ブルワー＝リットン卿《きょう》の『ペラム――紳士の冒険』（一八二八）第一巻で引用されているのを読んだ可能性が高いと示唆している。リットン卿による該当箇所にはこうある――「彼〔ルソー〕は人間一般を知っているが、人間の詳細を知らない。だから、彼が警句を吐いたり思索したりするときは、なるほどそのとおりだと思うのだが、彼がその思索を分析し証明しようとして論じ、理屈をこねると、納得がいかなくなり、まちがっていると反論したくなる。そんなとき、ルソーは、あのよくある悪癖〈あるものをないと言い、ないものを説明する〉を自分でも犯しているんじゃないか。ルソーは他の哲学者の悪癖だと言っているがね」

「ベレニス」　“Berenice”（1835）

ポーの作品のなかでも最もよく知られているものの一つ。初出は、一八三五年三月発行の『サザン・リテラリー・メッセンジャー』誌。死にゆく美女に取り憑《つ》かれる幻想譚（「リジーア」「モレラ」「楕《だ》円《えん》形の肖像画」参照）であると同時に、些《さ》細《さい》なもの（本作では「歯」）が気になってしかたがないという強迫観念がテーマとなっている。「歯」というモチーフを隠したまま最後に読者と共に箱を開けてそれを発見する仕掛けと、その強迫観念を描くために（疑似）学術的な前置きを置いて語りの枠組みを構築しているところにポーらしさがある。美女の換喩《メトニミー》であったはずのその〝もの〟が、自らの残虐行為を示す恐怖の証拠へと転換して、自分が一体どんなおぞましい所業をしてしまったのかに気づく戦慄《せんりつ》の覚醒《かくせい》とともに表象内容が反転するところに、ストーリーテラーとしてのポーの本領発揮がある。

ベレニス（「勝利をもたらす者」の意）という名前は、星座の「かみのけ座」のラテン語の学名「ベレニケの髪の毛」（*Coma Berenices*）の典拠となる逸話にあるベレニケのことかとされている。それに拠《よ》れば、古代エジプト王プトレマイオス三世がシリア侵攻に出かけたとき、妻で王妃のベレニケは夫が無事に戻ったら自分の美しい髪を女神アフロディーテへ捧《ささ》げると誓い、夫が帰還したので、髪を神殿に供えたところ、翌朝消えていた。管理責任を問われた神官らは蒼褪《あおざ》めたが、宮廷天文学者コノンが髪は星座となったと説明し、王と王妃がこの説明を受け入れたため、神官らは難を逃れた。なお、プトレマイオス三世に仕えた宮廷詩人カリマコスの詩「ベレニケの髪の毛」でもこの逸話は詠《うた》われている。因《ちな》みに、ポーの時代、Berenice は「ベェアラナイスィ」と発音されていたという。

語り手イジーアス（*Egæus*）は、『夏の夜の夢』のハーミアの父であるアテネ貴族と同名であり、マボット教授も集注版編者パイスマンも後者を「愛を理解しなかった人物」と規定している。伝説のアテナイ王アイゲウス（*Aegius*）と絡めて考えることもできる。なお、クレタ島の怪物ミノタウロスを退治して帰還した息子テーセウスが死んだと誤解して絶望したアイゲウス王が身を投げて自殺した海は、その名に因んでエーゲ海（Aegean Sea）と呼ばれている。

一八三五年三月『サザン・リテラリー・メッセンジャー』誌に掲載された際、あまりのおぞましさにショックを受けた読者から抗議の声が上がった。当初は、ベレニスの死が告げられたあとに、その死のベッドのカーテンのなかに入ると死臭を感じて気分が悪くなり、彼女の指が動くのを目撃して驚愕《きょうがく》するくだりがあったが、この死臭は単なる思い込みであり、彼女は生きていたことになる。ポーは結局、この死臭を感じるくだりは読者に誤解や嫌悪感を与えるのみでうまく機能していないと判断したらしく、一八四五年四月五日の『ブロードウェイ・ジャーナル』掲載時には、このくだりを含む四段落を削除した。73ページの「悲しみに満ちた心で」から74ページの「逃げ出したのだった」までがその削除部分である。マボット教授はその削除を賢明としているが、注釈版編者ヘイズは、読者への迎合だとして批判している。その判断は読者諸賢にお任せするため、本書では削除せずに訳出した。

冒頭のエピグラフにあるエブン・ザイアトとは、バグダッドの詩人・文法学者アボウ・ジアファール・モハメド・イブン・アブドゥルマリク・イブン・アバーン・アルザイアート（二一八年頃没）の別名であり、引用されているのは彼の挽歌《ばんか》。フランス語訳はバルテルミー・デルブロ著『ビビリオテック・オリアンタール』（一六九七）に紹介されているが、ポーが引用しているのはラテン語であり、ラテン語版の典拠は不詳。ポーがフランス語からラテン語へ訳したとも考えられそうだ。

68ページにのカエリウス・セクンドゥス・クリオは、イタリアの人文主義者チェリオ・セコンド・クリオーネ（一五〇三～六九）のラテン語名。テルトゥリアヌスは、キリストの三位一体論を最初に系統的に論じた二～三世紀のラテン教父であり、キリストの復活について「不条理なるが故に我信ず」と述べたとして知られる。

古代ギリシャのプトレマイオス・ヘパイスティオン（Ptolemy Hephaestion）は、ポーの「ユリイカ」や「エレオノーラ」で「ヌビアの地理学者」として言及されており、「メエルシュトレエムに呑まれて」や「メロンタ・タウタ」でも大西洋を「暗黒《マレ・テネブ》の海《ラルム》」と呼んだ「ヌビアの地理学者」として言及されるが、実はヌビアの地理学者はアル＝イドリシ（一一〇〇～六五）という別人である。ヘパイスティオンの語った伝説は、ポーの愛読書であるブライアント（Jacob Bryant）著『新体系――古代神話の分析（*A New System, or An Analysis of Antient Mythology*）』（第三版、一八〇七）第五巻（二〇四ページ）に記載されており、そこでは波間の岩は葉っぱ一枚で揺れたとされている。ヘイズが示唆するように、ポーは『ブリタニカ百科事典』第六版に「この岩はどんな力でも動かないのに、アスフォデルの茎で打てば揺れる」とあるのを参照したのかもしれない。ウィキペディアの「ロッキングストーン」の項にも同様の記述がある。

「告げ口心臓」"The Tell-Tale Heart"（1843）

初出は、一八四三年一月発行のボストンの『パイオニア』誌。ポーの作品には一人称小説の形式が多いが、これは一人の人間が架空の相手に向かって喋《しゃべ》りつづける「劇的独白」（ドラマティック・モノローグ）の形式（太宰治「駈込み訴え」など参照）としての成功作である。初出は、一八四一年四月発行の『グレイアムズ・マガジン』誌。本作のヒントとなった作品として、一八四〇年『マスター・ハンフリーズ・クロック』誌に掲載されたチャールズ・ディケンズの「チャールズ二世の時代に牢獄《ろうごく》で見出《みいだ》された告白」がある。これは、幼い甥《おい》の視線を嫌った男が甥を殺害して庭に埋めたことを告白する話であり、捜索に来た兵士らとともに庭に椅子を出して座り、その椅子が墓の上にあったとしており、「告げ口心臓」と「黒猫」にヒントを与えたと考えられる。

ポーが読んでいた雑誌『ブラザー・ジョナサン』の一八四一年八月二十一日号に、ダニエル・ウェブスターの小冊子「ジョン・フランシス・ナップ裁判に関する議論」（一八三〇）からの引用があったことについて、マボットとパイスマンが詳細に記しているが、これは一八三〇年四月六日の夜にマサチューセッツ州で実際にあった殺人事件に関するものである。人を雇って老人を殺させたナップの事件についてウェブスターは次のように語った――「この世に敵が一人もいない老人が、自宅で、自分のベッドで、単に雇われた犯人によって悲惨な殺人の犠牲者とされた。まさに、ここには、画家や詩人への新たな教訓がある。今後殺人を描こうという者は〔中略〕生贄《いけにえ》を求める神モレクの残忍な顔を描くのではなく、〔中略〕均整のとれた、すっきりした顔をした冷血の悪魔を描くべし。〔中略〕深い眠りが犠牲者と運命づけられた者の上に落ちた……健康な老人だ……暗殺者が入ってくる……足音も立てずにひっそりした廊下を歩き……部屋のドアまで来る。鍵《かぎ》を開け、そっとドアをゆっくり押して、蝶番《ちょうつがい》がきしまないようにドアを開く。中へ入り、犠牲者を見下ろす……罪のない眠れる者の顔を…………どこに一撃をくらわすかを定めて、運命の一撃が下される！……暗殺者は仕事を確かめる……最後の仕上げとして脈を診るために老人の手首をまさぐる！　触って、もう脈がないと確かめる！　任務完了。後ろへ下がり、窓へと歩み……逃げる。殺したのだ。いかなる目も見ていない。いかなる耳も聞いていない。秘密は殺人者だけのもの。大丈夫だ！　ああ、諸君、それはひどいまちがいだ。そんな秘密は守られることはない……よく言うように『殺人は露見するもの』なのだ……罪の意識がそんな秘密を黙っていられるわけがない。魂に嘘をつくことになる。いやむしろ、正直に言ってしまいたいという抑えがたい衝動を感じるのだ。人間の心は、そんなものを抱えていられるものではない……殺人者が抱えた秘密は、やがて殺人者の強迫観念となってしまう。そして〔中略〕彼はそれが自分の心でどきどきと高鳴るのを感じる。喉《のど》まで上がってきて、告白しないではいられなくなる。自分の顔に罪が書かれているのを全世界が見ていると思い、世間は自分の目を見ればわかってしまう、自分の思考の静寂さのなかにそれを聞き取ってしまうと感じる。どうにも抑えられなくなり……告白せざるを得なくなり、告白してしまうのだ」マボット教授は、この「詩人への新たな教訓」をポーは受けて立ったのであると記している。

本作の最大のテーマは、「言ってはいけない」ことをかえって言ってしまいたくなる衝動を抑えられない「天邪鬼《あまのじゃく》」な心理（「ポーの用語」参照）であるが、もう一つのテーマは殺害動機となった老人の目に対する恐怖だ。これは、「黒猫」の語り手が猫の目に感じ、「メッツェンガーシュタイン」の若き主人公が馬の目に感じた恐怖にも通じ、また「ベレニス」に於ける歯や「リジーア」に於ける目への強迫観念とも呼応するが、本作では目に独特な呼称が与えられている。すなわち、主人公がランタンの光の筋を老人の目に当てるとき、「忌まわしい染み」（〝damned spot〟）という表現がなされるのである。これは夙《つと》に指摘されてきたように、シェイクスピアの『マクベス』第五幕第一場で、夢遊病のマクベス夫人が自分の手に血の染みがついていると思い込んで手をこすりながら言う——

消えろ、忌まわしい染み。消えろったら。Out, damn'd spot! out, I say!

——を想起させる。マクベス夫人にとって「忌まわしい染み」は夫妻の犯罪の証拠となる——正統なる王と王妃としてのアイデンティティを崩壊させ、人殺しとしての正体を明らかにする——ものであるから何としても消えてほしいわけだが、本作の主人公にとっての老人の目は、なぜ消えてほしい「忌まわしい染み」となるのだろうか。

語り手は老人の目を〈邪悪な目〉と呼ぶ。これはメデューサの目のように、人に害を及ぼす力を発揮する目があるとする迷信に基づく呼称であり、語り手が老人の目に抱く恐怖ゆえにそう呼んだと考えられる。語り手は、この目を「ハゲワシ（vulture）の目」とも呼んでいるが、ハゲワシについては、ポーの短編「息の喪失」（一八三五）の初版にあって一八四六年版以降削除された箇所で、「自分の上を飛びまわっている死」のイメージとしてハゲワシが言及されているのが参考になる。そしてまた、ポーの初期の詩「ソネット——科学に」（一八二九）に於《お》いて、詩人の心をすっかり見通す科学の目が「ハゲワシ」と呼ばれているように、主人公の心を見透かす全知全能の力のメタファーとも捉《とら》えられる。これは、三位一体の象徴である三角形としばしば組み合わされて描かれる神の全能の目（Eye of Providence; all-seeing eye of God）を想起させる。〈邪悪な目〉（Evil Eye）は〈邪悪な私〉（Evil I）の言い換えであり、「ウィリアム・ウィルソン」と同様に、語り手は自分の敵とみなした（本当は己の良心である）己のドッペルゲンガーを抹殺したのではないかという解釈もこれまでに展開されてきた。邪悪なのは罪悪感を持ち怯《おび》えている本人のほうであり、その心を見透かす目の存在が怖いがゆえに、語り手はそれを「邪悪」と看做《みな》すと考えられる。語り手が老人の目に見抜かれていると怯《おび》えるがゆえにそれを消そうとするのと同様に、語り手が最後にすべてを告白してしまうのも、三人の警察官が（語り手の犯罪を）「感づいているんだ！――わかっているんだ！」と思うからであり、いわば三人の警察官の存在はすべてを見抜く〈神の全能の目〉のように語り手から恐れられたとも解釈できる。〈神の全能の目〉は三位一体の三角形で囲まれることが多いが、タッカー教授は、警察官が三人であることは「創世記」18：1〜5でアブラハムのもとに現れる三人のうちの一人が主であることと相似し、語り手が三枚の床板を剝《は》がすことや事件が三時間のうちに起こるなど、三の数字が繰り返されることを指摘すると同時に、

『マクベス』に於いて犯罪の直後に門を叩《たた》く者が現れ、殺された老人に罪がないこと、魔女が三人であることの類似も指摘している（B. D. Tucker, “‘The Tell-Tale Heart’ and the ‘Evil Eye’,” *The Southern Literary Journal* (Spring, 1981), vol. 13, no. 2, pp. 92-98）。

　なお、本作に於いて語り手が男性であることを示唆する表現は一切ない。マクベス夫人との類似を踏まえて、この翻訳では語り手が女性である可能性を視野に入れた。


「鐘の音《ね》」（詩）“The Bells”（1849）

　ポーの死の約一週間後の一八四九年十月十五日頃に発行された『サーテンズ・ユニオン・マガジン』十一月号に発表されるや大評判となり、ポーをさらに有名にした代表的詩作品。ボードレールのほかマラルメによるフランス語訳もある。

　この詩はさまざまに作曲され、歌われてきた。それらを聴いてもわかるように、この詩は強弱四歩格《トロケイックテトラメター》のリズムとオノマトペが極めて重要な要素となっているため、この翻訳では、英語と同じように歌えるようにリズムと音に配慮した。ポー自身これを何度も（例えば一八四九年五月下旬にローウェルのリッチモンド夫人を訪れた際にも）朗誦《ろうしょう》しており、声に出して読んでこそ意味がある詩と言えるだろう。さまざまな作曲がなされているが、ボブ・ディランの友人だったプロテスト歌手フィル・オクス（Phil

Ochs）の一九六四年のアルバム（*All the News That's Fit to Sing*）に収められた歌が大変よくできており、インターネット上でも聴くことができる。

ライム・スキーム（押韻構成）は定型ではないが、脚韻、頭韻、中間韻が過剰にあり、さらに韻の音をあえて繰り返すことで押韻《ライム》の効果を最大限に用いている。たとえば第三連《スタンザ》で fire を二度、higher を三度繰り返してから desire で韻を踏んでのちに endeavor / never の韻に変えるなど。翻訳では「赤く赤く」「高く、高く」「深く、威嚇」としたのちに「暖かい」「戦い」としてみた。この畳みかけるように連続する韻の攻勢により、極めてテンポの速いリズムが生まれている。音を聴かずに bells の文字が連続している文字面《づら》をじっと眺めても意味を成さないが、たとえばフィル・オクスの歌を聴けば、なぜ七回繰り返される必要があるか拍数から理解できる。

一八四八年五月、ポーは詩のインスピレーションが湧かないと、友人マリー・ルイーズ・ショー・ホートンをニューヨークの家に訪ね、昨晩、鐘の音がうるさくて眠れず、疲れているとこぼした。すると、ショー夫人は、「E・A・ポー作『鐘』」と記してから、ポーの文体を真似て、The Bells, the little silver Bells と最初の行を書いてみせた。ポーがそれにつづけて連《スタンザ》を完成すると、次に夫人が The heavy iron Bells についても書くことを勧め、ポーが新たな連《スタンザ》を完成したという。この二連から成る小さな（十八行の）詩は、「M・L・ショー夫人作『鐘』」として書き留められた。ポーは、のちにこれを改訂して、本作へと発展させたのである。ロシア象徴主義の詩人コンスタンティン・バリモントの訳詩に合わせて、セルゲイ・ラフマニノフが合唱交響曲「鐘」作品三十五（一九一三）を作曲した。エリック・ウールフソンの一九七六年のアルバム（*Poe: More Tales of Mystery and Imagination*）や、ヒップホップ歌手MCラーズによる二〇一二年のEPレコード（*Edgar Allan Poe EP*）でも本作が歌われているが、オクスの歌を超えるものはない。

「おまえが犯人だ」 “Thou Art the Man”（1844）

推理小説風滑稽《こっけい》小説。ポーが一八四四年五月二十八日付のJ・R・ローウェル宛ての手紙に記したところに拠れば、その時点では完成していたが、初出は同年十一月刊行の『ゴディズ・レイディズ・ブック』誌。

最初から読者に犯人がわかるように仕向けておいて、いかにしてその犯人を仕留めたかのオチを最後に明かすという刑事コロンボ型の先鞭《せんべん》をつけた作品とも言えるし、諧謔《かいぎゃく》のうちに読者を煙《けむ》に巻く作品とも言える。町の名前からして、ふざけた命名である——ラトルボロ（Rattleborogh）の rattle は「意味のないおしゃべり」の意味であり、rattlebrain と言えば「頭の空っぽな人」という意味になる——が、被害者の友人が

「気のいいチャーリー・グッドフェロウ」と命名されて、この人物の好人物《グッドフェロウ》ぶりが滑稽なまでに過剰に強調された時点で、この小説の主眼が謎解きにないことは一目瞭《りょう》然《ぜん》であろう。読者は、このおバカな市民たちが「気のいいチャーリー」を尊敬することに呆《あき》れつつ、どんどん泥沼に入っていくペニフェザー青年はどのようにして救出され得るのかを見守ることになる。この作品の主眼が殺人事件の犯人捜しの推理にないことは、ディケンズが一八四一年一月から年末にかけて連載で書いていた『バーナビー・ラッジ』のトリックを、ポーが途中（『サタデー・イヴニング・ポスト』一八四一年五月一日号）で解いてみせた書評の文からも明らかであろう。ポーは、主人公バーナビー・ラッジという人物を創造したところにディケンズの詩的想像力《アイデアリティ》が現れていると褒めつつ、家の主人が殺された数か月後に、庭の池の底から執事の遺体が発見され、身につけていた時計と指輪そして服以外からは執事とわからない姿になっていたというくだりについて、まだ作品が連載中であるにも拘《かか》わらず、次のようにすっぱ抜いてしまった――「さて、気をつけていただきたいのは、執事の死体が発見されたと断言しているのは作者本人ではなく、登場人物の一人に言わせている点です。執事のラッジが、まず庭師を殺害し、それから主人の部屋へ行って、主人を殺し、〔中略〕庭師の部屋へ戻って自分と服を取り替えて、自分の腕時計と指輪を死体につけ、ずっとあとになって発見されたときには顔では誰だかわからなくなるようなところへ隠したのである〔池に沈められたために腐乱死体となって顔の判別ができなくなったことへの言及〕、ということを作者は大団円で明かそうというのでしょう。ラッジ自身が、妻を使って、事件からしばらく時間が経過したところで、捜すべき場所を警察に示して、発見された腐乱死体が自分のものと思われるように仕向けたのです」。ポーは、一見支離滅裂なことを言っているかのように見えるバーナビーの発言を注意深く読めば手がかりになっていることがわかると述べる。そのような読み方を読者に期待するポーが、読者にチャールズ・グッドフェロウが犯人であろうと目星をつけることを期待しないとは考えがたい。

この小説を推理小説として読みたければ、むしろ探偵兼語り手である人物の正体は何者であるかを推理するほうがおもしろいだろう。シャトルワージー氏の屋敷での酒宴の席で、ほかに誰も聞いていない会話をただ一人聞くことができた人物は誰か。普通の推理小説は犯人を当てるものだが、この小説では、犯人を捕まえた人物の正体が謎となっているのである。その答えは、この翻訳の文体に反映させることにした。おわかりいただけただろうか。

タイトルは、旧約聖書「サムエル記下」にある逸話より。ダビデ王は、美しい人妻を抱いて身《み》籠《ごも》らせる一方、その夫で出征中のウリヤを将軍ヨアブに命じて危険な最前線へ出させて戦死させた。ウリヤの妻は夫の死を嘆いたが、喪が明けるとダビデ王は彼女を王宮に引き取り、妻にした。彼女は男の子を産んだ。ダビデのしたことは主《しゅ》の御心《みこころ》に適《かな》わず、主の使いナタンがやってきて、貧しき男の子羊を奪った豊かな男の逸話をする。ダビデ王がその話に憤《いきどお》ると、ナタンは言う、「その男はあなただ」(12：7)。

109ページにエドワード・ブルワー＝リットン卿《きょう》への言及があるが、ブルワー＝リットン卿の著作はポーの愛読書であった。「ウレレバ・イーサ」と訳したのは、原文は Turnapenny であり、「ただページをめくらせるもの」の意味である。

「黄金郷《エルドラド》」(詩)　"Eldorado" (1849)

初出は、一八四九年四月二十一日付ボストンの『ザ・フラッグ・オブ・アワ・ユニオン』紙掲載。

改行があるために六行詩四連に見えるが、実は「メリーさんの羊」などのマザーグースの多くにある弱強四歩格と弱強三歩格が交互に繰り返されるバラッド形式であり、英米人には馴染《なじ》みの形になっている。押韻は、四歩格の中間韻と、三歩格の shadow と Eldorado の脚韻から成っており、shadow の意味は「陰」から「陰影」「人影」そして「死」へと変化していく(「影の谷」は「死の谷」を意味する)。

一八四八年一月二十四日にアメリカ合衆国エルドラド郡コロマに近いサッターズミ

ルで金が発見されたことから「カリフォルニア・ゴールドラッシュ」が始まる。アメリカ各地や海外から三十万もの人々が押し寄せ、その多くは一八四九年にやってきたため「フォーティナイナーズ」と呼ばれた。この詩はそうした騒ぎを踏まえ、栄誉を求めつつ果てゆく人生を描く。人生の春夏秋冬を端的に描いているのが、この詩が好まれる大きなポイントである。

最後の行にある「求めるならば」という仮定が重要であり、どうしても栄誉が欲しいのであれば、この世を棄てて旅しなければならないということであろう。最後の「さあ、大胆に進め」(Ride, boldy ride) は、ウィリアム・ワーズワースの甥《おい》クリストファー・ワーズワースが「ロシア侵攻」という詩で用いた言葉と同じであり、「栄誉」を求めることへの皮肉になっている。

「黄金虫」 “The Gold Bug” (1843)

主人公ルグランが大金を手にする話だが、ポーもこの作品によって大金をつかみ、大きく(ル・グラン)なった。当初は『グレイアムズ・マガジン』に掲載する予定だったが、これを撤回し、自分の雑誌『スタイラス』の刊行をもくろんでこれに掲載しようとしていたが、このもくろみに失敗すると、一八四三年六月、フィラデルフィアの『ドラー新聞』の懸賞に応募した。そして入賞して、賞金百ドルを獲得したのである。これほどの金額を一作品で得たのはポーにとって初めてのことだった。作品は同誌の六月二十四日号に前半が、七月八日号に後半が掲載され、大いに人気を博し、新聞は増刷された。一八四四年五月二十八日付の手紙で、ポーは「『黄金虫』は三十万部以上刷られた」と記している。のちにロバート・ルイス・スティーヴンソンの『宝島』（一八八三）にも影響を与えた作品。題名の後半にある bug（バグ）は、「昆虫」と「熱狂家」の掛詞《かけことば》であるが、「虱《しらみ》、黴菌《ばいきん》」といった意味もあり、響きがよい語ではないために一八五二年に *The Gold-Beetle* として刊行されたこともあったという。

なお、主人公の名前をレグランドと英語読みする場合もあるが、この人物はフランスの旧家の出身であるため、フランス語読みをした。

エピグラフとして引用されている文句は、アーサー・マーフィーの喜劇からの引用だが、『注釈版ポー』でヘイズが指摘するように、『みんなまちがい』（一七六一）ではなく、『敵はほかならぬ自分自身』（一七六四）に登場するケアレス氏が「ハハ！——可哀想なフィリップ——〔中略〕やつは、タランチュラに咬《か》まれたかのように踊りまくる」とあるのを利用したのであろう。この点については、別の出典を示したマボット教授やポーの創作としたパイスマンより、後代のヘイズに利がある。

ポーが利用した作品として、ワシントン・アーヴィングの『旅人の物語』（一八二八）第四部「金発掘者」に収められた以下の幾つかの話がある。まず、「海賊キッド」では、海賊行為を防ぐために雇われたキッド船長がやがて自ら海賊となり、獲得した分捕り品の多くを埋めたのち逮捕され、絞首刑となったことが語られ、埋められた宝を探そうと多くの人々が挑戦し、鉄の箱を発見するところまでいっても、突然地面が崩れるとか、恐ろしい音がしたり亡霊が出現したりして逃げ出す人が多いと語られる。「ウルファート・ウェバー、あるいは黄金の夢」では、マンハッタン島にキャベツ畑を所有するオランダ人ウェバーが黄金を発見する夢を三度見て、正夢ではないかと、海賊キッドの宝の話に夢中になる。それにつづく「黒人漁師サムの冒険」では、すっかり宝の夢に取り憑かれて様子がおかしくなったウェバーのことを心配する妻が、夫は精神を病んでしまったと思ってドイツ人医師ニッパーハウゼンに相談するものの、この医師がウェバーの宝探しに協力することになり、黒人漁師サムを連れて、森の中の空き地となった場所までランタンを持って辿《たど》り着き、そこで穴を掘ると、宝箱が出土する（ルグランの精神錯乱を心配したり、語り手が医師のように振る舞おうとしたり、黒人を連れて宝箱を発掘するあたりが類似する）。しかし、宝を見つけたと思った矢先に鬼火が飛び交い、三人は幽霊やホブゴブリンらに襲われると思い込んで逃げてしまう、という話。

ポーが『サザン・リテラリー・メッセンジャー』一八三六年九月号の書評で取り上げたロバート・M・バードの小説『シェパード・リー』では、解放されたくないとする黒人の召し使いが、キッド船長の埋めた宝は沼の中にあると信じ込み、彼の主人は（アーヴィングのウェバーと同様に）宝を発見する夢を三度見る。夢で見たブナの木の根元を掘ってみるが、宝は見つからなかったという話。

ジョン・イーグルズ編『ルウェリン・ペンローズの日誌』（一八一五）には、海賊の骸骨《がいこつ》の傍らで拾った甕《びん》に入っていた三枚の紙を手がかりに主人公が、インド人召し使いと、方言で話すオランダ人とともに宝を発見する話がある。さまざまな元ネタはあるものの、暗号を用いて見事な珠玉の作品に仕上げたポーの手腕に注目したい。

「黄金虫」の作品の舞台となっているサリヴァン島は、ポーが十八歳のとき陸軍砲兵連隊に配属されたときに勤務したモールトリー要塞《ようさい》のある島であり、作中で言及される要塞はポーの勤務地だった。当時、サリヴァン島は奴隷貿易の検疫所として用いられており、北アメリカへ連れてこられた推定四十〜七十万のアフリカ人の約四割がここを経由したという。解放奴隷であるジュピターに対するルグランの態度はひどいものであり、現代からすると差別的な表現があるが、これは時代性に拠るものである。

なお、望遠鏡の仰角が「四十一度十三分」では大きすぎるので、ポーは改訂するつもりで一八四九年にいわゆるロリマー・グレアム本に「二十一度十三分」と書き込んだが、暗号をちゃんと訂正しなかったので、角度を改訂すると暗号が破綻する。本書では、暗号がきちんと機能しているオリジナルどおりに訳出した。

「詐欺《ディドリング》――精密科学としての考察」“Diddling”（1843）

初出は、一八四三年十月十四日発行の『サタデー・クーリア』誌上。詐欺には方法論があるということで、詐欺を「精密科学」として語る短編。冒頭で言及される「大偉人」とは、詐欺師ジェレミー・ディドラーのこと。実在の人物ではなく、十九世紀初頭にロンドンで大人気だった笑劇ジェイムズ・ケネディ作『風を起こす』（一八〇三）の主人公の名である。因《ちな》みに、ポーの両親はこの劇に何度も出演しており、母はミス・ペギー・プレインウォード役を少なくとも五回演じたが、父は端役のみだった。

この短編も最初は「風を起こす」と題されていたが、一八四五年以降、もとの副題が題名となった。「ディドル（diddle）」という英単語は、エピグラフのマザーグース「猫とバイオリン」の一節にもあるように、古くは擬音語・擬態語として用いられていた。ディドルディドルはバイオリンを弾く音やしぐさを表し、ディドルダドルは「ばかげたこと」の意味。十九世紀初頭から「ディドル」に「やっつける」「騙《だま》す」という意味が出てきた。前述の笑劇から逆成されたものかもしれない。『オックスフォード英語辞典』は「やっつける」の一八〇六年の用例を最初の例としている。

冒頭に言及されるジョン・ニール（一七九三～一八七六）は、新聞雑誌に多くの寄稿をした文人・批評家であり、ポーは二十歳のときに詩「アル・アアラーフ」を売り込もうとして「私はまだ二十歳にもならない若者で詩人です」という書き出しでニールに手紙を送り、その後も何度も手紙のやりとりをして援助を得ている。ニールはジェレミー・ベンサムと深い親交があり、ベンサムの功利主義を支持していた。

　ポー研究家のクロード・リチャード氏に拠れば、このニールは当時の司法長官ウィリアム・ピンクニーの死後ピンクニーを弾劾したことで卑怯者《ひきょう》と呼ばれ、ボルティモアでは「この町のジェレミー・ディドラー」と呼ばれていたため、本作の隠れた主人公ではないかという（Claude Richard, “Poe and the Yankee Hero: An Interpretation of ‘Diddling Considered As One of the Exact Sciences’,” *The Mississippi Quarterly*, 21. 2, 1968, pp. 93-109）。

　最後のジョークの「なんてえげつないインチキ野郎」は、原文では hen knee high という表現になっており、これもリチャード氏の詳細な説明を読めば、「とんでもない臆病者《おくびょう》」の意味だとわかるのだが、詳細な説明ははしょって、日本語で意味がとれるように訳しておいた。

　それにしても、落語の「壺算《つぼざん》」とそっくりな話があるのに驚く。因みに「壺算」の原話は一七四七年。一世紀後にアメリカまで届いたのだろうか？

「楕円《だえん》形の肖像画」"The Oval Portrait"（1842）

一八四二年四月に『グレイアムズ・マガジン』に「死に於ける生」（Life in Death）という題で発表したのが初出である。当初は語り手が怪我をして高熱を出している経緯が語られ、その痛みを和らげるために阿片《あへん》を吸うという書き出しになっており、すべては幻覚であるかのように思われてしまうため、そこから六百語以上を削り、短く書き直して、一八四五年四月二十六日付『ブロードウェイ・ジャーナル』に発表し直した。主人公が恋人の母斑《ぼはん》を取り去ると恋人の命が失われてしまったというホーソーンの「母斑（*The Birthmark*）」（一八四三）との類似が指摘されており、ホーソーンがポーから影響を受けて「母斑」を書き、ポーはその影響を受けながら改訂を行ったのかもしれないとヘイズは指摘する。パイスマンは、ホーソーンの「母斑」の最後の部分が特に類似しているとしている――「母斑の最後の赤い色が――人間の不完全さの最後の徴《しるし》が――彼女の頬から消えていくと、今や完璧《かんぺき》な女性の訣別《けつべつ》の息が大気へと溶け込み、夫の傍らにしばし漂っていた彼女の魂は、天へと昇ったのであった」

作中言及されているサリーとは、高名な画家トマス・サリー（一七八三～一八七二）ではなく、その甥《おい》の画家ロバート・M・サリー（一八〇三～五五）であり、ポーのリッチモンド時代の学友である。ポーはこの学友の絵を称賛し、そのエッセイ「家具の哲学」（一八四〇年の初版になく、一八五〇年版に書き加えられた一節）に、「天女のように美しい女性の顔を描いた、サリー風の肖像画」と言及しており、その肖像画は本作のモチーフとしてポーにインスピレーションを与えたと思われる。

「アナベル・リー」（詩）"Annabel Lee"（1849）

ポーの最後の作品の一つであり、ポー死後二日目の一八四九年十月九日付『ニューヨーク・トリビューン』紙に掲載された。この版は生前にポーがグリズウォルドに渡していた手稿に基づくものであり、同年十一月に『サザン・リテラリー・メッセンジャー』に掲載された版と異同がある（第二連の冒頭がIではなくSheで始まっているのが後者）。ポーが自ら加えた改訂と思われるが、特に優れているとされた最終行 In her tomb by the sounding sea の美しさが損なわれてしまっており、本書では改訂前の作品を訳出した。

ポーの詩作品のなかで「大鴉」に次ぐ人気作とされる。技巧の点でも「大鴉」に類似している。「海のほとりの王国で」（"In this kingdom by the sea"）というリフレインが、詩が呼びかける美女の名前（Lee）と押韻し、その韻が全編を貫いている点、第一連《スタンザ》と第五連の交互韻、特に最終連で顕著な中間韻など、音の響きに配慮の多い作品である。弱弱強《アナペスト》四歩格《テトラメター》と弱弱強三歩格《トリメター》が繰り返されるバラッド形式であり、英詩の中でも指折りの傑作抒情《じょじょう》詩とされる。この韻律のなかに、寄せては返す波の音が聞こえてくるとする説もある。リフレインによって称賛した「王国」が最終行でリズムはそのままに「墓」に置き換わるところが、ポーらしい仕掛けであり、『アッシャー家の崩壊』に取り込まれた詩「幽霊宮殿」で「王国」が崩壊するのと類似する。

ウラジミール・ナボコフは『ロリータ』（一九五三）で本作のイメージを活用し、主人公の中年の大学教授ハンバート・ハンバートが、十三歳のある夏に数か月年下のアナベル・リーと出会い、「海のほとりの王子の国で」（princedom by the sea）恋をし、出会いから四か月後に死別したことにしている。大江《おおえ》健三郎《けんざぶろう》は、本作と『ロリータ』の二作を踏まえて長編小説『美しいアナベル・リイ』（二〇〇七）を書いた。

「盗まれた手紙」 "The Purloined Letter"（1844）

ポーの最高傑作とも言われる作品。初出は、一八四四年九月発行の『ギフト』誌。ポー自身は一八四四年七月二日付のJ・R・ローウェル宛ての手紙に「次の『ギフト』掲載の『盗まれた手紙』はひょっとすると私の推論物語のうち最高のものです」と記している（当時はまだ推理小説という言葉がなかった）。犯人は最初からわかっていて、犯人から手紙を取り返す知恵比べとなっており、真理は深淵《しんえん》の奥に隠されているのではないという「デモクリトスの井戸」の否定が見事に物語化されているところに本作の主眼がある（『ポー傑作選1　黒猫・アッシャー家の崩壊』所収「メエルシュトレエムに呑まれて」作品解題参照）。

エピグラフとして引用されている文句は、「モルグ街の殺人」の一八四三年版（小冊子『エドガー・A・ポーの散文物語集』所収）のみの結部に於《お》いて、「わが友警視総監は、ちょいと目鼻が利きすぎて、深みにかけるんだな」のあとに、「*Nil sapientiae odiosius acumine nimio*（過度な巧妙さほど智慧《ちえ》にとって疎《うと》ましいものはない）っていうのは、たわいもないつまらぬセネカの一節かもしれないが、まったく無意味じゃない」と加筆されたのちに一八四五年版以降削除されたのが、ポーが用いた最初の用例である。ラテン語内の *acumine* に由来する **acumen** という語は「モルグ街の殺人」で四回、本作で一回出てくる――「慧眼《けいがん》」と訳した――が、ポーが「モルグ街の殺人」に於いてこの語を右のラテン語引用句を加えた一八四三年版からイタリックに直したのは、この引用句を意識してのことであろう。ただし、セネカとしたのはポーの記憶違いであり、ペトラルカの『順逆両境への対処法』（*De remediis utriusque fortunae*）第一巻（一三六六）第七対話「巧みさについて *De ingenio*」に次のように出てくる。

「**喜び**――わが心が最も巧妙だ。
理性――過度な巧妙さほど智慧にとって疎ましいものはない。詭弁家《ソフィスト》ほど真剣な思索家に邪魔なものはない。それゆえ昔の人は、蜘蛛《くも》はパラスに憎まれたと想像した。それは細い糸を用いて繊細なものを作るが、脆《もろ》く、役に立たない」

このペトラルカの書はセネカ作とされてきた『運命への対処法』（*De remediis fortuitorum*）の発展であるが、ポーは以前に書評で取り上げたサミュエル・ウォーレンの本（*Ten Thousand a Year*, 1841）がこれをセネカの句とした誤りを踏襲したか。なお、この文句は（文頭を *Nihil* として）サー・ウォルター・ローリーの『世界の歴史』（*The History of the World*）第一巻第一章セクション七に於いて、「光は物質か非物質か」についてこれまでの学者は本質的なことを論じてこなかったと指摘する箇所で、出典を明記しないまま引用されている（*The Works of Sir Walter Ralegh, Kt., Now First Collected, ed.* William Oldys and Thomas Birch, 8 vols, Oxford: Oxford University Press, 1829, II: 17）。ポーがローリーに親しんでいたことは、一八三一年のポーの『詩集』でローリーの詩「嘘」の抜粋を次のように掲げていることからもわかる。

Tell wit how much it wrangles　　才知に伝えよ、緻密《ちみつ》さに拘《こだ》わると
In fickle points of niceness —　　議論が紛糾するものだと——
Tell wisdom it entangles　　智慧に伝えよ、智慧も過ぎると
Itself in overwiseness　　足をすくわれるものだと

これは「物事をシンプルに捉《とら》えることでその本質をつかむべし」とする本作のテーマとも深く関わる。

なお、この翻訳の新味の一つとして次を挙げておく。デュパンがアバネシーの話を持ち出す直前に警視総監に“you might—puff, puff—employ counsel in the matter, eh?”と語りかける台詞《せりふ》の employ counsel という表現を、先行訳はいずれも「人の助言を受ける」「相談する」といった意味合いで訳してきているようだが、employ はこの場合「(金を払って)雇用する」の意で、counsel は「法的顧問」(集合名詞、『オックスフォード英語辞典』の定義8a)と解釈すべきか。警視総監は当初からデュパンの助言(忠告)をもらおうと相談しに来ており――「デュパン君は、どうしたらいいと思うかね?」(225ページ)と助言を求めており、デュパンは再調査しなさいと助言を与えている――デュパンの譬《たと》え話からも明らかなように、デュパンが言わんとしているところは「意見をただで聞き出そうとしてはいけない」ということであろう。

デュパンがフランス語を引用したシャンフォール(234ページ)とは、本名セバスチャン・ロック・ニコラ(一七四一～九四)というモラリストで、引用されたのは『箴《しん》言《げん》と断想』の百三十番の箴言。ポーのお気に入りの箴言らしく、既に書評執筆の際にこの引用句を三度も使用している。

また、ポーの愛読書であるブライアント著『新体系――古代神話の分析』については「ベレニス」の解題で言及済みだが、ここは第二巻（一七三ページ）へ言及している。

さて、最後の引用句が難物である。クレビヨンの悲劇『アトレ』とあるが、正確には『アトレとティエスト』（一七〇七）であり、英語表記であれば『アトレウスとテュエステース』となる。ギリシャ神話に於いて、テュエステースは王位をめぐって兄アトレウスと対立する。テュエステースは兄の妻と姦通《かんつう》し、兄の金羊毛も盗んで王となるが、アトレウスはこれを許さず、復讐《ふくしゅう》を考える。そして、弟の子供を殺して、その肉を使った料理を食卓に供して弟に食べさせることを計画した時点で引用された言葉を吐く。その後、自分の子供を食べたことを知ったティエステースが絶望して自死するところでクレビヨンの描く悲劇は幕となる（ギリシャ神話では、テュエステースはそこで自死せず、彼の息子アイギストスがアトレウスを殺害する）。つまり、「かくも禍々《まがまが》しきたくらみ」とは、テュエステースを死に追いやるたくらみを言うのであり、本作に於いてはＤ大臣を政治的に葬り去るたくらみを指すことになる。これにより、テュエステース＝Ｄ大臣、アトレウス＝デュパンという構図ができる。テュエステースことＤ大臣はこういう目に遭って当然なのだという、デュパンの恨みの言葉になっているわけだ。デュパンの筆跡をＤ大臣がよく知っていること、デュパンは目が悪くなったとこぼしてサングラスをかけて大臣官邸にふらりと立ち寄れる関係であること、どちらもＤで始まる名前であることとから、デュパンとＤ大臣は兄弟なのではないかとする説もある。だが、デュパンという人物が自分の兄弟の政治生命を抹殺するほどの怨念《おんねん》を抱くような性格であるのかには疑問がつきまとう。テュエステースへの言及は、シェイクスピアの『タイタス・アンドロニカス』にも描かれる子供を食わせるという禍々しさがあり、かなりどきりとさせられる。ハーバード大学教授だったバーバラ・ジョンソン（一九四七〜二〇〇九）は次のように指摘する——クレビヨンの『アトレ』が重要となるのは、まさに盗まれた手紙によって復讐がなされるからだ。アトレウス王は、王妃から手紙を盗んで、王妃が恋人テュエステースと通じていたこと、そしてアトレウスの息子と思われていたプレステネースが実はテュエステースの子であることを知り、それを二十年間秘密にしていた。アトレウス王は当初プレステネースに父親殺しをさせようとするが果たせず、そこで手紙を本来の受取人であるテュエステースに返すことで子であることを明らかにしたうえで、その子の肉をテュエステースに食らわせる復讐を果たす。デュパンが救おうとしている貴婦人は王宮に住んでいることから王妃であると考えられるが、ポーの短編に於いてもクレビヨンの悲劇に於いても、王妃が王を裏切っているのであり、そのことが盗まれた手紙に拠《よ》ってばれる危険がある点が共通しており、どちらの作品でも、手紙が本来の受取人へ戻されることで復讐が完成するのである（Barbara Johnson, *The Critical Difference: Essays in the Contemporary Rhetoric of Reading*, Baltimore and London: Johns Hopkins University Press, 1980, p. 133）。

ポーの用語

河合祥一郎

フランス語、ラテン語、ギリシャ語等の諸外国語を駆使して広範囲に知識欲を満たしたポーが、小説を雑誌掲載ではなく本にしたいと、大手出版社にかけあって最初に受け取った不採用通知の理由の一つが「学究的に過ぎる（too learned）」であった。ポーの文体が極めて知的で、ときに難解であるのは、彼が拠って立つ知の地平があまりに高いところにあるがゆえと言えよう。批評家でもあり雑誌編集者でもあるポーが、自身の作品が広く人気を博すことを欲しながらも自身の文体をあえて平易なものに変えようとしなかったのは、一つには、アメリカでは一八二〇～五〇年（大衆に近づくリアリズムの台頭以前）に頂点を迎えたロマン主義運動に於《お》いて威厳のある文体《デグニファイド・スタイル》が一つの規範《ノーム》となっていたからでもあり、もう一つには、ラテン・ギリシャの古典文学から大きな影響を受けたポーの思考及び抒情《じょじょう》性（「ギリシャなる栄光へ／ローマなる壮麗へ」）の崇高さゆえでもあるが、主には、当時大きなうねりを見せていた美学・哲学・（疑似）科学に亘《わた》るさまざまな魅惑的／催眠術的《メスメライジング》な概念をポーが縦横に駆使して作品世界を構築しようとしていたそのたくらみにあると言えよう。

それゆえ、ポーの作品には特殊な用語が多々登場する。当時流行していた「地球空洞説」「骨相学」「観相学」「催眠術」などの疑似科学を含め、あらゆる知識を使いこなして多様な作品世界を知的に構成していくのがポーの手法であり、単なる逸話を語る前に「対象となるものをどのように認知・感知していくか」についてひとしきり講釈が入る。いわばこの「枕」の部分がポーのポーたる所以《ゆえん》なので、安易にストーリーだけを追うべきではない。たとえば恐怖なら、恐怖そのものよりも、恐怖を感じていく過程が重要なのであり、あるいは推理なら、真理に辿《たど》り着く方法論を組み立てる過程こそが重要なのであり、その過程を楽しめなければポーを楽しむことはできない。

その際、ポーが駆使する科学概念や哲学概念をポー自身が信じているかどうかは問題とはならない。仮にポー自身に現在インタビューができたとしても、あるインタビューアーには「もちろん自分で信じてるから、作品内で詳しく述べているんです。あなた、ちゃんと私の作品を読んだんですか」と返答し、別のインタビューアーには「あんなもの、信じているわけないでしょう。何を言ってるんですか。あなた、気は確かですか」と返答するだろう。雑誌に自ら毀誉《きよ》褒貶《ほうへん》の激しい書評を掲載したように――ブラウニング夫人ことエリザベス・バレット・ブラウニングは、ポーの書評について「称讃と非難の両極端が一つになっていて、まるで敵と味方が段落ごとに交代しているみたい」と述べているし、ホーソーンほかの書評についても、ポーは持ち上げておいて落とすことを平然とやっている――ポーを一筋縄でとらえられる作家と看做《みな》してはならない。夢中になり方の凄《すさ》まじさたるや尋常ではないが、すっと距離を置いて冷徹な批判眼で見るので態度を変えたのかと思いきや、そうではなかったりする。プライベートな手紙からもその愛憎の振幅の激しさは窺《うかが》える。

最も分かりやすい例が骨相学だろう。これは当時、真正の学問として信じられており、ポーも一八三六年三月の『サザン・リテラリー・メッセンジャー』誌にL・マイルズ夫人著『骨相学及び骨相学の道徳的影響』という本を絶賛する書評を掲載して以来、どうやらすっかり学問としての有効性を信じて骨相学への言及も多くなるのだが、一八四五年以降は批判している。批判しておきながら、「アイディアリティ」という骨相学の用語はそのまま使いつづけるのだから、容易ではない。

ポーの作品世界をより深く理解するためには、これらポーが用いた道具を知っておく必要がある。道具として現在も有用かどうかは問題ではなく、ポーがこれらを用いて作品世界を構築したこと、これらの道具がポーの手の内にあったことが重要なのである。本項執筆に当たっては Carroll Dee Laverty, *Science and Pseudo-Science in the Writings of Edgar Allan Poe* (1951), pp. 99-121 を参照した。

注：算用数字で記したページ数は、角川文庫『ポー傑作選1』及び本書『ポー傑作選2』への言及であり、前者への言及には①と記載した。

あ

詩的想像力《アイデアリティ》（ideality）

骨相学に於いて、こめかみ部位にあるとされる機能を指す特殊用語。これは、人生に於ける美や繊細さなどの理想状態を把握する機能であり、詩人に欠かせない詩的な感情であるという表現もされる。この能力を有するアッシャーの場合は「昂揚《こうよう》して狂おしいばかりの詩的想像力《アイデアリティ》が、まるで燃える硫黄《いおう》を思わせる強烈な光をあたり一面に投じて」（①１７５、１８８ページ）いるし、「モルグ街の殺人」では、デュパンの分析能力が詩的想像力に由来することが示唆される（15ページ）。

ポーは『サザン・リテラリー・メッセンジャー』第二巻第三号（一八三六年四月）掲載の書評で、「アイディアリティの機能とは詩の情趣《センティメント》である。この情趣は、美、荘厳《サブライム》、神秘の感覚である。そこから、美しい花、さらに美しい森、輝く谷や川や大地の山々を感嘆する思いや、きらめく星々や天の燃える栄光への愛が直ちに沸き起こり、この天地への愛と感嘆と複雑に絡み合いつつ、知りたいという抑えがたい欲望が生まれる。

詩とは、この知的至福の情趣であり、更なる知的至福への希望の謂《い》いである」と記す。ポーは当初、アイディアリティをコールリッジの用いる「想像力《イマジネーション》」（詩的に創造する力）と同義に捉《とら》え、「空想《ファンシー》」は構成力・連想力として区別していた――「モルグ街の殺人」（一八四一）で、分析能力が詩的想像力《アイディアリティ》によって発揮されるのに対して、単なる巧妙さは「構成力やものをつなぎ合わせる能力によって発揮され」るとしているように（13ページ）――が、のちに想像力とファンシーを区別しなくなる。

天邪鬼《あまのじゃく》（perverseness）

「黒猫」や「告げ口心臓」の結末で描写される「やってはいけないと思うと、逆にやってしまう心理」のこと。崖《がけ》っぷちに立っていて、下を覗《のぞ》きこんだら危ないとわかっているのに覗き込みたくなる心理や、明日までに終えなければいけない仕事があるとわかっているのに、つい別のことに手を出して、締め切りが守れなくなるのも同じである。なぜそんなことをしてしまうのか。ポーは、「やってはいけないことをやっている自分」をイメージすることで、そのイメージ――多くの場合、恐怖や自己破壊衝動が伴う――に支配されてしまう経緯を描写する。ポーは短編「天邪鬼」でも、自分から人前で告白するような馬鹿な真似をしなければ露見することのない完全犯罪をした人が「やってはいけない」という衝動に抗しきれずに告白してしまう話を書いているが、これは衝動が強迫観念化する「黒猫」や「告げ口心臓」とまったく同じである。多くの人が正常な暮らしを送れるのは、たとえそんな衝動を感じても、それをすぐに抑えたり忘れたりできるからだろう。心の中で形成されたイメージ――概念《デジデ》とも心《ファン》像《タズム》とも呼ばれる――が強迫観念化する点では、「ベレニス」に於ける「歯への想い」も類似の心理である。

イメージすることが致命的となるのである。たとえば、本当は明日までにやらなければいけないのに、「間に合わなくてごめんなさい」と謝罪している自分がイメージできた瞬間に何としても明日までにやろうという努力が萎《な》えてしまう。ネガティブなイメージを想起できた瞬間に、ネガティブなスイッチが入ってしまうのだ。

☞「カリギュラ効果」「ファンタズム」の項も参照のこと

アラベスク(arabesque)

「アラベスク」は本来「アラビア風」の意味であり、美術用語としては主に絡み合って広がる植物や図形をあしらった唐草模様の装飾を示す。文芸用語としては、そうした複雑な文様から想起されるような幻想的で超自然の世界を示す。アラベスク装飾は、空想的で異様な動物や人を交えた形象を曲線でつないだグロテスク装飾と当初区別されておらず、ポーの時代に於いて、「グロテスク」に現代的な「不気味さ」のニュアンスはなかった。八木敏雄は『ポー――グロテスクとアラベスク』（冬樹社、一九七八）に於いて、学者A・H・クィンが「彼〔ポー〕のいうアラベスクなもの（the Arabesque）とは強力な想像力の産物を指し、グロテスクなもの（the Grotesque）とは道化もの《バーレスク》、または風刺的なものを指す」〔Quinn, p. 289〕と書いたことや、学者F・O・マシーセンが同じ分類法を用いていることに反対し、ポーはこの二語を区別せずに用いていると指摘し、「各種の歪曲《わいきょく》、均衡の欠如、異質な要素の結合、美しいものと、奇怪なものや嫌悪をもよおすものとの共存、各部分の全体への混沌《こんとん》たる融合、夢と現実との混交――つまり『奇異なる組み合わせ』がポーのグロテスク、ひいてはアラベスクの中心概念であった」としている（一四九～一五一ページ）。一般に、グロテスクは諷刺《ふうし》や滑《こっ》稽《けい》小説、アラベスクはシリアスで空想的なものを指す語として用いられる傾向が強いが、ポーの場合は確かに明確に区分することはむずかしい。ケテラーは、自著の「アラベスク」の章で、「ベレニス」「モレラ」「リジーア」「アッシャー家の崩壊」「楕円《だえん》形の肖像画」などをアラベスクの物語としている（David Ketterer, *The Rationale of Deception in Poe*, Louisiana State University Press, 1979, p. 181）。

暗号学（cryptology）

「黄金虫」（一八四三）で暗号を導入する以前から、ポーは暗号学に習熟していた。

「黄金虫」で「人間が工夫して作ったものを、きちんとした方法を用いさえすれば、人間が工夫して解けないものはない」（１７０ページ）とあるのは、ポー自身の考えであり、ポーは一八三九年十二月十八日付『アレクサンダーズ・ウィークリー・メッセンジャー』誌に寄稿したエッセイで、アルファベットを別の記号で置き換える方法で作られた暗号ならどんなものでも解読してみせると豪語して読者から暗号を募り、一八四〇年一月一日から四月二十九日まで、読者から寄せられた暗号を解読してみせた。さらに、ポーは一八四一年四月号『グレイアムズ・マガジン』誌上で「フランス語、イタリア語、スペイン語、ドイツ語、ラテン語、ギリシャ語」の暗号も受けると公表し、七月号で、英語とラテン語の暗号の挑戦を受けたとして、その解読を記している。ポーの用いたのは換字《かえじ》式暗号という単純なものであったが、「黄金虫」によって暗号に興味を抱く読者が増えたのは確かである。アーサー・コナン・ドイルの「踊る人形」（一九〇三）は図形の換字式暗号を用いている。因《ちな》みに、ポーの科学小説に大きな影響を受けて「海底二万リーグ」や「月世界旅行」など多くのSFを書いたジュール・ヴェルヌは、「地底旅行」（一八六四）ではポーに倣ってルーン文字の換字式暗号を解くことで地球の中の探検へ行くという展開にし、ポーへの傾倒ぶりを示している。

か

カリギュラ効果

ポーの用語ではなく、日本固有の用語だが、関連するので記しておく。禁止されるとかえってやってみたくなる心理を指す。正式な心理学用語としては、何かを強制されると抵抗したくなる「リアクタンス」(reactance)が近い。障害があったほうがかえって燃える「ロミオとジュリエット効果」や、入手しにくい方がかえって売れるマーケティング戦術もこれに類する。☞「天邪鬼」の項を参照のこと

観相学(physigonomy)

人相学とも。十八～十九世紀に人気を博した疑似学問。「盗まれた手紙」で、相手と同じ顔つきをすると相手の思考や感情がわかるというくだりが出てくるが(231ページ)、相手の顔つきを真似ることで相手の考えていることを推測するという方法は、シェイクスピアと同時代のイタリア人哲学者トマソ・カンパネッラ(一五六八～一六三九)が展開した人相学に依拠している。宮沢賢治《みやざわけんじ》の「銀河鉄道の夜」に登場するカンパネルラの名前の由来ともされるカンパネッラ――幼名はジョバンニ・ドメニコ・カ

ンパネッラ——の主著『太陽の都』（一六〇二年執筆、一六二三年出版）は、理想社会を描くユートピア物語であり、この本は「アッシャー家の崩壊」のアッシャーの蔵書として挙げられている（①182ページ）。また、ポーが頻繁に引用するホレイス・ビニー・ウォレスの小説『スタンリー』（一八三八）や、ロバート・バートン（一五七七～一六四〇）の『憂鬱の解剖』（初版一六二一、フィラデルフィア版一八三六）にカンパネッラの人相学の説明があるのをポーは読んでいたと思われる。

「盗まれた手紙」に於《お》いて、カンパネッラの名とともに挙げられているフランソワ・ド・ラ・ロシュフコー（一六一三～八〇）とジャン・ド・ラ・ブリュイエール（一六四五～九六）は、いずれもフランスのモラリスト文学者・啓蒙《けいもう》家であり、前者は『箴言』（初版一六六四）で、後者は『カラクテール——当世風俗誌』（一六八八）で、観相学に言及している。ブリュイエールは、「観相学は人の性格を測る物差しにはならない。ただ推察をする役に立つだけである」と述べている。一緒に名前が挙がっているニッコロ・マキャヴェッリ（一四六九～一五二七）は、ルネサンス期イタリアの政治思想家で、主著に『君主論』（一五三二）がある。マキャヴェッリの執筆した物語『ベルフェゴール』が「アッシャー家の崩壊」のアッシャーの蔵書として挙げられている（①182ページ）が、この物語は美女の性格の悪さを描いているので、観相学には反すると言えよう。☞「骨相学」の項も参照のこと

グロテスク（grotesque）☞「アラベスク」の項を参照のこと

骨相学（phrenology）

頭蓋《ずがい》の大きさや形状と精神的機能とに相関関係があるとする疑似科学。十九世紀前半では真剣な学問と看做《みな》されており、たとえばポーの友にして宿敵となった作家トマス・ダン・イングリッシュは骨相学で論文を書いて医学博士号を得た。骨相学をもとに、額の広い人は頭がいいといったことが考えられるようになる。「アッシャー家の崩壊」でアッシャーの「こめかみから上が異様に広い」（①171ページ）としたり、リジーアのこめかみの上が「なだらかに盛り上がっていた」（①225ページ）としたりしているのは、詩的想像力《アイデアリティ》を多分に持っていることを示す。ポー自身も、こめかみから上が広かった。アッシャーの小さい顎《あご》が意志の弱さを示すとするのも骨相学である。リジーアの大きな目は、言語能力の高さを示すのだという。ジョージ・クーム〔一八二〇年にエジンバラ骨相学会を設立し、骨相学の発展に寄与した人物〕の用いている「脳の地図」で6bと記されたこめかみ部分に「生への欲望」があり、リジーアはそれが強かったのだとする説もある。

ポーは『サザン・リテラリー・メッセンジャー』一八三六年三月号で、骨相学のことを「一般的理解力がある者なら、もはや嘲笑《ちょうしょう》できない。科学としての威厳を得たのであり、科学として最重要のなかに位置する」と記し、同誌の四月号では、「クリスタベル」や「老水夫行」で知られるコールリッジの頭について、詩的想像力《アイデアリティ》の骨相学的特徴はあまりなく、論理的思考《コーザリティ》や比較《コンパリゾン》の特徴が目立っているとした。このように大いに骨相学に夢中になったポーだったが、一八四五年には、これを批判している。

☞「観相学」の項も参照のこと

さ

催眠術（mesmerism）

ドイツ人医師フランツ・アントン・メスメル（一七三四～一八一五）が提唱した動物磁気によって治療がなされた症例が報告されたことにより、磁気催眠療法なるものが流行し、十九世紀初頭に「新科学」として大流行した。ポーは「鋸山奇《のこぎりやまき》譚《たん》」「催眠術の啓示」「ヴァルドマアル氏の病症の真相」で催眠術を利用し、肉体を凌駕《りょうが》した霊との交感《ラポール》などを描いている。

詩的想像力　☞「詩的想像力《アイデアリティ》」の項を参照のこと

た

地球空洞説 (Hollow Earth)

地球の内部が空洞だとする説は十七世紀からあったが、アメリカ陸軍大尉のジョン・クリーヴス・シムズが一八一八年に地球空洞説を発表し、その弟子ジェイムズ・マックブライドが『シムズの地球同心球説』(一八二六)にまとめて、急速に広まった。ポーは「壜《びん》の中の手記」、「ハンス・プファールの無類の冒険」、「アーサー・ゴードン・ピムの物語」でこれを利用し、「メエルシュトレエムに呑《の》まれて」に於いて「メエルシュトレエムの海流の中心には地球を貫く深淵《しんえん》が」(①114ページ)あるとするのも、この説を踏まえている。本説の提唱者ジェレミア・N・レノルズは、本説究明のために南極調査団を派遣すべしと一八三六年四月三日に国会で演説を行い、ポーは『サザン・リテラリー・メッセンジャー』一八三七年一月号の書評で、本になったこの演説を好意的に取り上げている。ポーは雑誌編集者《マガジニスト》として、世間にひろまる科学的好奇心を逸早《いちはや》くキャッチし、利用したのである。地下への興味のみならず、空への興味もあり(☞次の「月」の項を参照のこと)、当時大きな興隆を見せていた疑似科学の流れのなかで、ポーがサイエンス・フィクションを創始したのも自然な帰結と言えよう。

月（the moon）

ポーは「軽気球夢譚」や「メロンタ・タウタ」など気球譚をいくつか書いているが、「ハンス・プファールの無類の冒険」では気球で月まで行ってしまう。因《ちな》みに、「ハンス〜」の最後にそれまで書かれた月世界への旅行記がいくつか紹介されているが、そのうちドミニック・ゴンザレスなる男が野生の白鳥の群れによって空高く運ばれ、月まで飛んでいくという話を、ポーが注目に値するとして長々と引用している。これは、シェイクスピアより二歳年上のイングランド国教会司教フランシス・ゴドウィンの著した『月の男』（一六三八）という作品に他ならない。ポーが腐《くさ》しているシラノ・ド・ベルジュラックが著した『月世界旅行記』（一六五七）に先行する月旅行譚の元祖である。もちろんシェイクスピアは『夏の夜の夢』で

『月の男』第２版（1657）挿絵

月の男を登場させている。

デモクリトスの井戸（Democritos' well）

「リジーア」と「モルグ街の殺人」に出てくる「真実は必ずしも井戸のなかにあるわけではない」という表現は、「メエルシュトレエムに呑まれて」の作品解題でも触れたように、「デモクリトスの井戸」への言及である。古代ギリシャの原子論者だった哲学者デモクリトスは、「真実は知り得ない。真実は井戸の底に（深淵のなかに）あるからである」と言ったとされる。ポーの『詩集』の序として附された「――氏への手紙」のなかにあるコメント「古代の人々が真実という女神を井戸に隠したのは、正しいとはかぎらない」も同じ。この発想から「盗まれた手紙」が生まれる。

な

二重霊魂（bi-part soul）

「モルグ街の殺人」に「二重霊魂の哲学を思い出して、二人のデュパン――創造的なデュパンと分析的なデュパン――を空想して楽しんだ」（16ページ）とある。これは、アリストテレスが、理性的魂と非理性的魂の二つに分けて考えたことに依拠するのだろうか（『ニコマコス倫理学』）。ポーの短編「名士の群れ」では「二重霊魂と前存在霊魂」と出てくる。「前存在霊魂」は、「ベレニス」「モレラ」「リジーア」「メッツェンガーシュタイン」等の輪廻《りんね》思想とも絡む。パイスマンは以下のように注記する――「二重霊魂は、個々人の魂が真に精神的かつ永遠の魂と、物質的かつ死すべき魂から成るという概念に与えられた名前。一方の魂は不死であるため、物質的肉体が存在する前からあったと考えられる。古代の思考を研究すれば、物質的魂と霊妙な魂の性質について手がかりが得られるのではないかと多くの人は考えた。ポーはこの『二重霊魂』の主題に『ウィリアム・ウィルソン』『モルグ街の殺人』『アッシャー家の崩壊』に於《お》いても触れている」

は

バロック（Baroque）

十六世紀末から十七世紀初頭にかけてイタリアで誕生し、ヨーロッパにひろまった文化形式。美術様式に於《お》いては、ルネサンスからマニエリスム（☞「マニエリスム」の項を参照）を経て、バロックへ至る流れがある。バロックにはもともと「不規則な」「歪《ゆが》んだ」「グロテスクな」という意味があり、「黒猫」の冒頭で「バロック趣味のグロテスク」とあるのは、その文脈で言われている。

ピクチャレスク（picturesque）

十八世紀のイギリスの庭園美学から起こった審美理念。「ピクチャレスク」は文字どおりには「絵のような」の意を表す語であるものの、十八世紀初頭に、廃墟《はいきょ》、苔《こけ》むした洞窟《どうくつ》、荒々しい岩肌など、囲い込まれて整形された人工的な閉ざされた庭園ではなく、厳然たる自然に畏怖《いふ》し戦慄《せんりつ》を覚えるような魅力を「崇高《サブライム》」という概念で捉《とら》えるようになり、なめらかで優雅な美から、恐怖と喜びを伴う崇高《サブライム》へという流れのなかで「ピクチャレスク」という概念が位置づけられるようになった。

十八世紀にグランド・ツアーというイギリス貴族のヨーロッパ周遊旅行が流行すると、アルプス山脈の自然の壮大さや神秘性も評価されるようになったのは、「ピクチャレスク」という概念が根づいていったためである。

人工的直線ではなく曲線や歪みや非対称が重要となり、異質さ、驚愕《きょうがく》、謎、厳しさ、荒涼、迫力がよしとされた。「曲線や歪みや非対称」という点で、マニエリスムとも通じるところがある。

ポーの「アルンハイムの地所」「ランダーの別荘」を始めとする一連の「庭もの」はピクチャレスクなしに語れないが、「アッシャー家の崩壊」の建物描写そのものが既にピクチャレスクとなっている（高山宏『目の中の劇場』参照）。

ファンタズマゴリア（phantasmagoria）

一七九八年にパリで、一八〇一年にロンドンで公開された幻燈《げんとう》魔術。幽霊や骸骨《がいこつ》が動くように見せかけた見世物が多く、「リジーア」の部屋の装飾の奇怪なアラベスク図像に「移り変わりゆく魔幻燈《ファンタズマゴリア》のような効果」（①238ページ）があったり、アッシャーの「心に去来する魔幻燈《ファンタズマゴリア》のようなイメージ」（①176ページ）という表現がなされたりするのは、当時の衝撃的な特殊効果への言及に基づいている。

高山宏《たかやまひろし》は、『目の中の劇場』（青土社、一九八五）所収の「迷宮の言語都市」で、「認識の偏差《アベラシオン》としての「幻想《ファンタジー》」というものを精緻《せいち》に方法化したE・A・ポーに於いては、従ってたとえばあのアッシャーの館にしてからが必ず一個の迷宮と化さないではおかない。案の定、錯然とした通路、地下世界、そして何よりも簡単に世界を迷宮と化してしまえる装置としての鏡、そうした「ファンタスマゴリックな」迷宮-文学の手づまを残らずポーは繰り出してみせる」と記す。また、バルトルシャイティス『アナモルフォーズ』高山宏訳（国書刊行会、一九九二）には、ポーの「リジーア」に描かれる室内装飾の詳細な分析があり、「妖魔幻景《ファンタスマゴリア》」の訳語が用いられている。

フレッド・ボティング教授は、ゴシック文学やロマン主義文学の文脈を踏まえた上で、ヴァルター・ベンヤミンの「ファンタズマゴリー」の概念と結びつけて、「ファンタズマゴリアリティー」という概念を呈示し、これは現実と幻想の境界を曖昧《あいまい》にするのみならず、「不気味な《アンキャニー》」（フロイトの用語）感覚を伴う実体のないメディア性を指すとしている（Fred Botting, "Poe's Phantasmagoreality," *The Edgar Allan Poe Review*, 11, 1 (Spring, 2010) : 9–21)。

ファンタズム (phantasm)

プラトンの「心像《ファンタズマ》」(phantasma) から発して、心が捉えた像や幻覚などを指す。ベレニスの「歯の心像《ファンタズマ》」(73ページ)、アッシャーの「〈恐怖〉という陰鬱《いんうつ》なる幻影《ファンタズム》」(①173ページ)、「黒猫」の語り手を苦しめた「心で捉えた現象《ファンタズム》」(①89ページ) などがその用例。もともとは、認識論に於ける知覚《ファンタジー》された像《イメージ》を指していたが、目の前に対象物がないままに知覚される幻覚を意味するように変化した。

現代英語の fantasy が古くは phantasie と綴《つづ》られ、「知覚」と「幻覚」の両方の意味を持っていたことは、ポーを理解する上で重要だろう。なお、「赤き死の仮面」に於いて、人々が「この世ならざるもの《ファンタズム》の恰好《かっこう》をして」いて、部屋の設《しつら》えが「怪奇《アラベスク》」で、「この世ならざるもの《ファンタズム》のように見え」(①13、14ページ) るのは、前項「ファンタズマゴリア」と関連する。

ま

マニエリスム（mannerism）

マニエリスムは、美術史の区分としては盛期ルネサンスとバロックの合間に位置づけられ、フィグーラ・セルペンティナータ（蛇状体）や歪められた空間等に見られるひずみや、遠近法、明暗法などの抽象化など、奇抜な技法を凝らす精神性に特徴づけられる。そして、文学に於けるマニエリスムの代表選手は、イギリスではシェイクスピアやその同時代の形而上《メタフィジカル》詩人ジョン・ダン（一五七二〜一六三一）らであり、アメリカではポーなのである。詳しくはグスタフ・ルネ・ホッケ著『文学におけるマニエリスム』等を参照されたい。ここでは、ジョン・ダンの「レガシー」（『唄とソネット』所収）の一節をマニエリスムの一例として呈示しよう。

こないだ僕が死んだとき、　　WHEN last I died, and, dear, I die
僕は君から離れて逝《い》った　　As often as from thee I go,
つい一時間前のことだけど　　Though it be but an hour ago
そして恋人の時間は永遠だ　　—And lovers' hours be full eternity—

覚えてる、僕は何か言った
そして僕は何かを授けた、
僕は死んだけど、そいつが
僕の遺言執行者となり遺産となる

I can remember yet, that I
Something did say, and something did bestow;
Though I be dead, which sent me, I might be
Mine own executor, and legacy.

まず、「僕は死んだ」とする綺想《コンシート》がポー的である。「恋人の時間は永遠」とは、一瞬に永遠が宿る、微細に無限がある、小宇宙《ミクロコスモス》に大宇宙《マクロコスモス》が重なるという新プラトン主義的〈対立の一致《コインキデンツィア・オポシトールム》〉という概念がもとになった、シェイクスピアの好きな「きれいはきたない」「甘い恋の苦さ」「一瞬の永遠」といった〈矛盾語法《オクシモロン》〉的表現である。そして、このように矛盾し歪んだ世界を、芸術的洗練性や主観的かつ視覚的知性に富む技巧を用いて誇張して表現する手法がマニエリスムである。作品全体が技巧を凝らした精神性に特徴づけられており、ダンのこの作品の場合は「肉体的に死ぬこと」と「性的に果てること」が重ねられるという企《たくら》みがあるが、そうした仕掛け・諧謔《かいぎゃく》性もポーにつながる。

マニエリストとしてのポーについては、高山宏の『目の中の劇場』を含む「アリス狩り」シリーズを始めとする著作群を見よ。また、高山宏・巽孝之《たつみたかゆき》『マニエリスム談義』（彩流社、二〇一八）参照。

ポーの死の謎に迫る

河合祥一郎

推理小説というジャンルを新たに創ったポーは、「数奇なるポーの生涯」（『ポー傑作選1　ゴシックホラー編　黒猫』所収）に記したように四十歳で奇怪なる死を遂げ、自らの人生を以て最大の謎を遺《のこ》した。その謎は未《いま》だに解明されていない。その死については『モルグ街の殺人』よりもはるかに混乱した証言が錯綜《さくそう》しており、そこからデュパンのように奇妙《ペキューリア》な点を読み解いていくのは至難の業であるものの、ポーがなぜ死んだのかは「なかなかの難問ではあるが、まったく推測できないわけではない」（『モルグ街の殺人』）。新たな研究の成果により明らかになった点が多々あり、それらを総合すると一つの光が見えてくるのだ。以下、現時点での学術研究から導き出せる一つの答えを示すことにしたい。

まず、事件当日の朝を振り返ってみよう。

一八四九年十月三日（水）、ボルティモアは雨だった。朝十時半、州議会議員選挙投票所となっていたボルティモアのイースト・ロンバード街の居酒屋《タヴァン》ガナーズ・ホールの前に倒れていたポーに最初に気づいたのは、雑誌『ボルティモア・サン』の植字工ジョゼフ・W・ウォーカーだった。彼は、倒れているのが有名なポーだとすぐにわかって、かろうじて意識のあるポーに、ボルティモアに誰か助けとなる人はいませんかと尋ねた。ポーは弱々しい声で、知り合いの雑誌編集者でもある医師ジョゼフ・E・スノッドグラスの名を告げた。ウォーカーは、まずポーを店の中へ運び込んで肘《ひじ》掛《か》け椅子《いす》に座らせ、スノッドグラスにすぐ来てほしいとメモを送った。呼ばれて直ちに駆《か》けつけたスノッドグラスは、そのときのポーの状態をこう記している。

「顔はやつれており、むくんではおらず、汚れて、髪も乱れて、体全体はひどいものでした。骨相学者たちが詩的想像力《アイデアリティ》の部位とする彼の秀でた額《ひたい》――他に類を見ないほど驚くほど広い額――と、その豊潤だが悲し気な円い目――ありし日はあれほど光っていた目――は、今や光を失って虚《うつ》ろになっており、錆《さび》色のほとんど縁《ふち》なしの、ぼろぼろでリボンもついていない麦藁帽子《むぎわらぼうし》で隠れていました。服は薄い安物の黒いアルパカのサックコートで、あちこち縫い目が解《ほど》けていて色褪《いろあ》せて汚れており、よれよれで体に合わないウールのズボンを穿《は》いて、ベストもネッカチーフもつけておらず、シャツの胸はしわくちゃで、ひどく汚れていました。両足に履いた靴は粗悪な材料ででできており、長いあいだ靴墨を塗られていませんでした」(Joseph Evans Snodgrass, "The Facts of Poe's Death and Burial," *Beadle's Monthly*, May 1867, pp. 283-287 (p. 284))

　別の手記ではスノッドグラスは、こうも述べている――「彼の帽子――というよりは誰か他の人の帽子ですが、というのも明らかに服を奪われたか、騙《だま》されて交換させられており――安物の麦藁帽子で、バンドもなく、汚れていました。上着は、よくあるアルパカで、明らかに古着でした。ズボンは灰色のカシミアの薄汚いもので、体に合っていませんでした。記憶が正しければベストもネッカチーフもなく、シャツはひどくくしゃくしゃで汚れていました。ポーは泥酔していたので、心配してではなく単なる野次馬根性で集まってきた酔っ払いの群衆に囲まれていたこともあって、話をしたり確かめ合ったりしないほうがいいと思いました。すぐに彼を運び込む部屋を用意させ、そこに休ませて親族を呼ぼうとしました――何人か親族がボルティモアにいたからです。やがて、事件を聞きつけた親族の一、二人〔ポーのマリア叔母《おば》の姉妹の夫ヘンリー・ヘリングとその叔父《おじ》のジョージ・ヘリング〕が現場に到着しました。彼らは、かつて酔っ払ったポーにひどい恩知らずなことをされたことがあるそうで、自分たちだけで面倒を見るのは断り、病院に入れるように言いました。……ポーは感覚を失っていて、私たちは死体のように彼を運ばなければなりませんでした」(J. E. Snodgrass, "Death and Burial of Edgar A. Poe," *Life Illustrated* (New York), May 17, 1856)。

　こうして午後五時頃ポーはワシントン・カレッジ病院に運ばれ、モラン医師が診察に当たった。そのあとは「数奇なるポーの生涯」に記したとおり、四日後の朝五時頃、ポーは「神よ、わが哀れな魂をお救いください」と祈って息を引き取ったのである。

　ポーに詳しい作家ユージン・L・ディディエ（一八三八〜一九一三）は、その著書 (Eugene L. Didier, *The Life and Poems of Edgar Allan Poe*, 1877) に「ポーはいつも極めてエレガントで完璧《かんぺき》に趣味のよい服装をしていた。たいていグレイの服に、ゆったりした黒のクラヴァット〔ネッカチーフ〕と折り襟をつけていた」(p. 126) と記す。ポーの肖像画や写真は数点残っているが、いずれも首にネッカチーフを結び、黒いフロックコートなどを着用しており、当時の文献からもポーがいつも身なりに気を遣っていたことが窺《うかが》える。ところが、倒れているのを発見されたとき、ポーはボロ服を着ていた、あるいは着せられていた。なぜか。

　しかも、どういうわけか、知り合いのジョン・F・カーター医師の杖《つえ》を握りしめていたとされる。A・H・クィンによる伝記には、こう記されている――「スノッドグラス医師がポーを発見したとき、彼の衣服は奪われ、薄地のボロ服を着せられていた。彼は、リッチモンドで取りちがえて持ってきてしまったカーター医師の杖をまだ握りしめていた」(Quinn, p. 639)。マラッカ籐《とう》でできた上等な杖には、剣が仕込まれていたという。このマラッカ杖はずっと学者たちを悩ませてきた謎の一つだったが、新たな研究によってこの杖についての学者たちの認識が誤っていたことがわかる。それについては後述しよう。

これまでポーの死因として提案されてきた説は多岐に亘《わた》る——アルコール依存症の離脱症状の一種である振戦譫妄《しんせんせんもう》、脳卒中、心臓発作、骨髄炎、癲癇《てんかん》、肺結核、狂犬病、糖尿病性昏睡《こんすい》、一酸化炭素中毒、重金属中毒、風邪をこじらせた肺炎、コレラ、低血糖症、インフルエンザ、梅毒、自殺未遂など。

いずれも可能性はあるが、ポーがボロ服を着ていた理由を明らかにしてくれる説はこの中にはない。仮に心臓発作なり狂犬病なりが最終的な直接の死因だったとしても、どうしてボロ服を着ていたのかの経緯を明らかにしなければ、ポーの死の謎に迫ったことにならないだろう。

これまで考えられてきた説で、ボロ服の説明までつけるものは、大きく分けて二つある。「クーピング」説と暴漢説である。まず、「クーピング」説から見ていこう。

当時のアメリカには、投票権のある人を捕まえて、特定の候補に何度も無理やり投票させる「クーピング」（cooping）——犠牲者を一旦《いったん》狭苦しい所（coop）に閉じ込めたのでクーピングと言われる——という政治不正があったので、ポーはその犠牲になって、不正投票を強いられて殴られ、言うことをきかせようと酒を呑《の》まされ、そのせいで泥酔して死んだのではないかとする説があり、最も信頼できるとされてきた伝記作家A・H・クィンは、この可能性を示唆している。クーピング説を支持する人たちは、犯罪組織は犠牲者を拉致《らち》し、その身元をわからなくするためにボロ服に着替えさせて不法投票をやらせたと考える。ポー研究の権威であるT・O・マボット教授はクーピング説を「たわごと」(twaddle) と否定し、「ポーはマラッカ杖を持っていたのだ。無法者たちがそんな高級品を盗まずにおくだろうか」(III, 569) と疑念を呈するが、あとで判明するように、ポーはマラッカ杖を持っていなかったのである。「モルグ街の殺人」で、当て推量に基づいたいい加減な証言をする人が出てきたように、ポー死亡事件においても、驚くべき「誤った証言」がなされてきた。その「誤った証言」は、ここまでの記述のなかで既にもう紛れ込んでいる。それはどれなのかも、あとで明らかにしよう。

そもそも、ニューヨークに住んでいたポーがなぜボルティモアで倒れているのを発見されたのか。大まかな事実関係をまず再確認しておこう。ポーは、自分の雑誌を発刊する夢を諦《あきら》めきれず、そのための資金を稼ぐべく一八四九年六月二十九日、ヴァージニア州のリッチモンドとノーフォークに講演旅行に出かけ、八月と九月に数回に亘《わた》る講演を成功裡《せいこうり》にすませて、いよいよニューヨークへ帰ろうという十月二日、リッチモンドからニューヨークへ向かう途中の駅ボルティモアで乗り換えを行った。そしてボルティモア駅二十時発のニューヨーク行きの汽車に乗ったが、途中駅のハバードグラース (Havre de Grace) ——ボルティモアから五十キロほどニューヨークへ進んだあたり——で、汽車の貨物車両に迷い込んで譫妄状態になっているところを発見された。

ポーを発見した車掌ジョージ・ローリンズは、あの有名な作家のポーがこんな状態になっているのは大変だと考え、「ボルティモアならポーの親類がいるはずだ」と正しく判断して、ポーをボルティモア行きの汽車に乗せたのだった。こうして、ポーはボルティモアへ逆戻りすることになる。そのあと確認できる事実は、本項の冒頭に記した「ボルティモアのイースト・ロンバード街の居酒屋《タヴァン》ガナーズ・ホールの前に倒れていたポーに最初に気づいたのは、雑誌『ボルティモア・サン』の植字工ジョゼフ・W・ウォーカーだった」というところへ飛び、そのあいだに何があったのかわかっていない。

　右の車掌に関する事実は、ポーのまたいとこの

判事ネルソン・ポーが調査して得た情報なので信頼できる。しかし、右の説明だけでは、倒れていたときボロ服を着ていた理由がわからない。そこで浮上するのがクーピング説である。

クーピング説を最初に思いついたのは、事件七日前にもポーと会っていた、ポーをよく知る『サザン・リテラリー・メッセンジャー』編集者ジョン・R・トンプソンである。彼は、当初、ポーの死因は飲酒による譫妄だと述べていたが、それでは「ボロ服」の説明がつかないと気づいたらしく、一八六〇年代後半からポーに関する講演を行ってクーピング説を展開し、ポーは「十一か所の投票所を引き回されて投票させられた」という表現を用いた（講演の出版は一九二九年）。そして、トンプソンがまことしやかに用いた「十一か所の投票所で投票させられた」という表現が、トンプソンと仲のよかった記者リチャード・H・ストダードによって『ハーパーズ・マンスリー・マガジン』一八七二年九月号掲載の記事で活字になった。そこには次のように記されているが、ポーが倒れていたのを発見されたのは十月三日なのだから、日付からして、いい加減な記事であることがわかる。

「ポーは十月二日か三日にリッチモンドを出発した。そのあとの四、五日のあいだに何があったのかはかなり不詳であるが、確かに言えるかぎりの事実は以下のようなものと思われる。彼はボルティモアに無事到着したが、不幸なことに、乗り換え列車を待つあいだに友人と一杯酌み交わしてしまい、その結果、譫妄状態となって、フィラデルフィア行きの列車の車掌によってハバードグラースから引き戻されることになった。ボルティモアは選挙で沸き返る日の前日であり、ボルティモアの通りをふらついているあいだに、何らかの政治団体の不法な組織に捕まり、一晩地下に閉じ込められた。翌日、薬を盛られて正気を失った状態で連れ出され、十一か所の投票所で投票させられた。その翌日、〝本部〟の裏の部屋で発見され、ボルティモア街北のブロードウェイにある病院に運ばれたのである」（Richard H. Stoddard, "Edgar Allan Poe," *Harper's Monthly Magazine*, September 1872, vol. 45 (whole no. 268), 45: 557-568）。

この記事は推測に基づいて書かれており、〝グープ〟されたことも確かでなければ、「乗り換え列車を待つあいだに友人と一杯酌み交わし」たことも確かではない（そんな「友人」は特定されていない）。実は、この記事が書かれた前年にジョージ・B・コールというボルティモアの写真家が、ポーのまたいとこの判事ネルソン・ポーに取材をして取材した情報をストダードに送っており、この記事はそれに基づいて書かれたことがわかっている（Matthew Pearl, "A Poe Death Dossier: Discoveries and Queries in the Death of Edgar Allan Poe: Part II," *The Edgar Allan Poe Review*, Spring 2007, Vol. 8, No. 1, pp. 8-31 (p. 10)）。

推測であろうがなかろうが、この記事が水に投じられた最初の石となり、波紋はひろがっていった。『ザ・サザン・マガジン』一八七四年八月号に、ウィリアム・ベアードが類似の記事を掲載すると、のちにジョンズ・ホプキンズ大学英文学教授となる文人ウィリアム・ハンド・ブラウンが、ポーの伝記を書こうとしていたジョン・イングラムに手紙（八月二十四日付）を書き、このベアードの記事に注意を喚起すると同時に、ボルティモアの歴史家ジョン・トマス・シャーフの『ボルティモア年代記』に一八五八年のクーピングの事例があることを示した。そこには「不幸な庶民のみならず正直な紳士も拉致され、汚れた隠れ家に〝クープ〟され、薬を盛られ、ウィスキーで酩酊《めいてい》させられ、それから乗合馬車で引き回されて、選挙所を次々にまわって『投票』させられた」とあった（John Thomas Scharf, *The Chronicles of Baltimore*, Baltimore, Turnbull, 1874, p. 566)。ブラウンは、一八七五年十二月のイングラム宛ての手紙で、ポーがクープされたのはまちがいないと念押しをした。こうして、一八八〇年五月には、クーピング説の可能性を示唆したイングラムによる二巻本のポーの伝記が出版されることになる。なお、以上の手紙はすべてJ・C・ミラーの本にまとめられている（John Carl Miller, *Building Poe Biography*, Baton Rouge: Louisiana State University Press, 1977, pp. 66-85)。

ポーがクーピングの犠牲者なのかどうかわからないが、クーピングなるものが一八四九年の時点であったことは確かだ。学者ダグ・ボルターの調査によって、一八四九年十月の段階で「クーピングを警戒せよ」という報道があったことが明らかになっている（Jeffrey Savoye, "The Mysterious Death of Edgar Allan Poe," https://www.eapoe.org/geninfo/

poedeath.htm)。

以上から、当時クーピングなる政治不正行為があった、ないし警戒されていたことが確認される。ただし、ポーが倒れていたのが発見された翌日の十月四日付の『ボルティモア・サン』紙は、前日の選挙の模様を次のように報じている。

「一日を通して町にはほとんど興奮はなく、夜も穏やかだった。選挙は極めて調和的に終わり、投票所等で騒ぎがあったという話も聞かない。投票は粛々と進められ、〔中略〕勝利を得た党が少し音楽を奏し始め、夕刻にかがり火が通りを明るくし、爆竹が鳴って勝利を祝っていた」

警戒はされたが、実際に不正行為は起こらなかったかのような報道だ。そして、ここが重要な点なのだが、仮にそういう行為が実際になされていたとして、犠牲者の服を替えるなどして「変装」させる必要が果たしてあったのかという疑問が生じる。選挙所を次々にまわって投票させるのであれば、それぞれの選挙所の係員はその犠牲者を初めて見るのであるから、変装の必要などないはずだ。変装の目的は、その人の正体をカモフラージュするためのはずだが、「十一か所の投票所」を引き回すのにボロ服に着替えさせる必要がどこにあるのだろうか。それに、ポーは有名人であり、車掌も第一発見者のウォーカーもすぐにポーだと気づいたほどなのだから、そういう人をクーピングに利用するだろうか。多くの場合、クーピングの犠牲者は移民だった。クーピング説では、ポーの変装の説明がどうにもつかないように思われる。

ポーの服に関しては、またいとこのネルソン・ポーが、ポーの叔母《おば》にして義母のマリア・クレム夫人に宛てて「ヘリングさん〔前出のポーの義理の叔父《おじ》〕と私は、エドガーのトランクと服を捜したのですが、見つかりません。奪われたにちがいないのです。エドガーが、奪われたことがわからない状態になっているときに……」と書き送っている（十月十一日）。

ここで浮上してくるのが暴漢説だ。ポーは雑誌発行のために購読者を募ってかなりの予約金を集めていたはずだが、発見時に金銭は所持していなかったことから、金目当ての暴漢に襲われたのではないかと疑われた。かりに賊が、ポーが金を所持していることを知らなくても、立派な身なりのポーからトランクと服を奪い、ついでに金も奪ったのかもしれない。

その場合、ネルソン・ポーが言ったように、その悪党は、ポーが「奪われたことがわからない状態」、つまりふらふらになっているところを狙って荷物を奪い、立派な服を脱がせてから、ボロ服を着せたのだろうか。しかし、「感覚を失っていて」「死体のように」ぐでんとなった人に服を着せるのは容易ではなく、時間がかかるものだ。犯行現場から直ちに立ち去りたいはずの犯人が、そんな手間をかけるだろうか。服をはぎとったら、荷物を奪って逃げればよいのではないのか。それとも、ポーの意識がはっきりしているうちに脅して服を着替えさせてから、酒を呑《の》ませてふらふらにしたのだろうか。いずれにしても、その暴漢は、身なりのよい人の服を奪うためにボロ服を携帯していたことになる。そんな用意のいい暴漢がいるだろうか。

因《ちな》みに、編集者グリズウォルドがポーのトランクには重要な原稿が入っているはずだからと、リッチモンド在住の仲間の編集者ジョン・R・トンプソンに十月二十五日付の手紙で「ポーのトランクがまだ見つかっていないのだが、何か手がかりはないか？」と尋ねた。トンプソンは、リッチモンド在住のマッケンジー家――ポーの妹ロザリーを引き取ってくれた家族で、ポーは親しく付き合っていた――にも声をかけたらしく、マッケンジー家の息子が、家の近くのポーが泊まっていた宿スワン・タヴァンを捜して、その宿の地下にポーが残していった荷物〔この点については後述する〕を発見した。トランクはトンプソンからネルソン・ポーへ送られ、ネルソン・ポーは十一月一日のグリズウォルド宛ての手紙で「トランクを開けてみたが、あまり価値のあるものはない」と記している。トランクの中に入っていたのは、「詩の原理」についての講演原稿と、『グレイアムズ・マガジン』掲載予定の「書評される書評子」の原稿、自筆で修正がぎっしり書き込まれたポーの本が数冊、それと数通の手紙だった。衣服についての言及はない。

ポーの死の謎に迫るには、なぜボロ服を着ていたのか、あるいは着せられていたのかを解明しなければならないが、これまで考えられてきたクーピング説や暴漢説ではどうにも納得がいかない。新しい推理が必要なようだ。

まずは、倒れていたポーが発見されたときの状況を再確認しよう。訂正すべきはマラッカ杖《づえ》に関する事実だけにとどまらない。もっと重要な、信じがたいほど驚くべき訂正が必要なのである。

すなわち、これまでどの伝記にも、ポーは泥酔状態で発見されたと記されてきたが、これが〝事実〟なのかという点だ。

これまで、その〝事実〟を疑うものは誰一人としていなかった。しかし、これは現場に駈《か》けつけた医師スノッドグラスの証言のみに基づいているのだ。それをもとに、「ポーは酒に溺《おぼ》れて死んだ」と言われるようになったのである。ところが、病院に運ばれたポーを診察したジョン・J・モラン医師は「ポーに、酒に酔っている様子はなかった」と言う（John J. Moran, *A Defense of Edgar Allan Poe: Life, Character and Dying Declarations of the Poet*, Washington: Boogher Publisher, 1885, pp. 21, 55)。

モラン医師が、クレム夫人に書き送った手紙（十一月十五日）に記された当時のポーの症状は、意識の混濁、手足の震え、常に話しつづける譫妄状態、壁に何かが見えるという幻覚、大量の発汗と顔面蒼白《そうはく》であった。泥酔への言及は一切ない。実は、スノッドグラス医師は筋金入りの禁酒主義者であり、一八四五年七月四日に

「禁酒の歌」を作詞したことでも知られるボルティモアの禁酒運動の指導者であった。事件当日の十月三日の選挙の争点の一つも、日曜を禁酒の日と定める「節制日曜法」を通すか否かであった。法案推進派は、そのためにジョン・ウォッチマンなる男を立候補させていたが、ウォッチマンが町の居酒屋で飲酒をしていたのが目撃されてしまい、十月二日の段階で、推進派はウォッチマンを候補から下ろす声明を発表した。その声明文を書いたのが、ほかならぬスノッドグラスなのだ。こうして酒飲みによって恥辱を味わわされたこの禁酒運動活動家は、その翌日、こともあろうに居酒屋で倒れているポーを救うために呼び出されたのである（Matthew Pearl, “A Poe Death Dossier: Discoveries and Queries in the Death of Edgar Allan Poe: Part I,” *The Edgar Allan Poe Review*, Fall 2006, Vol. 7, No. 2, pp. 4–29(p. 11)）。

　ポーに関する最初の記事をスノッドグラスが一八五六年にニューヨーク市の『女性節制新聞』に書き送っているのも、泥酔して死亡した有名作家の話を戒めにしようという魂胆あってのことと推察される。

　つまり、スノッドグラスが、居酒屋に倒れていたポーの意識混濁状態を酩酊《めいてい》と決めつけた可能性が、大であるということである。

　第一発見者のジョゼフ・ウォーカーがスノッドグラス医師を呼ぶ際に認《したた》めたメモも、スノッドグラスの頭のなかでは別の意味に変換されてしまっていた。メモには、こうあった。

「一八四九年十月三日、ボルティモア市にて

拝啓。ライアンの第四投票所に、かなりやつれた紳士がおり、エドガー・A・ポーと名乗り、過度の窮状にあるようで、あなたと知り合いだと言っています。直ちに助けに来てあげてください。

取り急ぎまして、敬具

ジョゼフ・W・ウォーカー

J・E・スノッドグラス先生へ」

スノッドグラスは、これを後に引用する際に「かなりやつれた」のところを「泥酔した」と誤って引用し、さらに後日には「酔い潰《つぶ》れた」としている（"Edgar Allan Poe's Problematic Biography," on *Edgar Allan Poe Society of Baltimore* Website, 2018）。

おそらくウォーカーは、道に倒れていたポーを店の中へ運び込み、肘掛《ひじか》け椅子《いす》に座らせた経緯をスノッドグラスに説明しなかったか、あるいは説明してもスノッドグラスの耳には入っていなかったのであろう。後日、ポーの死因に関して「暴漢に殴打された」という説が雑誌に発表された際にスノッドグラスが反論した次の文章から、店

の肘掛け椅子にぐったりと腰掛けたポーを見たときに彼が何を思ったかがわかる。

「〔一八六七年〕二月の『ビードルズ・マンスリー』誌に、エドガー・アラン・ポーの死因とその容態に関して、ある言及がありましたが、彼を診察した事実を知る者として、事実を述べておくのは歴史上必要と感じました。

　私の言う問題の記事はこれです。

『アメリカン・サイクロペディア』に、エドガー・ポーは故郷の都市で酒に溺《おぼ》れて死んだと記載されているが、これは事実ではない」

　残念ながら、この発言をなさった方へ敬意を払いつつ、そして私の個人的友人でもあった故人の思い出に敬意を払いつつも、悲しいかな、これが真実なのです！　事件の事実は単純に以下のとおりです――一八四九年十一月一日火曜日〔原文ママ〕、雨の降る寒い日、私は、ウォーカーという名の印刷屋から署名入りのメモを受け取りました。彼は私が編集している『ボルティモア・サタデー・ヴィジター』誌の植字工であるため、私がポー氏に深い興味を抱いていることを知っていたのです。そのメモには、ポーの名を名乗る男が、私の知り合いだと言って、ハイ・ストリート（ボルティモア）近くのロンバード街のクース&サージャント宿屋《タヴァン》で泥酔して、明らかに窮乏しており、私の名を知己の名として口にしたとありました。

私は、その飲み屋《サルーン》へ急行しました。宿屋《タヴァン》などと偉そうな名をつけていても実態は飲み屋なのです。そして、確かに、そこにいたのは、ウォーカー氏が描写したとおりの状態に出来上がっていたエドガー・アラン・ポーでした。バーの部屋で肘掛け椅子に座り、頭をがくんと前に垂れ、酒で朦朧《もうろう》となっていて、以前に訪問を受けたときのきちんとした着こなしの快活な紳士とはすっかり様変わりしていたため、選挙のために投票所となっていた宿屋《タヴァン》に集まっていたそれほど酩酊していない群衆と、パッと目には見分けがつかないほどでした」

　このあとスノッドグラスは、酔客らが集まる場への侮蔑《ぶべつ》を籠《こ》めつつ、ポーを二階の一室へ運んだこと、ポーの一人の親族と相談してワシントン・カレッジ病院へ入院させる手配をして、入院六日後〔原文ママ〕に死んだと記したあと、こうつづく――

「その病気が *mania a potu*〔酩酊による錯乱〕であったことを、私は一瞬も疑いません。〝酒に溺れた〟結果、直ちに *mania a potu* となったわけですから、『ニュー・アメリカン・サイクロペディア』ほど権威を認められている本をこれほどばっさりと切り捨てるような身の程知らずの文が、いつもは信頼できる『ビードルズ・マガジン』〔ママ〕に掲載されているのを見て驚いてしまいました。〔中略〕さて、ポーの死が〝殴打〟に起因する〝脳炎〟であると先に引用した執筆者の推論に移りましょう。私が宿《タヴ》屋《アン》へ助けに行ったとき、そのような暴力を受けた跡は、彼の体のどこにも見られなかったことは確かです。また、外的な暴力が彼の錯乱の原因であるとしたら、そうしたことは当然発見されるはずの病院に於《お》いても、そのような跡は認められませんでした。もしそうなら、患者の体に肉体的な痕《あと》がつくはずです。この点を鑑《かんが》みて、殴打という仮説はもはや却下する潮時であろうと謹んで申し上げます」（Snodgrass, “The Facts of Poe's Death and Burial,” *Beadle's Monthly*, May 1867, pp. 283–287）

繰り返すが、これまで、ポーが泥酔状態で発見されたとしてきたのは、唯一、スノッドグラスの証言に依拠してきたことに注意しなければならない。その意味で、当時の『ボルティモア・クリッパー』紙（一八四九年十月九日）が「ポーは脳充血により死亡」と報じたのは、冷静だったと言うべきだろう。『サン』紙（十月八日）は「四、五日つづいた病気ののちに死亡」と報じ、『ニューヨーク経済ジャーナル』（十月九日）は、ポーはここ数年病気がちであったため、訃報《ふほう》は予期されていなかったわけではないと報じた。ポーがそれまで何度も振戦譫妄の発作で担ぎ込まれていて、今度発作を起こしたら命はないと言われていたことを知る人々は、訃報に驚かなかったのかもしれない。そして、暗黙の裡《うち》に、ポーの飲酒癖が原因と理解していたのかもしれない。

ポーが入院後死亡に至るまでの様子を知る唯一の人物であるモラン医師は、ポーは酩酊の影響で死んだのではないし、酒の臭いは彼の息からしなかったと述べた上で、次のように証言している――「ポーは二人の暴漢に襲われ、金を奪われ、着ていた服を剥《は》ぎ取られ、汚い服に着替えさせられ、なかば意識を失った状態で寒い十月の夜気にさらされたのである」――モラン医師は、ポーがボルティモアに着いたのは十月五日で、病院に運ばれてきたのは六日の朝九時とするなど記述に誤謬《ごびゅう》が多い上、話を膨らませる虚言癖があって記述にあまりにも矛盾が多いため信頼できないとされている(William T. Bandy, “Dr. Moran and the Poe-Reynolds Myth,” *Myths and Reality*, Baltimore: The Edgar Allan Poe Society, 1987, pp. 26-36)。だが、「暴漢に襲われた」という話はどこから出てきたのだろうか。モラン医師がでっちあげた話として黙殺してよいのだろうか。モラン医師の記述がいくらまちがいだらけといっても、さすがに何もないところからこんな話は出てこないのではないだろうか。たとえば、ポーの幻覚かもしれないが、「襲われた」とか「襲われる」などとポーが口走ったことをもとに、モラン医師が推測した可能性もあるだろう。後述するように、ポーが「襲われる」と口走るのは、これが初めてではないのだ。

　ポーが「襲われる」ということに関して言えば、事実として確認できる逸話に次のようなものがある。

　一八四六年一月、作家エリザベス・エレットがポー宅を訪ねたところ、ポーが詩人フランシス・オズグッド夫人からもらった恋文めいた手紙を妻ヴァージニアに読んでやっているのをたまたま立ち聞きし――とは、エレット自身の語る話に拠《よ》れば、であって、エレットは「作家セアラ・アナ・ルイスの家でもてなされているあいだに彼女の机の中をひっかきまわした嫌疑をかけられた」悪名高い人物でもある（Silverman, p. 288）――フランシス・オズグッドの恋文まがいの手紙がポーの手中にあるのはよくないと感じたエレットは、オズグッドにこのことを告げ、手紙を返してもらったほうがいいと忠告した。オズグッドは当時三人目の子を妊娠中で、ポーの子ではないかという噂さえ飛び交う状況で、自分からポーにそんなことを言いだそうとはしなかった。すると、文士仲間のマーガレット・フラーとアン・C・リンチが代わりにポーに迫って、オズグッドの手紙を返してやるべきだと彼に要求したため、彼は「余計なお世話だ」と怒り、「エレットは自分の手紙の心配をしたほうがいい」と激しい口調で言ってしまった。

　ポーの話に拠れば、カッとなって余計なことを言ったのを後悔したポーは、エレットの手紙をまとめて包みにして彼女の戸口の前に置いて返却した。ところが、返却などされていないとするエレットの兄弟のウィリアム・ルミス大佐は、「エレットの手紙を返却するか、さもなければ手紙に関する発言を撤回して謝罪せよ」と、ポーに決闘を申し込んだ。

　ポーの友人だった作家トマス・ダン・イングリッシュに拠れば、ポーはそのとき、エレットの兄弟に脅されているのでピストルを貸してくれとイングリッシュの部屋にやってきた。イングリッシュが「決闘などしないで、エレットに手紙を返してやればいいではないか」と言うと、ポーは「無理強いされて返すのは嫌だ」と述べ、イングリッシュが「そんな手紙など最初からなかったのではないか」と言ったために口論となり、殴り合いの喧嘩《けんか》となった。十歳若いイングリッシュのほうが強く、ポーは顔面を殴られ、イングリッシュの指輪で顔を切った。隣の部屋にいた共通の友人のトマス・ワイアット教授が騒ぎを聞いて駈《か》けつけ、二人を引き離した。

この喧嘩の結果、ポーは病の床に就いてしまうが、かかりつけの医者であるジョン・W・フランシス医師を通して、エリザベス・エレットに悔悟の手紙を送り、彼女から破廉恥な手紙を受け取ったと言った記憶はなく、言ったとしたら「ときどき起こる錯乱の発作のせい」だと述べた〔イングリッシュが伝える表現〕。医者はまた、ポーは「かなり怯《おび》えており」、エレットの兄弟がこれで赦《ゆる》してやらないと、ポーの精神状態は危険になると告げた。エレットは、ポーが「錯乱の発作」のせいで彼女を中傷したと公表し、イングリッシュも、ポーは「錯乱した」と感じると何度も言っていると述べ、やがてそれは新聞でも報道されるようになる（*The Poe Log*, p. 623; Silverman, pp. 291–2; Jeffrey Meyers, *Edgar Allan Poe: His Life and Legacy*, New York: Cooper Square Press, 1992, p. 192）。ポーは、六月十五日付の『レヴェイユ』誌編集長への手紙でも、「この数か月ひどい病気である」と述べている。

この事件を「エレット手紙事件」と言及することにしたい。実は、ポーが奇妙な振る舞いをするようになるのは、この事件以降なのである。翌年一月に妻ヴァージニアが亡くなり、ポーはその悲しみを酒で癒したと言われている。そして、一八四八年になるとポーの奇行がさらに頻繁に目撃され、それらは飲酒が原因であるとされてきた。その流れに沿って「ポーは酒に溺れて死んだ」という言説がひろまっていった。果たしてその解釈で正しいのだろうか。これまでの考察を踏まえて、事件の全貌を確認することにしよう。以下、ポーの死に至るまで、現在知られている事実を、死の講演旅行出発の時点から追っていく。

事件九十六日前――一八四九年六月二十九日（金）午後、ポーは、「マディ」ことマリア叔母《おば》さん（妻ヴァージニアの母でもあるマリア・クレム夫人）と、詩人セアラ・アナ・ロビンソン・ルイス、そして彼女の夫シルヴェイナス・ルイスとともに、ブルックリンのルイス宅で食事をし、午後五時にリッチモンドへの講演旅行に出発した。ルイスは「玄関でさよならをするとき、ポーは滂沱《ぼうだ》の涙を流してマディと妻に別れのキスをした」と記している。これが最後の別れとなった。

事件九十五日前――六月三十日（土）、フィラデルフィア着。リッチモンドで行う予定の講演の原稿を入れた鞄《かばん》を駅で紛失。

事件九十四日前――七月一日（日）、酩酊していたために、モヤメンシング刑務所に数時間勾留《こうりゅう》された。勾留中にマリア叔母さんがバラバラになる恐ろしい幻覚を見る。

事件八十八日前――七月七日（土）、フィラデルフィアではコレラが蔓延《まんえん》。ポーはマリア叔母さんへ次のように手紙を書いた――「かなり具合が悪いです。コレラか、それに似た痙攣があって、ペンもほとんど持てません……この手紙を受け取ったらすぐに僕のところへ来てください。……僕らは一緒にしか死ねません。今、僕に理を説いても無駄です。僕は死なねばなりません。僕は『ユリイカ』（宇宙の本質を直観的に論じた論考）を仕上げてから生きる欲望をなくしました。あれ以上のものは書けません」

事件八十五日前――七月十日（火）、失くした鞄をフィラデルフィア駅で発見。

事件八十三日前――七月十二日（木）頃、リッチモンドへの旅費を借りようと、知り合いのフィラデルフィア市民何人かを訪れるが、断られる。ポーを尊敬する小説家ジョージ・リパード（二十七歳）は、ポーがひどい恰好《かっこう》をして靴を片足だけ履いて印刷所の階段を上がるところを目撃。ポーは「食べるパンもなければ寝るところもない」と語った。

事件八十二日前――七月十三日（金）、リパードは雑誌出版者のルイス・A・ゴディとサミュエル・D・パタソンをつかまえ、二人はポーに五ドルずつ与えた。ポーは午後十時の汽車でボルティモアへ出発した。ボルティモアまでの切符代三ドルを支払ったのは、リパードの友人で雑誌編集もする牧師チャールズ・バーだった。リパードとバーは、その日一日ずっとポーに付き合い、駅まで見送ったが、「別れる際、汽車の窓から私の手をじっと握りしめたポーの声や表情や態度には、彼の波瀾《はらん》万丈の生涯が終わりに近づいている予兆のようなものがあった」とリパードは回想する。

事件八十一日前――七月十四日（土）、ポーはボルティモアを経由してリッチモンドに着き、ニュー・アメリカン・ホテルに部屋をとる。マリア叔母さんへ手紙を書く――「ああ、僕の大事なお母さん〔叔母は義母でもあったので、ポーは母と呼んでいた〕、お別れしてからもう三週間以上経ちますが、その間、あなたの哀れなエディは激しい苦悶《くもん》以外の息をほとんど一つも吐《つ》いていません。〔中略〕

　ああ、母さん、これを書いているあいだもひどく具合が悪いです。〔中略〕

　僕の鞄は十日間行方不明でした。とうとうフィラデルフィア駅で見つけましたが、〔信じられますか〕中を開けられ、講演原稿二つとも盗まれていました。ああ、お母さん、鞄を調べたら、講演原稿がなくなっていたことがどんなに僕に打撃だったか、今晩考えてください。原稿を取り戻すか、もう一度一つ書くかしなければ、ここに来た目的がなくなります。

　B〔チャールズ・バー〕へは命を救ってくれた以上の恩義があります。お母さん、生きているかぎり、彼のことを忘れないでください。万策尽きたとき、彼は友人として立ち上がってくれ、ぼくに金を与え、リッチモンド行きの列車に乗せて見送ってくれたのです。ここに二ドルあります。そのうち一ドル同封します。ああ、神よ、お母さん、またお会いできるでしょうか？ もしできるなら、どうか来てください！ 僕の服はひどいものです……すぐに手紙をください」

事件八十日前――七月十五日（日）頃、妹のロザリーとともに、ミス・スーザン・アーチャー・タリーの実家〝タラヴェラ〟を訪問した。タリーは、この頃のポーの様子を「いつも杖《つえ》を携えて」「黒い口髭《くちひげ》をたくわえていた」と描写しており（Mrs. Susan A. T. Weiss, “The Last Days of Edgar A. Poe,” *Scribner's Magazine*, March 1878, p. 711）、このときも口髭を生やしていたと思われる。

事件七十六日前――七月十九日（木）、叔母からの返信が届き、ポーは少し元気になって次のように返信する。

「この手紙の筆跡から、ぼくが元気になったのがすぐわかると思います。身も心もずっとましになりました。ああ、あなたの大切な手紙がどんなに慰めになるかわかってもらえたら！ 魔法のように効きます。僕の苦しみのほとんどは、拭《ぬぐ》い去ることのできないひどい概念《アイデア》から生じています――あなたが死んだという概念《アイデア》。もう十日以上、一滴も呑んでいないのに完全にひどい精神状態でした。そのあいだに、最悪の恐ろしい災いを想像したのです。

すべては幻覚でした。これまで経験したこともない発作から起きたのです——*mania-a-potu* の発作から。〔中略〕L〔リパード〕とB〔バー〕に（そしてある程度はS〔サーテン〕氏にも）命以上の恩義があります。彼ら〔LとB〕は、先週の金曜に一日じゅう僕と一緒にいてくれて、慰め、僕が正気に戻るように助けてくれました。Lは＊〔ゴディ〕に会い、彼は親切なことを言えるかぎり言って五ドル送ってくれました。P〔パタソン〕も五ドル送ってくれました。Bはボルティモアまでの切符を買ってくれ、そこからリッチモンドまでの旅費は七ドルでした。金曜の朝から一滴も呑んでいません。飲んでもポートワインを少しだけです〔後略〕」

リパードにも手紙を書いて、なくなった原稿を捜してほしいと訴えた。

七月下旬、ポーは寡婦シェルトン夫人となっていた初恋の人セアラ・エルマイラ・ロイスター（愛称マイラ）に結婚を申し込んだ。

事件四十七日前——八月十七日（金）、午後八時、ポーはエクスチェンジ・ホテルにて千六百人の聴衆に講演「詩の原理」を行い、最後は「大鴉」の朗読で締めくくった。聴衆の一人だった小説家ジョン・クックは、ポーのよく通る音楽的な声を褒め、「大鴉」ほかの詩の朗誦《ろうしょう》は音楽のようで、拍手大喝采《かっさい》だったと記している。数日後、新聞各紙も同様の絶賛の記事を掲載した。

事件三十七日前——八月二十七日（月）、ポーは禁酒運動を進める団体 Sons of Temperance に入会し、その後、新聞各紙で報じられる。この頃、あるいは九月上旬頃、ホテルを出て、ブロード・ストリートの安宿スワン・タヴァンへ移る。この宿から東に行けばエルマイラが住んでいるチャーチ・ヒルがあり、西へ行けば、ポーの妹ロザリーを引き取って育ててくれているマッケンジー家（ダンカンズ・ロッジ）があるリッチモンド郊外に出る。ポーはよくマッケンジー家へ遊びに行ったが、その近くには義母ファニー・アランの二十八歳の親戚《しんせき》スーザン・アーチャー・タリー（のちのヴァイス夫人）が住んでいた。タリーに拠《よ》れば、この頃（リッチモンドから出発する約三週間前）ポーは「振戦譫妄《せんもう》を起こして」、マッケンジー家へ担ぎ込まれ、そこで手当てを受けて数日で回復したが、もう一度同じ発作が起きたら命取りになると医師に告げられた。ひょっとすると、立ち直ってすぐ Sons of Temperance に入会したのだろうか。

事件二十六日前——九月七日（金）、ノーフォークへ移動。

事件二十四日前——九月九日（日）、ノーフォークで少ない人数を相手に「大鴉」「アナベル・リー」などを朗誦。

事件十九日前——九月十四日（金）夜八時、ノーフォーク・アカデミーにて「詩の原理」の講演を行い、詩を朗誦する。

事件十六日前——九月十七日（月）夕刻、リッチモンド着。叔母《おば》から二通の手紙が届いている。

事件十五日前――九月十八日（火）叔母への返事に、「エルマイラ・シェルトン〔セアラ・エルマイラ・ロイスターのこと〕が帰ってきていて、昨夜は彼女と過ごしました。誰よりも僕を愛してくれていると思います……次の火曜日にはフィラデルフィアへ戻れると思います……できれば出発前に結婚しようと思います」とある。これがポーの最後の手紙となる。

事件十二日前――九月二十一日（金）『デイリー・リパブリカン』紙と『リッチモンド・ウィッグ』紙が、二十四日のポーの講演の予告記事を載せる。

事件十一日前――九月二十二日（土）、エルマイラは、ポーの求めに応じてクレム夫人（ポーの叔母）に手紙を書くが、ポーの結婚申し込みについて言及していない。

事件九日前――九月二十四日（月）午後八時、ポーはリッチモンドのエクスチェンジ・ホテルにて「詩の原理」の講演を行った。原稿もなしに講演を進め、いつものように「大鴉」を朗誦して締めくくった。

事件八日前――九月二十五日（火）ポーは、リッチモンド在住のミス・スーザン・アーチャー・タリーの実家〝タラヴェラ〟を訪問した。

事件七日前――九月二十六日（水）ポーは、リッチモンドの『サザン・リテラリー・メッセンジャー』編集部にジョン・R・トンプソンを訪ね、明日の朝ニューヨークへ向かい、途中でフィラデルフィアに寄ってセント＝レオン・ラウド夫人の詩を編集する予定だと告げ（夫人の実業家の夫ジョン・ラウドから百ドルの報酬を約束されていた）、旅費の足しにと五ドルを借り、代わりに「アナベル・リー」の原稿を渡す。夕方、エルマイラ宅を悲し気な表情で訪れ、かなり具合が悪いと訴える。彼女がポーの脈を診ると、ひどい熱があったので、明日の出立は無理だと彼女は思った。

夜九時半ごろ、ポーは、リッチモンドの知り合いのジョン・カーター医師のオフィスを訪ね、一時間談笑した。ポーは完璧《かんぺき》なしらふで快活だったという。このときのことをカーター医師はこう述べている――「その晩、ポーはしばらく座って話していましたが、そのあいだ、最近私が友人からもらったきれいな、剣が仕かけてあるマラッカ杖をもてあそんでおり、それから不意に立ち上がると『数分間、サドラーズ（近くにある人気のレストラン）へ行ってくる』と言って、それきり何も言わずに、私の杖を持ったまま立ち去りました。そんな立ち去り方だったので、すぐに戻ってくるだろうと思っていたら、もう二度と会うことはなく、翌日早朝の船でボルティモアへ発《た》ったと知って驚いたのです」（Dr. John F. Carter, "Edgar Poe's Last Night in Richmond," *Lippincott's Monthly Magazine*, November 1902, vol. LXX (whole no. 419), 70: 562–566, pp. 565–6）。

ポーは自分の杖と医師の杖をとりちがえたまま、自分の杖と本（トマス・ムーア著『アイルランド旋律』）を置き忘れて、医師宅を去ったのである。

事件六日前——九月二十七日（木）、ポーが早朝四時発の蒸気船に乗り、ヴァージニア州リッチモンドを去り、ボルティモアへ向かったと知ったカーター医師が、この日レストランへ行って確認したところ、ポーは店で何人かの知り合いと出会い、その人たちと一緒に船に乗るために店を深夜十二時に出たという。ポーは陽気で、酔っていなかったが、荷物は宿（スワン・タヴァン）に置いたままだった。

マラッカ杖は、死に至るポーの旅路の伴侶《はんりょ》となったとこれまで考えられてきたが、ポー研究者サヴォエがその論考（Jeffrey A. Savoye, "Two Biographical Digressions: Poe's Wandering Trunk and Dr. Carter's Mysterious Sword Cane," *Edgar Allan Poe Review*, Fall 2004, 5:15–42）で指摘するように、これは誤りであった。カーター医師は先ほどの記述をこうつづけている。「〔レストラン経営者の〕サドラーに拠れば、ポーは元気で〔深夜まで店にいたにも拘わらず酒も呑まず〕しらふだったとのことですが、スワン・タヴァンの宿に荷物を置き忘れたようですから、どうやら酒を呑んでいたのではないかと思われます。その荷物は、彼の死後マッケンジー夫人の息子の一人によってニューヨークのクレム夫人〔ポーのマリア叔母〕に転送されましたが、同じ経路で私は、ポーがうっかり取って行ってしまった私の杖を受け取りました」——この言葉から読み取れるのは、杖は宿に置き忘れた荷物と一緒にあったということであろう。倒れたポーと一緒に病院に運ばれたとは読めない。ところが、スーザン・アーチャー・タリーがこの言葉を読みまちがえて、その本『ポーの家庭生活』(*The Home Life of Poe*, New York: Broadway, 1907, p. 207) に於《お》いて「この杖《つえ》は、カーター医師の求めに応じて、〔病院の〕モラン医師がそれをクレム夫人に送り、クレム夫人から医師に返却された」と記述したことから誤りが起こった。タリーが推測で付け加えた「モラン医師がそれをクレム夫人に送り」の一言が、直後にウッドベリーの伝記(第二巻、一九〇九)に取り込まれ、その誤りが踏襲されていったのである。杖はボルティモアへ旅しなかったのであるから、ポーとともに病院に運ばれることもなく、病院でポーの診察に当たったモラン医師の目に触れることはなかったはずで、もちろんモラン医師の記録に杖への言及は一切ない。そしてサヴォエが指摘するとおり、十月三日にポーが発見されたとき、誰一人、ポーが杖を持っていたと証言する者はいなかった。杖の謎はこれで消えるのである。

事件五日前――九月二十八日(金)、前日の早朝四時発の船に乗っていれば、この日にはボルティモアに着いているはずであるが、ここから五日間の空白があり、ポーがどこにいたのか不明とされてきた。しかも、その後の調査で、木曜の早朝四時にリッチモンドから出るボルティモア行きの船はなかったことが判明して、さらに謎が深まっている。一つの可能性として、四時発の船がないことに気づいたポーは、汽車でボルティモアへ向かうことにしたとも考えられる。船より高くつくが、ずっと速い。ウッドベリーやフィリップスの伝記に拠れば、ポーは、ボルティモアのN・C・ブルックス医師の家を訪ねたが、留守だった。

事件四日前――九月二十九日（土）、フィリップスの伝記に拠れば、夜八時のフィラデルフィア行きの汽車に乗ろうとして、ボルティモアのブラッドショー・ホテルから駅へ向かってプラット・ストリートを横切っているポーが目撃されたという（Mary E. Phillips, *Edgar Allan Poe: The Man*, Chicago: Winston, 1926, p. 1498）。ポーは、フィラデルフィア在住のラウド夫人の詩を編集する約束をしていたし、マリア叔母に手紙を「E・S・T・グレイ宛て」にしてフィラデルフィア郵便局留めで送っておいてほしいと依頼しており、フィラデルフィアは当初から立ち寄る予定の町だった（「E・S・T・グレイ」はポーがときどき用いた偽名であり、本名を使うと本来の住所のニューヨークへ転送されてしまう恐れがあるため、転送されないように局留めにするには偽名を用いる必要があったのである）。

事件三日前――九月三十日（日）、前日の夜八時の汽車に乗ったのであれば、午前二時にフィラデルフィアに着いているはず。フィラデルフィアでポーと再会したという、ポーより五歳年下の友人トマス・H・レインの証言（伝聞）が残っており、それに拠れば、フィラデルフィアに着いたポーは、レインの叔母の夫であるジェイムズ・P・モスらと酒を呑み、気分が悪くなってモスの家へ連れていかれた。翌日（十月一日）、具合が悪いまま、ポーは――クィンの伝記に拠れば、ニューヨークへ向かうと言って――結局ラウド夫人の詩の編集はせずに――家を出たという（Quinn, p. 637;

Phillips, p. 1498)。

フィラデルフィアの郵便局に九月二十九日の時点でマリア叔母からポー宛ての手紙が三通届いたまま残っており、ポーがフィラデルフィアにいたら受け取りに行ったはずだとして、ポー研究者パールは、ポーはフィラデルフィアに来なかったと考えている（Pearl, “A Poe Death Dossier: Part I,” p. 24）が、次の逸話が示すようにポーが襲撃を恐れて「身を隠す必要」を感じていたのであれば、郵便局に自分宛ての手紙を取りに行くような危険をあえて冒さなかったとも考えられる。

事件二日前——十月一日（月）。さて、ここで一つ推理を加えよう。ポーは講演旅行中にフィラデルフィア在住の雑誌『ユニオン・マガジン』編集者・版画画家ジョン・サーテンの版画工房を訪ねているのだが、後述するようにこれまでの研究では、これは七月に起こった出来事とされてきた。本書では、これを十月一日の出来事として考えてみたい。サーテンは、そのときの模様をこう語る——

「最後にポー氏を見たのは一八四九年でした。それも、かなり奇妙で恐ろしい状態だったので、決して忘れることはできません。ある月曜の午後早く、彼は突然私の版画工房を訪ねてきました。蒼褪《あおざ》めて窶《やつ》れており、目は血走っていました。私がそれに気づいたことがわからないふりをして温かく握手し、座るように勧めると、彼はこう切り出しました。『サーテンさん、私を匿《かくま》ってほしいのです。これからお話しすることは信じがたいでしょう——そんなことがこの十九世紀にありえるなんて。しばらくのあいだ私は身を隠す必要があるのです。お宅にいてもいいでしょうか？』『もちろんです』と私は言いました。『いつまでもお好きなだけ。私の自宅なら完璧に安全ですから』彼は私に感謝し、それから、説明を始めました。彼はニューヨークへ行く途中の汽車で、自分より数席後ろに座った男たちが、『どうやってポーを殺し、車両のタラップから放り出そうか』と話しているのを聞いてしまったそうで、とてもひそひそと話していたので、ポーは『自分の聴覚がものすごく研ぎ澄まされていなかったら言葉を聞きとることはできなかっただろう』と言います。ポーは、『汽車の座席にじっと座ったままで、計画を聞きつけた様子はおくびにも出さなかったので、感づかれることはなかった。ボーデンタウン〔305ページの地図参照〕で男たちをまく機会を窺《うかが》い、列車が駅に着くと、プラットホームに降りて、汽車がまた動き出すまで隠れていた。次の汽車でフィラデルフィアに戻ってきて、サーテンさんのところへ助けを求めに急いだ』と言うのです。私は、ポーを大歓迎するが、そんなことはすべて気のせいなのではないかと言いました。危険を冒してまでポーの命を奪おうとする人なんているだろうか、と。ポーは『復讐《ふくしゅう》されるんだ』と言いました。『何の復讐？』と私。『まあ、女性問題だ』とポーは答えました。

　私は彼が居心地よくなるようにしてやり、自分の仕事に戻りましたが、手につきませんでした。ときどき会話を交わすうち、彼の考えの流れが妙な具合に変わったことに気づきました。生命の恐怖に震え、殺されると怯《おび》えるうちに、いっそのこと自殺してしまったらどうかと考えているのがわかりました。長い沈黙ののちに、ポーは急に『僕のこの口髭《くちひげ》がなければ、すぐには見つからないよね。剃刀《かみそり》を貸してくれるかな。剃《そ》りたいんだ』と言い出しました。私は、自分では鬚《ひげ》を剃らないので剃刀はないが、口髭を落としたいなら、鋏《はさみ》でやってあげようと言いました。そして、彼を浴室へ連れて行き、うまいこと作業を終えました」（John Sartain, “Reminiscences of Edgar Allan Poe,” *Lippincott's*, vol. XLIII, no. 3, March 1889, 43:411-415）。夕方、ポーをスクールキル川に臨む美しいフェアマウント・ウォーターワークスの建物へ案内すると、ポーはモヤメンシング刑務所に勾留《こうりゅう》されたあいだに「奇妙で幻想的な」幻覚を見たと話しだし、クレム夫人がバラバラになる幻覚もあったと言う。「ポーは、想像した光景の恐怖から一種の痙攣《けいれん》を起こしました……ポーが発作的に私を抱きかかえたまま建物から飛び下りて川へ急に身を投げやしないかと思ったので……どうやら月も出ないようだからまた下へおりようよと提案し……無事に家へ連れ帰り、居間のソファーベッドを彼に使わせ、私は服も脱がずに椅子を三つ並べて彼の横で寝ました」

これまでの研究では、この出来事は七月二日の月曜に起こったこととされ、そのため、ポーのいつものとりとめもない幻覚の一つとして捨て置かれてきた。しかし、ポーはサーテンと別れるときに、これからニューヨークへ向かうと言ったという。七月の時点でポーはニューヨークから出てきたばかりでリッチモンドへ向かおうとしていたのであるから、この出来事は、リッチモンドでの講演を終えてニューヨークへ帰るときに起こったと考えるべきではないだろうか。ポーがニューヨークへ向かう途中ボーデンタウンで下車したという話も、それで辻褄《つじつま》が合う。また、伝記作家クィンは、七月十五日にリッチモンドに着いた直後のポーは口髭をたくわえていた（七月十五日の記述参照）ので、サーテンの説明は（七月上旬だとすると）「誤っているように思われる」としている（p. 616）が、十月と考えればこの問題も解決する。十月のポーは、スノッドグラス医師に言わせると「きちんとした着こなしの快活な紳士とはすっかり様変わりしていた」そうだが、口髭がなかったためにその印象が強まったのかもしれないし、ポーとは初対面であるモラン医師は口髭が剃られていることについて何も気づかなかったのであろう。

一八九三年二月二十五日付『ボストン・イヴニング・トランスクリプト』紙にサーテンが寄せた手記では、この出来事は「彼の悲劇的な死の一か月前」のこととなっているが（Richard Tuerk, “John Sartain and E. A. Poe,” *Poe Studies*, 4.2, December 1971, pp. 21-23）、サーテンが記した「ある月曜の午後早く」とはいつのことなのか。「月曜」という記述を信じるのであれば、ポーが講演旅行中にフィラデルフィアにいた期間で月曜はいつかを考えればよい。ポーは六月三十日(土)にフィラデルフィアに到着し、七月十三日(金)に発《た》っている。その間の月曜は七月二日と九日のみだ。一方、講演旅行を終えて、九月二十九日(土)にフィラデルフィア行きの汽車に乗ろうとしていたポーが目撃されてから十月三日(水)に発見されるまで、月曜は十月一日しかない。七月二日か九日ではポーの死の三か月前、十月一日ではポーの死の一週間前だから、どちらも「彼の悲劇的な死の一か月前」という表記に合わない。サーテンは「一週間(a week)前」と書こうとして「一か月(a month)前」と書きまちがえたのか。あるいは、315ページに記載したようにポーの死を「十一月一日」とする記事を目にして「一か月前」と勘ちがいしたのか。いずれにせよ、サーテンがポーと最後に会ったのが十月だったと考えたほうがよい理由がほかにもある。

ポーが九月二十九日から十月一日にかけてフィラデルフィアを再訪してサーテンに会ったのであれば、七月に大いに世話になったリパードらに挨拶《あいさつ》するのは当然であろう。リパードは一八四九年十月二十日発行の『クェーカー・シティ』第二巻第五号に「ポーが二週間ほど前に亡くなった。たった数週間前に我々の事務所で会って握手をしたばかりなのに」と記しており、この記述からもポーのフィラデルフィア訪問が確認される。よって、ポーは十月一日にサーテンを訪れたとして、話をつづけよう。

事件前日——十月二日(火)、ポーはすっかり元気になったので、サーテンはポーを独りで外出させた。「しっかりと食事を摂《と》って睡眠がとれたのがよかったのであろう。しかし、精神はまだ悪夢から逃れていないようだった。一、二時間して戻ってくると、私が言ったとおり、すべては妄想であり、興奮した想像力によって生み出された恐怖でしかないという結論に達したと言った」。こうして「ニューヨークへ帰る準備ができたので」、サーテンは彼を一人で出発させた。

フィラデルフィアからニューヨークへ帰るはずのポーが逆向きのボルティモア行きの汽車に乗ったことについて、「乗りまちがえたのだろう」とする説もある（Quinn, p. 637）。しかし、誰かに追われているという幻覚に怯えていたのなら、予定通りニューヨーク行きの汽車に乗るのは危険だと判断して反対向きのボルティモア行きの汽車に乗ったことも考えられる。このあたり、ポーの意識と共にすべてが混濁してわからなくなるのだが、次にポーが目撃されたのは、ボルティモアからフィラデルフィア行きのアウトバウンドの夜八時の汽車の貨物車両に迷い込んで譫妄《せんもう》状態になっていたときだった。伝記作家フィリップスは、一旦《いったん》ボルティモアに着いたポーが、フィラデルフィアでの仕事を忘れていたのに気づいて、ふたたびフィラデルフィア行きの汽車に乗ったのではないかと推測する（Phillips, p. 1499）が、追っ手をまけたと安心したポーが汽車を乗り換えたのかもしれない。いずれにせよ、前述のとおり、汽車の中で正体を失くしているポーを発見した車掌ジョージ・ローリンズは、ハバードグラース駅からボルティモア駅へ向かう列車にポーを乗せたのである。そして——

事件当日——十月三日（水）、ボルティモアにて、ガナーズ・ホールの前に倒れていたポーが発見された。

以上、事件当日までの事実を辿《たど》ってきたが、サーテンが語る出来事がこれまでは講演旅行の往路でのこととされて、単にポーの幻覚がひどくなった一例にすぎないと捨て置かれてきたのに対して、本書では復路での出来事として整理した。そうすると、この出来事の意味が俄然《がぜん》変わってくる。

ポーは、何者かに襲われるのを恐れて身を隠そうとしており、サーテンに匿ってほしいと願い出て、変装のために口髭を剃ってもらっていた。その直後に、ボロ服を着て、ひどい麦藁帽子《むぎわらぼうし》をかぶっていたのだとすれば、それはポーなりの変装だったのではないだろうか。ぐったりしたポーに誰かがボロ服を着せたのではなく、ポー自身が自分で着たのだ。

それでは、ポーは誰から身を隠そうとしていたのだろうか。その点に関する手がかりは次のやりとりしかない。

「ポーは『復讐されるんだ』と言いました。『何の復讐？』と私。『まあ、女性問題だ』とポーは答えました」

ここで、ポーと親交のあった詩人・作家・編集者のエリザベス・オークス・スミス夫人が再三に亘《わた》って主張した「ポーの死因」に注目したい。一八四五年に「大鴉」が大ヒットしたとき、「昨日、劇場で芝居見物をしたら、役者が台詞《せりふ》に nevermore〔ポーの詩「大鴉」の有名なリフレイン〕の一語を挟み込んでみせてね。観客は受けていたよ」とポーが嬉《うれ》しそうに語った相手はこの婦人だった。そのようにポーを知る彼女が、『ユナイテッド・ステイツ・マガジン』一八五七年三月号に次のような一文を記したのだ。

「死の少し前 (Not long before his death)、彼は何発もひどく殴られた。殴った暴漢は、ポーがやったと思われた不正への復讐《ふくしゅう》として、殴るよりましな方法を知らなかったのだ。その後、ポーが脳炎を発症したことはよく知られており――ポーは急ぎニューヨークを発ち――彼が生まれた町ボルティモアに着き、そこで一八四九年十月四日に亡くなったのである」(Elizabeth Oakes Smith, "Edgar A. Poe," *United States Magazine*, vol. 4, no. 3, March 1857, 4:262-268, p. 268)

この記述には、いくつもの誤りがあるが、スミス夫人は十年後、『ビードルズ・マンスリー』誌でも同じ主張を繰り返しており (Elizabeth Oakes Smith, "Autobiographic Notes: Edgar Allan Poe," *Beadle's Monthly*, February 1867: 147-156, p. 156)、その記事に対してスノッドグラス医師が反論した文書はすでに掲げた（３１５～３１７ページ）。さらに九年後、スミス夫人の三度目にして最後の記述は、最も詳しくなっている。

「エドガー・ポーが飲酒癖の謗《そし》りを受けがちであったことは、情状を酌量してもよいだろう。グラス一杯のワインだけで彼の繊細な体に恐ろしい効果があったのだから。彼が何かに於《お》いて堕落した男であったというのはまったくの嘘である。最期の彼は酒ゆえに身を滅ぼしたのでもなければ、これまで言われてきたようにアルコール依存症ゆえの振戦譫妄で死んだのでもない。悲しい物語の全容は決して明らかにならないかもしれないが、ポーは、ここでは名前を伏せておくが、ある女性と交友があり、そののち口喧嘩《くちげんか》をし、彼女の手紙を返すことを拒んだ。手紙はグリズウォルド博士〔編集者グリズウォルドの仇名《あだな》〕がポーの死後に彼女のもとに手紙を返却するまで戻ってくることはなかったのである。手紙を取り上げられたことにその女性は警戒し憤激して、それを取り返すように密偵を送り込んだところ、その男は失敗して、不幸なポーをかなりひどく殴打したのだ。その後、ポーは脳炎を発症し、数名の友人がポーとともに彼の故郷の町ボルティモアへ行き、着いたとたんに亡くなったのである」(Mrs. Elizabeth Oakes Smith, "Recollections of Poe," *Home Journal*, March 15, 1876: 1–2, p.1)

　さまざまな事情を考え合わせると、どうやらスミス夫人は、ポーが殴られた「エレット手紙事件」が彼の死の少し前に起こったと誤解したように思われる。しかも、イングリッシュに殴られたのではなく、エレットの兄弟に殴られたと思ったようだ。いずれにせよ、一八四六年に殴られたのが原因で、その三年後に死ぬということは普通考えられない。しかし、ポーが「エレットの兄弟に殴られるかもしれない」という不安を抱いていたということであれば、その不安がポーの心の中でずっと消えなかった可能性は考えうるだろう。

因みに、ポーのもう一人の〝ヘレン〟こと、彼の最後の恋人とされるセアラ・ヘレン・ホイットマン〔エルマイラの前にポーが結婚を申し込んだ女性〕は、エレット手紙事件のことをよく知っていた。ヘレンが、ポーの伝記作家イングラムに書き送った手紙（一八七四年二月十一日付）を読めば、エレットがポーの自宅でオズグッド夫人の手紙を発見し、手紙を夫人に返すべきだと考えたこと、彼女が仲間の婦人たちを唆《そそのか》してポーの自宅へ押しかけさせ、手紙を返しなさいと要求させたこと、可哀想な大鴉〔ポーのこと〕はその黒い羽をバタバタさせて「余計なお世話だ」と叫んで、「＊＊夫人は自分の手紙のことを気にしたほうがいいのじゃないか」と言ってしまったことがわかる。ポーがヘレンに書き送った一八四八年十一月二十四日付の手紙もそこに引用されている（John Carl Miller, ed., *Poe's Helen Remembers*, Charlottesville: University Press of Virginia, 1979, p.21）。

ポーが、エレットの手紙を束にして戸口に置いたと主張したのは、実はこのヘレン宛ての手紙の中だった。その手紙に、ポーは、ついカッとなって言うべきでないことを口にしてしまったが、それは本当に申し訳なかったとあって、こうつづいている。

「(例の二人のご婦人が立ち去ったあと)私は彼女の手紙を包みにして、彼女への宛《あて》名《な》を書き、自分の手で彼女のドアの前に置いてきたのです。さて、ヘレン、そのあと起きた不愉快千万な悪意ある行動には、きっと驚かれることでしょう。私が故意ではなく申し訳ないことをしてしまったことを償うために、できるかぎりのことをしたと思ってくれるどころか、〔中略〕彼女は自分の兄弟や義兄弟を唆して、手紙の返却を要求させたのです。〔中略〕ヘレン、あの女には気をつけてください! 彼女はその迫害の手をここで緩めることはありません。私の可哀想なヴァージニアは、彼女の無名の手紙によって常に苦しめられ(騙《だま》されることはありませんが)、その死の床で、自分は**〔エレット〕夫人に殺されたのだと言いました」

ポーは、このようにエレット夫人を憎んでいた。新たな恋人のヘレンに対しても、きっとまたあのエレットが「ポーを警戒しなさい」などと余計なことをヘレンに言ってくるだろうから気をつけてほしいと注意を喚起する手紙を送っている。ポーの心の中に、エレットへの憎悪や不安がずっと生きつづけていた可能性は大きいだろう。

さて、そろそろ結論に移ろう。

ポーを診察したリッチモンド在住のギボン・カーター医師に拠れば、ポーはワイン一杯で泥酔状態になったという。ポーがほんの少し飲んだだけで酩酊状態になったことは、ネルソン・ポー、スーザン・アーチャー・タリーほか複数の人が証言しており、ポー自身もそう述べている（Miller, *Building Poe Biography*, p. 46; ポーからスノッドグラス医師へ宛てた一八四一年四月一日付の手紙ほか参照）。ポーと喧嘩をした友人トマス・ダン・イングリッシュも、次のように述べている。「ポーは常習的な酔っ払いのように言われているが、これは本当ではない。彼はときたましか飲まない。常に酒が飲めるような体質ではないのだ……グラス一杯で目に見える影響が現れ、二、三杯で酩酊状態となる。飲み過ぎるたびに一日から数日間、常に調子が悪くなっている」（Phillips, pp. 1149-50）。アルコール依存症は、長期間に亘《わた》って大量飲酒をつづけることで起こるが、「ときたましか飲まない」「大量に飲めない」ポーがアルコール依存症だったとは考えにくいのではないか。

答えはどうやらマシュー・パールの研究によって出てくるように思われる。一八七五年に墓地の改造に当たってポーの遺体を発掘した際に「脳は縮んではいたが腐敗せずに残っていた」という記録があったのを読んだパールは、四半世紀も経って脳が残っているはずがないと考え、頭蓋骨の中に残っていたのは石化した脳腫瘍《のうしゅよう》であろうと推測した。ポー研究で知られるジェイムズ・M・ハッチンソン教授も、ポーが脳腫瘍だったことは十分に考えられるとしている。パールは脳腫瘍という説に基づいて小説(Matthew Pearl, *The Poe Shadow: A Novel*, Random House, 2006) も執筆した。もちろんパール自身が認めるように、脳腫瘍であっても別の理由で死んだことも考えられるが、脳腫瘍が死因だったと看做《みな》す根拠はほかにもある。

というのも、ポーは脳浮《ふ》腫《しゅ》（脳のむくみ）を発症していた可能性が大きいのだ。一九〇七年一月二十日付の『ニューヨーク・タイムズ』は、資料を新たに検討した医者の意見として、ポーの最期の症状は脳浮腫のそれに合致するとの記事を掲載している。脳浮腫は、脳腫瘍が進行すると出てくる症状である。

これまでポーが痙攣を起こしたり、幻覚を見たり、妄想にとらわれたり、譫妄の発作を起こしたりしたのは、アルコール依存症ゆえと決めつけられてきたが、脳腫瘍が原因だったのではないだろうか。脳腫瘍が重篤化して脳ヘルニアの状態に達すれば死に至る。ポーのこれまでの行動の奇矯さには新たな説明がつくことになりそうだ。

ポーは一八四八年十一月、ヘレンに結婚を申し込もうというときに錯乱し、脳鬱血《うっけつ》〔cerebral congestion——脳梗塞、脳溢血、脳血管周囲腔拡大などさまざまな脳疾患を包括する十八世紀後半から十九世紀にかけて用いられた病名〕と診断されており、翌年七月に刑務所に留置されたときに幻覚を見、八月にも類似の症状を起こしてマッケンジー家に担ぎ込まれた。九月末にはモス家で介抱され、十月一日頃、「襲われる」と言って怯《おび》えてサーテンに保護を求めた。そしてその数日後、道に倒れていたのである。

もし、ポーの頭蓋《ずがい》内の異変が着々と進行していったとするならば、すべての説明がつく。襲われると思って怯えて口髭《くちひげ》を剃《そ》ってもらったあと、一夜明けて落ち着いたポーがサーテンに語った「すべては妄想であり、興奮した想像力によって生み出された恐怖でしかないという結論に達した」という言葉には一抹の真実がありそうだ。つまり、ポーは襲われるという幻覚に怯えていたと考えられる。その理由をポーは「女性問題」と言ったが、それはエレットという女性のせいで襲われるという幻覚に怯えていたことを指すのかもしれない。ただし、この点については、デュパンであれば「と、まあ、この手の推測はここまでにしておこう。こいつを推測以上の名で呼ぶ権利は僕にはないからね」と言うことだろう。

　いずれにせよ、ポーは、恐怖ゆえに、自らボロ服に着替えたという仮説だけが唯一納得のいくものだと結論できそうだ。ボロ服を着て早朝のボルティモアの街をさまよっているとき、重篤化した脳腫瘍により死に至ったのであろう。

　ポーが自分の財布を持っていなかった点はどうだろうか。ウォーカーがやってきた午前十時半より前に、誰かが倒れているポーに気づいて声をかけたことは十分考えられる。その人はきっとポーの懐に大金があるのに気づいただろう。そうした場合、財布だけ持って立ち去ってしまう人がいるのが都会というものかもしれない。

　ポーを殺したのは、ポーの才能が宿っていたまさにその頭蓋の中にあったものだったのではないだろうか。

■補遺

以上で推理は終わるが、ここに至るまでさまざまなred herring《レッド・ヘリング》（手がかりのように見える紛らわしい情報）が多々あって、それらを見極めるのに苦労したことを付け加えておこう。実際、多くの伝記作家たちもそうしたものに振りまわされて混乱してきた。

グリズウォルドやモラン医師の記述はあからさまにひどいのでわかりやすいが、多くの伝記作家が情報源として導入しているリッチモンド在住のスーザン・アーチャー・タリーの証言は質《たち》が悪かった。

一八七六年四月二十六日、『ニューヨーク・ヘラルド』紙に彼女が投稿した「エドガー・P・ポー」と題する小文を紹介しておこう。

「〝エドガー・P・ポーの死の真相〟につきまして、エリザベス・オークス・スミス夫人が書き、『ホーム・ジャーナル』誌に最初に掲載されて今や広く流布している話を、貴紙のコラムで訂正させてください。

スミス夫人があんなとんでもない、ありえない話を書いて非難されているのは残念なことですし、夫人がきちんとした筋に問い合わせてその真相を確かめずに公表したのはさらに残念なことです。夫人の申し立てに拠《よ》ればどんな根拠があってのことかは言及されていませんが、ポーと交際のあった〝ある女性〟が、彼女の手紙をポーが返してくれないことに腹を立て、ポーが〝ひどく殴られ〟るように仕向け、〝脳炎を発症し〟、その結果ポー氏は〝ボルティモアに着いたとたんに死んだ〟とされています。

万事に於《お》いて常に真実が求められますので、次の事実を伝えさせてください。それは、この町（リッチモンド）に現在お住まいの最もきちんとした方々二十名の強力な証言をもって、前述の話、すなわちスミス夫人が残念ながら容易に信じすぎてしまった話が根拠のないものであることを証明するものです」(Mrs. Susan Archer Weiss, "Edgar A. Poe," *New York Herald*, April 26, 1876, p. 4, col. 3)

このあと書かれているのは、一八四九年七月にポーがリッチモンドの古いスワン・タヴァンに滞在し、町の郊外にあるマッケンジー夫人のダンカンズ・ロッジに担ぎ込まれたこと（３２６ページの八月二十七日の記載参照）、そのあとは常に友人がポーを見張っていたので、何かあったらわかるはずであり、ポーが殴打されるなどということはなかったという内容である。

タリーはマラッカ杖《づえ》に関して余計な誤った発言をして、そのためにポーの伝記作家たち全員の足をすくってしまった人だ（３２９～３３０ページ参照）が、ここでも不要なことを加えている――「その頃、根拠はありませんが、噂が広まっていました。ポー氏がチャーチ・ヒル在住の寡婦S夫人〔エルマイラ・シェルトン夫人〕と婚約したという噂です。とても地味《プレイン》な人で裕福で、ポー氏よりもずっと年上です。氏は最初彼女を訪ねましたが、しばらくして相手をしなくなり、二人が友人同士でなくなったことが知られました。ポー氏は、彼女がポー氏の手紙を返さないのであれば、彼女の手紙を返すのを拒みました。彼女は、手紙は捨てたと言って返すのを拒み、氏はその発言を疑ったのです」

　因《ちな》みにシェルトン夫人はポーよりずっと年上どころか一歳若い。タリーの記述に信《しん》憑性《ぴょうせい》がないことは、既にクィンが指摘していることでもある（p. 622, n16）が、タリーはポーの伝記作家ジョージ・ウッドベリーに宛ててこんな手紙も書いている――「ポー氏とシェルトン夫人とのあいだに、彼が自分の手紙を返さないかぎり彼女の手紙を返さないという喧嘩《けんか》があった話をしましたが、彼女の感情はかなり激しく、復讐《ふくしゅう》してやるといった感じで〔中略〕『手紙を取り上げられて七年待つくらいなら、ポーが死ぬ恐怖を感じるくらい思い知らせてやる』と言ったのを私たちみなが聞きました。一言一句たがわぬというわけではなく、そうした内容を言ったということですが。〔中略〕六～八年前にエリザベス・オークス・スミス夫人が、彼の死は、ボルティモアへ向けて出発しようとした晩にリッチモンドで彼に加えられた肉体的暴力のために惹《ひ》き起こされたと『ニューヨーク・ヘラルド』紙に記事を書きました。私は『ヘラルド』紙にそれを否定することを書きましたが――今となっては彼がボルティモアまで船であとをつけられたということは大いにあり得ると思うのです」（一八八五年五月二十六日付）。シェルトン夫人がポーに復讐してやると言ったのをみんな聞いたというが、タリーは聴力に障碍《しょうがい》があり、グリズウォルドに拠れば、「まったく何も聞こえない」という（Quinn, p. 622n）。「シェルトン夫人の手紙」の話は、タリーの作り話として現在では否定されている。ところが、ジョン・ウォルシュは、このタリーの記述に基づき、シェルトン夫人の兄弟たちがシェルトン夫人とポーとの結婚に反対して彼を殴打したのだと考えて謎解き本『わびしい真夜中』（John Walsh, *Midnight Dreary: The Mysterious Death of Edgar Allan Poe*, New York: Rutgers University Press, 1998）を執筆してしまった。シェルトン夫人の兄弟ジョージ、ジェイムズ、アレグザンダー・ロイスターたちがポーを追いかけるくだりは、完全な想像の物語となっており、批評家たちの猛批判を受けたのである（Burton R. Pollin, *PSA Newsletter*, Penn State University Press, vol. 27, no. 2, 1999; Ed Hutton, *The Journal of American History*, vol. 86, no. 3, 1999; Benjamin F. Fisher, "The 'Mystery' of Poe's Death Solved?," *Poe Studies*, vol. 35, 2002 などを参照）。

本書は訳し下ろしです。

地図／杉浦のぼる

ポー傑作選《けつさくせん》2　怪奇《かいき》ミステリー編《へん》

モルグ街《がい》の殺人《さつじん》

エドガー・アラン・ポー　河合祥一郎《かわいしよういちろう》＝訳

令和４年　３月25日　初版発行
令和４年　４月30日　再版発行

発行者●青柳昌行

発行●株式会社KADOKAWA
〒102-8177　東京都千代田区富士見2-13-3
電話　0570-002-301（ナビダイヤル）

角川文庫 23121

印刷所●株式会社暁印刷
製本所●本間製本株式会社

表紙画●和田三造

●お問い合わせ
https://www.kadokawa.co.jp/（「お問い合わせ」へお進みください）
※内容によっては、お答えできない場合があります。
※サポートは日本国内のみとさせていただきます。
※Japanese text only

ISBN 978-4-04-109244-6　C0197

角川文庫発刊に際して

角川源義

第二次世界大戦の敗北は、軍事力の敗北であった以上に、私たちの若い文化力の敗退であった。私たちの文化が戦争に対して如何に無力であり、単なるあだ花に過ぎなかったかを、私たちは身を以て体験し痛感した。西洋近代文化の摂取にとって、明治以後八十年の歳月は決して短かすぎたとは言えない。にもかかわらず、近代文化の伝統を確立し、自由な批判と柔軟な良識に富む文化層として自らを形成することに私たちは失敗して来た。そしてこれは、各層への文化の普及滲透を任務とする出版人の責任でもあった。

一九四五年以来、私たちは再び振出しに戻り、第一歩から踏み出すことを余儀なくされた。これは大きな不幸ではあるが、反面、これまでの混沌・未熟・歪曲の中にあった我が国の文化に秩序と確たる基礎を齎らすためには絶好の機会でもある。角川書店は、このような祖国の文化的危機にあたり、微力をも顧みず再建の礎石たるべき抱負と決意とをもって出発したが、ここに創立以来の念願を果すべく角川文庫を発刊する。これまで刊行されたあらゆる全集叢書文庫類の長所と短所とを検討し、古今東西の不朽の典籍を、良心的編集のもとに、廉価に、そして書架にふさわしい美本として、多くのひとびとに提供しようとする。しかし私たちは徒らに百科全書的な知識のジレッタントを作ることを目的とせず、あくまで祖国の文化に秩序と再建への道を示し、この文庫を角川書店の栄ある事業として、今後永久に継続発展せしめ、学芸と教養との殿堂として大成せんことを期したい。多くの読書子の愛情ある忠言と支持とによって、この希望と抱負とを完遂せしめられんことを願う。

一九四九年五月三日